瑪格麗特．愛特伍——著

梁永安——譯

The blind Assassin

MARGARET ATWOOD

編織故事的飛毯

駱以軍／文

一本迷人的小說總在讀罷後召喚那些，閱讀時光裡彷彿在長河中無論漂流多遠仍熠熠發光的小說們。《盲眼刺客》即讓我無限懷念哀傷地想起麥克・安迪的《說不完的故事》、石黑一雄的《群山淡景》、茖哈絲的《情人》。

如同波赫士談起〈吉訶德的部分魔術〉時說起《一千零一夜》這個拯救變態國王之變態奇誓——每夜娶一個童女，翌晨砍掉她的腦袋——以故事拖延死亡時間（或故事的終結）的故事：「這個怪異故事的集子從一個中心故事衍生出許多偶然的小故事，枝葉紛披，使人眼花撩亂，但不是逐漸深入、層次分明，原應深刻的效果像波斯地毯一樣成為浮光掠影。」「最令人困惑的是那個神奇的第六百零二夜的穿插。那夜，國王從王后嘴裡聽到她自己的故事。他聽到那個包括所有故事的總故事的開頭，也不可思議地聽到故事的本身。」

但瑪格麗特・愛特伍這本布克獎之作《盲眼刺客》的「故事本身」是啥呢？一開始是一個心懷憤怨的窮左翼青年說床邊故事給一個顯然是上層社會的「處女孩童」聽（一邊在他的流浪漢髒窩裡「敗壞」她的矜持女體；一邊用他的殘虐華麗的童話「敗壞」她及我們這些讀者「對故事的資本主義消費」之習慣）。他的殘虐童話亦由「地毯的編織」開始，但那後面張開的

（左翼關懷？）圖景是「地毯的品質衡量標準在於織瞎了多少童奴」、「那些八、九歲即失明的童奴被賣入妓院，因為他們的手指極其靈活熟練，讓人被撫摸時會有花朵在肌膚上盛放或流水在身上潺潺流過之感」……

這樣一個「說故事人」的現代性形象，這樣的「說／聽故事」的權力交涉或不同階級的慾望流通，竊取自一幅「聽床邊故事」的童年畫面在成人時光裡的拉扯變形：在女孩的朦朧慾望裡，那像是聽床邊故事的惡童對抗衣冠禽獸的家庭教師（傳授奧維爾的《變形記》時盡是摘選年輕女子被不同神祇強暴的描寫段落）。女孩本來的聰明機巧似乎可以應付那不快的、充滿偽善與防腐劑氣味的父權世界——她們在祖父的圖書室裡翻維多利亞時代譯本，再用簡單一點的字代替，有時故意弄出一些錯誤，讓翻譯看起來像出自她們手筆……。但很快的，她們的單薄少女身軀即無從抵抗那個，在童話與新聞短訊之間迂迴錯織的傷害真相。

《說不完的故事》裡那個為孩童女王命名、拯救幻想國的小胖男孩培斯提安始終沒有出現。鈕釦工廠的關廠、工會的大罷工暴動、作為拯救父親事業的交換婚姻、上流社會的無聊社交與勾心鬥角……在那日光燦爛的草地野餐上，在那仕女們戴著闊邊遮陽帽，侵奪母親角色的女傭禁止思春姊妹喝雪莉酒的印象畫畫面裡，母親是不在的。母親的早逝使得所有人皆殘缺且心不在焉。

最後所有的人全在童話故事外的世界被粗暴地玷汙傷害。左翼青年在高中生看的廉俗雜誌投稿色情科幻小說。作為「以故事救贖故事」的說故事人，他只能以多疑且帶著訕笑的髒話傷害他的「孩童女王」（他要拯救的一千零一夜？），他用故事愛撫著他那即使以殘虐的童話也已追不上其內在傷害景觀的戀人。除此之外他一無所有。

那個聽枕邊故事的女童（那個姊姊），在霧翳陰霾的僵直生活裡（因為最深沉的女性嫉妒，在已被自己丈夫強暴的妹妹的崩潰毀滅邊緣推了最後一把），將敘事的權柄接手，床邊故事拖延的時間，只換來一個骯髒垂死老婦（多讓人想起馬奎斯那個訓練狗為自己哭墳的「瑪麗亞姑娘」）覷瞇雙瞳，嘮叨回憶那些不快樂往昔時光的自言自語。

沒有任何人被這個「過早失去純真狀態的」，不幸的枕邊故事救贖。如果有，那亦是像波赫士的另一個短篇〈環墟〉，那個在夢中擬造聽故事者，且領悟自己不過是另一個說故事者的「夢裡的幻影」——「江州司馬青衫溼」。

名家推薦

書裡同時交叉進行著兩個故事。一個是虛構的，一個是真實的。虛構的有如奇幻小說，真實的卻是奇情羅曼史，然而全書看完，你卻會發現這是一部精緻美麗的推理。

《盲眼刺客》裡故事包含故事，現實裡包含現實。彷彿在鏡中屋，面對重重鏡象，深邃而幽暗。而所有真實與虛幻，編造與事實，在書中相互映照，無數的疊影，無數的碎片。奇幻華麗到不可收拾。

這本書是寫觸覺的故事。在相愛的時候，我們都盲目，且也應當盲目。不去注視某些，因為知曉太多會毀壞愛情。於是在應該睜眼的時候閉上，在應該閉上的時候張開。在應該誠實的時候說謊，在應該說謊的時候，繼續說謊。

本書的最美妙和最悲痛之處都是因為謊言。如果無人揭發，那麼謊言便成為真實。那個因為自己的渴望和祈求而編造的故事會比現實更真實，因為那些來自內心，而那是在現實裡我們通常緘默不言的。

——袁瓊瓊

精彩的小說會讓人讀到忘我，瑪格麗特・愛特伍具有一枝魔筆，她的小說《盲眼刺客》，以多重繁複的敘事結構鋪陳一對姊妹及家族恩怨，故事中另藏故事，線索裡又有線索，作者以細膩且豐富的筆觸，演繹人性，探索愛欲，讀來令人目眩神迷。

——簡媜

目錄 上

阿迦·穆罕默德·汗（Agha Mohammed Khan）下令把克爾曼城全部的人殺死或弄瞎。士兵們讓居民排成一長列，砍去成年人的頭，挖去小孩子的眼睛。……稍後，盲童成群結隊地離城。他們之中有一些在荒野裡迷途，誤入沙漠，口渴而死；另一些則安抵有人居的聚落……以歌聲哀訴克爾曼被屠城的慘狀。

——卡普斯辛斯基（Ryszard Kapuscinski）

我游了又游，大海是無邊的，我看不到涯岸。
坦尼特（Tanit）是無情的，我的禱告獲得了應答。
啊，但凡溺於愛海的人，當以我為誡。

——一個迦太基骨灰甕上的銘文

文字是在黑色玻璃杯裡燃燒的火焰。

——希拉·沃森（Sheila Watson）

————第一部

橋｜《盲眼刺客》序曲：岩石花園的多年生植物

橋

大戰結束的十天後，我妹妹蘿拉開著車子，衝出了一座正在整修的橋。車子撞翻豎在橋口的「危險」警告標誌，掉落一百英尺深的溪谷，在樹頂間翻滾了一陣，起火燃燒，再滾落到溪谷最下面的淺溪裡。橋梁的碎木塊掉落在車子上。除燒焦的殘骸以外，整輛汽車幾乎沒剩下什麼。

警察登門通知我這件意外事故：車子登記在我名下，他們循車牌找到我。他的聲音裡帶著敬意，想必是聽過理查的名字。他說，可能是汽車在電車軌上打滑造成的意外，也有可能是因為煞車失靈。但又說有責任告訴我，有兩名目擊證人聲稱目睹整個經過（一個是退休律師，一個是銀行出納員，所以顯然都是信得過的人）。他們說，車子是快到橋口才急轉彎的，而車子越出橋邊的樣子，從容得就像行人跨出人行道。他們清楚看見蘿拉轉彎打方向盤的手，因為她當時戴著白色手套。

我知道事情跟煞車失靈無關。她自有這樣做的理由，雖然不見得是跟別人相同的理由。在這方面，她一直是個鐵石心腸。

「我想你們需要有人認屍，」我對那警察說，「我盡快過去。」我的聲音聽起來很平靜，彷彿發自遠方。但事實上，我很勉強才說得出話來。我嘴巴苦澀，整張臉因為痛苦而僵硬，像剛剛拔了牙。我為蘿拉做這種事而生氣，也為那警察暗示她做了這種事而生氣。一陣熱風吹過我頭顱四周，讓髮絲四下飄晃，猶如在水裡化開的墨水。

「到時恐怕會召開死因調查法庭，葛里芬太太。」他說。

「那當然，」我說，「但那是件意外。我妹妹一向不是個好駕駛。」

我看得見蘿拉那張滑順的鵝蛋臉、盤得整整齊齊的髮髻，甚至看得見她當時穿的衣服：小圓領的襯衫式連衣裙，顏色素淡，若非藏青色或鐵灰色就是醫院牆壁的綠色，總之都是悔罪的顏色。與其說那是她自己挑選的顏色，不如說是她被禁錮於其中的顏色。我看得見她肅穆的淺笑，因驚異而揚起的眉毛，彷彿在讚嘆眼前景色的壯觀。

白色手套：一種彼拉多[1]的姿態。她想要洗脫一切關係，不要被我牽扯進去，不要被我們所有人牽扯進去。

汽車從橋上墜落那一瞬間，如閃亮蜻蜓般懸在半空要往下沉墜的前一剎那，她在想些什麼呢？是想亞歷斯、理查、我們父親、上帝，還是她要命的三角關係？抑或是想到以前每天早上

1 彼拉多為判耶穌釘十字架的羅馬總督。據《新約聖經》記載，他判刑前先洗手，以表明判此重刑乃猶太長老和祭司所逼，非其所願。

她都會藏在我五斗櫃抽屜裡的廉價作業簿？那抽屜是我放襪子用的，所以她知道，我每天早上一定會打開它，看見作業簿。

警察離開後，我上樓換裝。要到停屍間，我需要一雙手套和一頂有面紗的帽子。面紗可以遮住我的眼睛，因為說不定會有記者在場。另外，我也應該通知人在公司的理查，我想他會希望預先草擬好一份表示哀傷的聲明。我走進更衣室，找一套黑色衣服和一條手帕。

拉開五斗櫃抽屜時，我竟又看到一疊作業簿，上面綁著結成十字形的繩索。解開繩索之際，我牙齒打顫，全身冰冷。我知道自己一定震撼無比。

我忽然想到了蕾妮。小時候，每當我們擦傷、割傷或受到任何小傷，為我們擦藥和貼膠帶的人總是蕾妮——媽媽有可能在休息或到了哪裡去做善事，但蕾妮永遠都在左右。她會抱起我們，放在白色的廚桌上，給我們一小塊紅糖，作為安撫。她會說：告訴我哪兒痛，不要哭叫了，安靜下來，讓我看看。

但有些人卻說不出來他們是哪兒痛。他們無法安靜下來，無法停止哭叫。

《多倫多星報》一九四五年五月二十六日報導

本市交通安全措施受質疑

死因調查法庭昨日判決，上週發生於聖克萊爾大道的汽車死亡事故，係出於意外。死者是二十五歲的蘿拉·查斯小姐，事發當天（五月十八日）下午，她開車西行途中，汽車突然失控，衝出一座整修中的橋梁，撞翻警告標誌，墜落到下面的溪谷中，汽車隨即起火燃燒。查斯小姐當場死亡。其姊艾莉絲·葛里芬太太（企業界聞人理查·葛里芬之妻）作證時指出，查斯小姐向為頭疼所苦，嚴重時甚至會影響視力。葛里芬太太否定其妹有醉酒駕車的可能，因為查斯小姐滴酒不沾。

警方相信，意外係汽車於電車軌上打滑造成。為此，市政府保障行車安全的設施受到了質疑。不過，市政府工程師珀金斯出庭作證時表示，電車軌的鋪設方式並無不妥。

這宗意外也再次引起該路段居民對電車軌鋪設不當的抗議。當地納稅人代表左里夫先生告訴本報記者，因電車軌導致的意外，這並非頭一遭，市議會應對此一問題多加注意。

《盲眼刺客》序曲　岩石花園的多年生植物

蘿拉．查斯著／莫羅出版社出版，紐約，一九四七年

她只留有一張他的照片。她將它塞入一個寫著剪報二字的信封，再把信封夾在《岩石花園的多年生植物》的書頁之間。那是一本沒人會去翻閱的書。

會這麼慎重其事，是因為那幾乎是他留下來僅存的東西。那是一張黑白照，用戰前那種笨重的箱形閃光相機所拍。照片裡是正在野餐的一男一女。照片背後寫著野餐二字，但並沒有那兩個人的名字。名字她既然都知道，又有什麼必要寫下來呢？

他們坐在一棵樹下，可能是蘋果樹，也可能不是；那天她並沒有太注意這棵樹。她身穿白色罩衫，袖子捲到手肘，寬大的裙子包攏在膝蓋周圍。當時一定有一陣微風，因為她的罩衫是向裡皺摺，但又有可能不是風造成的，而是因為太熱，罩衫才貼在她身體上。她抓住照片的手可以感覺得到熱氣從照片裡源源流出，就像那是一顆被太陽曬熱了的石頭。

照片裡的男人戴著一頂向前微傾的淺色帽子，臉有部分被帽沿的陰影遮住。他的臉看起來比她更加黝黑。她的臉半向著他，微笑著（她記不起這輩子還有對誰笑得這樣甜過）。她在照片裡看起來非常年輕，太年輕了，雖然她當時並不覺得自己太過年輕。他也微笑著，牙齒白亮

得像是火柴剛點燃的一瞬間。但他半舉起一隻手，就像是要擋開鏡頭，或擋開日後會從這照片審視他的目光。還是說此舉是為了擋開她，為了保護她？這隻手的兩根手指間夾著一截香菸。

一個人的時候，她會把照片從信封裡拿出來，平放在桌上，瞪著它看，彷彿在諦視一口井或一個水池，彷彿要穿透自己的倒影，尋找某種掉到裡面去的東西。這東西，雖然已經搆不著，卻仍然看得見，仍然閃閃發亮，就像半埋在沙灘上的珠寶。她會端詳照片中的每一個細部：他被閃光燈或太陽光映得亮晃晃的手指、他倆衣服上的皺摺、樹上的葉子，還有掛在樹上小小的果實——那會是蘋果嗎？前景是一片粗礪的草地，草是黃色的，因為那段日子天氣相當乾燥。

仔細看的話，你會在照片的一側看到起初不注意的東西——一隻孤伶伶的手。這隻手被照片的邊緣從腕部切過，就像被人遺棄在草地上，任其自生自滅。

湛藍天空裡的縷縷棕雲。他被煙燻黃的手指。遠處的粼粼波光。這一切，全都已經沉沒了。

沉沒了，卻仍閃著亮光。

————第二部

《盲眼刺客》水煮蛋

妳決定了嗎？他問。妳是要選衣香鬢影的羅曼史，還是荒涼海岸邊的船難？森林、熱帶島嶼或山脈，悉聽尊便。或者妳也可以選擇外太空，那是我最拿手的。

外太空？真的假的！

別當笑話看，那可是很管用的場景。你喜歡的任何情節，不管是太空船、緊身太空衣、死光槍、長得像巨大墨魚的火星人，全都可以派上用場。

你幫我選吧，她說。你是行家。對啦，沙漠怎麼樣？我一直嚮往到沙漠走一走。當然是要有綠洲的；有若干棗椰樹就更棒了。她一面說，一面把三明治的麵包皮撕下來。她不喜歡吃麵包皮。

問題是沙漠沒有太多可以發揮的空間。而且角色也很有限，除非你在裡面放入些墓塚。那樣，你就可以有一群死了三千年的裸體女人。她們身體柔軟，曲線玲瓏，有著紅寶石般的朱唇、藍亮蓬鬆的鬈髮、毒蛇鑽洞般的雙眸。但我不認為我能用這些敷衍妳，妳不像是個喜歡煽情渲染的人。

你又知道？說不定我會喜歡。

我不相信。它們只合無聊大眾的胃口。

我可以挑外太空，但同時又有墓塚和死了三千年的女人的嗎？拜託拜託嘛。

這可是個高難度的要求。好吧，讓我想想看我能做些什麼。嗯，我可以再安排幾位獻祭用的處女上場，她們身穿金屬胸鎧、薄如蟬翼的輕紗，腳踝上鍩著銀腳鐐。還有一群虎視眈眈的惡狼。

我看你一起了頭，就會沒完沒了。

妳想換成衣香鬢影的羅曼史嗎？遊艇、高級服飾、吻手禮，還有誇張失實的感情，是這樣嗎？

不要。好啦，你認為怎樣好就怎樣。

抽菸嗎？

她搖搖頭。他把一根火柴劃在拇指指甲上，擦出火焰，點燃自己的菸。

你總有一天會燒到自己，她說。

反正迄今還沒發生過。

她看著他捲起的襯衫衣袖，然後目光移到他的手腕，再移到他的手。他手部的膚色比手臂更深。他身上泛著光，那一定是陽光的反射。為什麼會沒有人盯著他們看呢？但不管有沒有人盯著他們看，在這樣的大庭廣眾，他都太顯眼了。四周是其他的野餐者，穿著夏日淡色的衣裳，在草地上或坐或臥。雖然四周有其他人，但她卻覺得他倆猶如獨處，彷彿他倆頭頂上的蘋果樹不是一棵樹，而是帳篷；彷彿他們前面地上有一道用粉筆畫的白線，線外的人看不到他們。

那說定了，就外太空，他說。兼有墳墓、處女和野狼。但妳得分期付款。同意嗎？

分期付款？

對，就像買家具那樣。

她笑了。

別笑，我是認真的。妳可別想省下來。全部完成加起來可能要花上好幾天時間，所以我們還得再碰面。

她遲疑了一下。好吧，她說，我盡量安排。

好，他說，那我現在要開始構思了。他盡量讓聲音顯得若無其事。他知道，太猴急可能會把她給嚇跑。

在某顆星球上……讓我想想看是哪顆星球……不是土星，土星距離太近了。就叫它辛克龍星吧，位於遙遠外太空的星球。那裡有碎石滿布的平原。平原北邊是一片紫色的大海，西邊橫列著山脈。據說每天日落後，山脈裡就會有一些女人從已經頹圮的墓塚裡走出來，四處遊蕩。看到沒，我馬上就把墓塚放進來了。

你很用心，她說。

我一向說話算話。平原南邊是燃燒的沙漠，東邊是好些險峭的山谷，過去可能一度有河流流過。

我想那裡應該像火星一樣，也有運河吧？

喔，運河？當然有。雖然這地區現在只住著些零星分布的原始遊牧民族，但在遠古，它卻有過高度發展的文明。在平原的中央，高聳著一座很大的石頭堆。石頭堆四周都是不毛之地，只零星長著一些矮灌木。雖然還算不上是沙漠，但也相差無幾了。還有起司三明治嗎？

她摸索紙袋。沒有了，她說，但還有水煮蛋。她從來沒有像今天這麼開心過。一切又再次鮮活起來，等著重新展開。

檸檬汽水、水煮蛋，再加上妳，他說，真是再健康不過的午餐。他把蛋放在兩手之間搓磨了一下，然後壓破蛋殼。她注視著他蠕動的嘴、下顎和牙齒。

除了我，還要加上公園裡的歌聲，她說。這是鹽巴。

謝謝，妳總是細心周到。

這片不毛的平原不屬於任何人所有。或者應該說，有五個部落都聲稱平原是他們的，但因為他們誰都消滅不了誰，所以誰都沒有真正擁有這平原的主權。三不五時都會有人路過平原中央的石頭堆，有些是牧羊人（羊是種像羊但脾氣火爆的牲口），有些是用三眼駱駝馱運不值幾毛錢貨物的商人。

這座石頭堆，分別被五個部落用不同的名字稱呼，但有關它的傳說，五個部落卻大同小異。他們說，石頭堆底下埋著一位國王——不只國王，還埋著他統治過的一整座輝煌城市裡的一切。城市在一次戰爭中被毀，國王被俘，吊死在棗椰樹上。他的屍首在一個月夜被取下埋葬，上面堆著石頭，作為標記。至於城市的其他居民，也全被屠殺盡淨，包括男人、女人、小孩、嬰兒，甚至牲畜。他們被刀斧加身，砍成幾段。沒有活的東西可以倖免。

好恐怖。

現在拿把圓鍬在那裡隨便挖上兩三鏟，都會看見恐怖的東西：死人骨頭。我們就是靠這個吃飯的，沒有死人骨頭就沒有精彩故事。還有檸檬汽水嗎？

沒有了，她說。全喝光了。繼續說下去吧。

城市的名字如今已沒有人知道，都只管叫它石頭堆。征服者刻意把它的名字從人們的記憶中抹去，而他們會在城市的遺址上堆上石頭，用意也在此：那既是促進回憶的手段，也是促進遺忘的手段。這個地區的人就是喜歡弔詭。五個部落都宣稱自己的祖先就是當年的征服者，對屠城的故事加油添醋，繪聲繪影。五個部落也都相信，屠殺是出於他們神明的意旨，為的是要懲罰該城市的邪惡敗德。邪惡只有鮮血才能洗淨，他們說。屠城那一天，血流成河，也因此，那地方自此以後想必非常聖潔。

但也有另外一說，就是這個城市並未真的毀滅。國王預先知道了敵人要來襲，所以運用一種只有他一個人知曉的魔法，瞬間把整座城市以及居民全部移走，而敵人所焚燒殺戮的，只是幻影。真正的城市縮小了，縮成很小，安置在石頭堆底下的洞穴裡。因此，一切都安然無恙，一切都是原來的樣子，包括宮殿，花木扶疏的花園和所有的居民。這些居民現在只有螞蟻般大小，但生活卻一如往昔，繼續舉辦宴會，唱歌、跳舞、說故事。

這一切只有國王一個人知道，其他人則渾然不覺有異。他們不知道自己變小了，不知道別人都以為他們死了，甚至不知道他們曾經死裡逃生。他們以為，他們頭頂上的岩石就是天空，以為從石縫間射進來的陽光就是太陽。

蘋果樹的葉子沙沙作響。她抬頭看天，然後看看手錶。好冷，她說。再不走，我就要遲到了。你可以把證據清除掉嗎？她把蛋殼碎片集中起來，把紙袋擰成一團。

急什麼？這裡不冷啊。

有微風從海的方向吹來，她說。風向一定是改變了。她探身向前，準備站起來。

先別走，他說，妳走太快了。

我非走不可。他們會找我的。如果我逾時未歸，他們就會追問我上哪兒去了。

她理理裙子，雙手抱胸，轉身走開，樹上小顆的青蘋果像是一隻隻眼睛，目不轉睛看著她離開。

《環球郵報》一九四七年六月四日報導

知名企業家於帆船上死亡

企業家理查．葛里芬在失蹤七天之後，屍體今日於泰孔德羅加港其避暑別莊「阿維翁」附近尋獲。葛里芬先生現年四十七歲，盛傳將代表進步保守黨角逐多倫多聖大衛區的國會議席。屍體是在他的帆船「女水妖號」上發現，帆船就繫在尤格斯河畔他的私人碼頭上。死因顯然是腦溢血。警方表示無他殺嫌疑。

葛里芬先生是傑出的企業家，其企業帝國橫跨紡織、成衣與燈泡製造等領域，而他在大戰期間為盟軍部隊提供制服與軍火組件之舉，也備受讚揚。商業鉅子伊頓在家中舉辦重要聚會時，葛里芬先生經常是座上賓。他同時也是帝國俱樂部與花崗岩俱樂部的核心人物。總理在其私人寓邸接受本報記者的電話訪問時表示：「葛里芬先生是我國最能幹有才的人，其遽逝讓人深感哀痛。」

值得一提的是，葛里芬先生是已故的蘿拉．查斯小姐的姊夫，後者以今春出版的遺作，在小說界嶄露頭角。葛里芬先生身後遺有妹妹溫妮薇德．葛里芬．普里歐夫人、太太艾莉絲．查斯．葛里芬，以及十歲大的女兒艾咪。喪禮定於本週三假多倫多的聖西蒙教堂舉行。

《盲眼刺客》公園長凳

辛克龍星上為什麼會有人？我是說，為什麼會有長得像我們的生物。它不是位於遙遠的外太空嗎？這樣，它的居民不是應該長得奇形怪狀，像是會說話的蜥蜴或之類的嗎？

三流雜誌才會這樣寫，他說。一點真實感都沒有。辛克龍星上會有人類，是因為現在的地球人其實都是辛克龍人的後裔。距今八千年前，也就是屠城的一紀元之後，辛克龍星人發明太空旅行的方法，可以輕易飛過數百萬光年的距離。後來他們來到地球，進行殖民，並帶來許許多多植物種子，包括蘋果、橘子和香蕉——香蕉這東西你看一眼就知道它不是地球土生的。他們還帶來了牲畜：馬、狗、山羊等等。亞特蘭提斯[1]就是他們建造的。不過，正因為他們太聰明，最後自相殘殺，把自己炸沉了。我們都是倖存者的後裔。

三言兩語就把一切交代過去，你還真省事，她說。

必要時我只好這樣。辛克龍星一共有七個大海，五個月亮和三個太陽。這三個太陽各有不同的光度和色澤。

1 Atlantis，古希臘傳說中大西洋上一個物產豐饒的島嶼王國，後因地震沉沒於海底。

什麼樣的色澤？巧克力色、香草色，還是草莓色？

妳把我說的當兒戲。

對不起。她把頭斜靠在他身上。我現在洗耳恭聽，這行了嗎？

他繼續說：那城市的名字是薩基諾姆，據說在它還沒有毀滅以前，是世界的一大奇觀。即使那些聲稱自己祖先是這城市摧毀者的部落，談到它的美時，也是津津樂道。那裡有無數的花園、宮闕、鋪瓷磚的廣場和雕刻精美的噴泉。繁花處處，空氣裡充滿鳥兒的歌聲。城市四周是綠油油的平原，肥碩的駱牛群在其間吃草；還有大片的蘭花叢、小樹林和尚未被敵人燒成平地的大森林。現在的旱谷在當時都是河道，有運河把河水引流到城市周圍的農田，加以灌溉。這些農田的土壤非常肥沃，據說長出來的穀粒直徑達三英寸。

薩基諾姆的貴族階級被稱為「史涅法」。他們精於鍛鑄金屬，也長於發明各種機械工具，如時鐘、石弓和手動幫浦等。不過，他們還沒進步到懂得製造內燃機，所以運輸仍然仰賴獸力。

男性「史涅法」臉上戴著用鉑織成的面具，隱藏他們真正的表情。女性「史涅法」戴的是用蛾蛹織成的絲面紗。如果你不是「史涅法」卻遮住自己的臉，最嚴重是會被處死的，因為隱藏自己的表情和情緒乃是貴族的專利。穿著豪奢的「史涅法」，是音樂鑑賞家，喜歡演奏各種樂器，以表現他們的音樂品味和技巧。他們熱中於宮廷權謀、舉辦大型宴會，以及與其他貴族的太太發展婚外情。這樣的婚外情偶爾會引起決鬥，不過，睜隻眼閉隻眼被認為是當丈夫的更恰當的做法。

佃農、農奴和奴隸被稱為「伊格列」。他們衣著襤褸，一般是灰色的及膝短袖束腰外衣，袒露一肩，而女性還要袒露一邊的乳房（不消說，她們都是男性「史涅法」愛追逐的獵物）。「伊格列」痛恨自己的悲慘命運，但他們會假裝愚昧，掩飾心中的不滿。每過一段時間，都會有「伊格列」起而抗爭，但總是以殘酷鎮壓收場。最低等的「伊格列」是奴隸，他們可以買賣和隨意處死。有些「史涅法」還會把奴隸當成牛馬，要他們套上耕具犁田。

如果一個「史涅法」破了產，就有可能會被貶為「伊格列」。如果他不想被貶，唯一的辦法是賣妻子兒女還債。相反的，「伊格列」升格為「史涅法」的情形則罕見得多。這沒有什麼好奇怪的，因為往上爬總是比往下掉困難。一個「伊格列」即使有辦法賺到很多錢，又為自己或兒子娶到貴族階級的婦女為妻，但如果不花錢打點，就休想升格為「史涅法」。

我看這是你的布爾什維克思想在作祟，她說。我就知道你遲早會把它們加進來。

才不是。我說的這些都有歷史根據。美索不達米亞的古文明就是這個樣子。漢摩拉比法典或赫梯人的法律都有類似的條文——至少有貴族才有權戴面紗和欠債者得賣妻子兒女還債這兩項。我可以把相關的章節和句子背給妳聽。

謝了，我今天沒這個精神聽，我快累癱了，她說。

八月天，熱得厲害。熱氣有如無形的霧，在空氣中繚繞。時間是下午四點，天光像是融化的牛油。他們坐在公園長凳上，但沒有靠得太近；他們頭上是一棵快曬焦的楓樹，腳下是龜裂的泥土，四周都是枯草。麻雀啄食麵包屑，皺巴巴的報紙隨地可見。這不是最理想的碰面地點。飲水噴泉有氣無力地淌著，三個邋遢小孩站在旁邊竊竊私語。

她穿的是淡黃色的洋裝，手肘以下外露，看得見細細的淡色臂毛。她脫下棉手套，揉成一團，這反映出她的緊張。他不在乎她緊張：他喜歡知道她已經為他付出了某種代價。她戴著一頂圓形草帽，像女學生戴的；她的頭髮往後梳，別在腦後，但有一綹髮絲不聽話跑了出來。他以前不明白，人們為什麼會喜歡剪下一綹髮絲，藏在項鍊盒子裡，戴在胸前（如果是男人則戴在心側）。但他現在明白了。

他們會認為妳到哪去了？他問。

逛街買東西。看看我的購物袋。我買了一些絲襪，質料很好，是用上等的絲織的。穿著它們就像什麼都沒穿。她淺笑了一下。我只剩下十五分鐘了。

她的一隻手套掉落在她腳邊。他留意著這隻手套。如果她走的時候忘了撿，他就會據為己有。他會在一個人的時候拿出來，嗅聞它的味道。

我什麼時候可以見到妳？他說。熱風攪動樹葉，陽光從葉隙間篩下，在她身上形成一圈金黃色的雲彩。那其實是些塵埃。

你現在不就見到我了嗎，她說。

別這樣，他說。告訴我什麼時候。她V字領上的皮膚汗光閃閃。

我還不知道，她說。她側頭掃視了公園一眼。

四周沒人，他說。沒認識妳的人。

你永遠不會知道他們什麼時候會出現，也不會知道誰認識你，她說。

妳該養一頭狗的，他說。

她笑了。養狗？為什麼？

這樣妳就有溜出來的藉口。就說是遛狗。然後把我和狗一起遛。

那頭狗會妒嫉你的，她說。另一方面，你又會以為我喜歡牠多於喜歡你。

但妳不會喜歡狗多過喜歡我，對不對？他說。

她瞪大眼睛。為什麼不會？

因為狗不會說話，他說。

《多倫多星報》一九七五年八月二十五日報導

小說家外甥女摔落死亡

三十八歲的艾咪·葛里芬星期三被人發現死於位於教堂街的家中，死因是摔落導致頸骨折斷。她是已故傑出企業家理查·葛里芬之女，也是著名女作家蘿拉·查斯的外甥女。她屍體被發現時，顯然死亡已超過一天。發現這樁不幸的是葛里芬小姐的鄰居凱利夫婦，他們是從葛里芬四歲大的女兒薩賓娜的哭聲中判斷出情況有異。平常，薩賓娜找不到媽媽，就會到凱利夫婦家中要吃的。

有謠言指稱，葛里芬小姐長期沉迷於毒品和酒精，有過幾次送醫急救的紀錄，卻沒進一步接受治療。目前她女兒薩賓娜已委由溫妮薇德·普里歐夫人（葛里芬小姐的姑姑）代為照顧，等待進一步的調查。無論是普里歐夫人還是葛里芬小姐的母親艾莉絲·葛里芬夫人（目前住在泰孔德羅加港），皆不願就此事發表評論。

這宗不幸事件再次突顯現今社工服務的鬆散；女兒薩賓娜的情況，也反映出保護兒童的立法亟待加強。

《盲眼刺客》地毯

電話中有嗡嗡聲和輕微的啪聲。是打雷造成的嗎？還是因為有人竊聽？但這是公共電話，不可能有人追蹤得到。

你在哪裡？她問。你不該打電話到這兒來的。

他聽不見她呼吸聲。他喜歡聽她的呼吸聲，希望她把聽筒擱在喉嚨邊。但他沒有提出這個要求，還不是時候。我在幾條街之外一個街角，他說。我會到公園等妳，有日晷那個。

不行，我不認為……

想個辦法嘛。就說妳想呼吸點新鮮空氣。他等著她回答。

我試看看。

公園入口處有兩座古埃及式樣的石門柱：四邊形，頂端削成斜角。但上頭沒有記功碑文或跪地俘虜的淺浮雕，只寫著「禁止閒晃」與「拴好狗鍊」兩個告示。

過來這邊，他說。離街燈遠一點。

我不能待太久。

我知道。到這後面來。他挽住她手臂，為她帶路。她抖得就像強風裡的電線。

就是那兒，他說。沒人看得見我們。不會有遛鬈毛狗的老太太經過。

也不會有持木棒的警察，對不對，她說，笑了一下。我不該來這兒的，她說。太冒險了。

他們走到灌木叢半圍著的石頭長凳。他脫下自己的外套，披在她肩上。那是一件粗花呢外套，有一股年深日久的菸味和一點點鹽味。這衣服一直都是貼在他身上的，而現在則是貼在她身上。

妳很快就會暖和起來。好，現在讓我們來違反禁令。我們來閒晃。

「拴好狗鍊」又怎樣？

我們照樣要違反。他沒有伸手去摟住她。他知道她想要他這麼做。還沒來到以前，她就預期過被他摟住的感覺，一如小鳥對樹蔭的期盼。他一根菸已經抽完，馬上又點上另一根。他問她要不要來一根，這次她接受了。火在他們搗起的手中閃了一下子，把他們的指尖照得透紅。

她想，火再大一點的話，就可以照得見骨頭了。這火就好比X光，而我們就好比是菸霧，就好比染了顏色的水。水都是做自己喜歡做的事情，都是往下流的。香菸煙霧充滿她的口腔。

接下來我要告訴你有關小孩的事了，他說。

小孩？什麼小孩？

第二集。關於辛克龍星的，關於薩基諾姆的。

喔，這個？好啊。

那裡面也有小孩。

我沒說過想要在裡面加入小孩。

他們是童奴。我少不了他們。沒有他們，我便說不下去。

我不認為我喜歡裡面有小孩子，她說。

先聽聽看嘛，不喜歡的話妳隨時可以喊停，沒有人會勉強妳。他把聲音壓平。她沒有起身。

他說：雖然薩基諾姆現在只剩下一座大石頭堆，但從前，它可是個繁榮興旺的貿易中心。它位於三條遠程商道的交會點，一條從東邊來，一條從西邊來，一條從南邊來。另外，還有一條寬闊的運河，讓它與北面的大海相連接。在海邊，它有一座築有堅強城牆的海港。

運河和港口都是奴隸建造的。這沒有什麼好驚訝，因為薩基諾姆的輝煌與權勢就是用奴隸的血汗堆積出來的。薩基諾姆的手工藝也相當馳名，尤以編織為然。它所產的布料，顏色有像閃亮的流蜜般的，有像壓碎的紫葡萄般的，也有像傾瀉在陽光下的公牛血般的。它所產的紗就像蜘蛛網一樣輕盈，其地毯更是極度柔軟而精美，會讓踩在其上的人宛如踩在由繁花和流水交織的空氣上。

真詩意，她說。我沒想到你能說出這麼詩意的話。

就像百貨公司裡的奢侈商品一樣，他說，你只要進一步了解了它們的來源，就不會覺得它們詩意。

負責編織地毯的都是奴隸，而且清一色是童奴，因為只有小孩的纖手能勝任如此精細的工作。不過，這工作相當費眼力，長年累月的編織工作讓童奴的視力逐漸變壞，至遲到八、九歲就會完全失明。不過這一點反而成為地毯品質的衡量標準。這張地毯織瞎了十個小孩，地毯商人會對顧客這麼說，這張十五個，這張二十個。由於地毯的售價取決於它織盲多少童奴，因此地毯商人往往會誇大其詞。為了殺價，顧客則會嗤之以鼻地加以反駁。明明只織瞎七個，只織瞎十二個，只織瞎十六個。他們會一面撫摸地毯，一面這樣討價還價。

童奴一旦失明，就會被賣入妓院，女孩和男孩都不例外。他們的收費很高，因為據說他們的手指極其靈活熟練，被他們撫摸，會讓人有花朵在肌膚上盛放或流水在身上潺潺流過之感。

他們也擅長開鎖，因此有些盲童能從妓院中逃出來。之後，他們要不是靠當暗巷的割喉盜匪維生，就是靠當職業刺客維生。這一類盲眼刺客相當搶手，因為他們都是最厲害的刺客：他們的聽覺極其敏銳，走路無聲無息，可以穿梭最狹窄的出入口，單憑嗅覺就可以知道一個人究竟是熟睡還是做著惡夢。他們割喉的手法極為輕柔，被殺者死前只會覺得有一隻飛蛾撲上脖子。據信這些盲眼刺客都冷血無情，因此人們聞之色變。

這些有關盲眼刺客的故事，在那些編織地毯的童奴之間悄悄口耳相傳。他們會關心這些故事是很自然的，因為那關乎他們的未來。他們之間流傳著一句話：唯有盲者才有自由。

好悲哀，她輕嘆著說。你幹嘛給我講這麼悲哀的故事？

樹影更深了。他終於伸手去摟住她。放輕鬆，他想，不要大動作。他把心念集中在呼吸上。

我給妳講的是我擅長講的故事，他說。而且是妳會覺得有真實性的故事。難道妳會相信那些甜膩膩的俊男美女愛情故事嗎？

不，我不會相信那些。

況且，我講的也不是悲哀的故事，不全然是。他們畢竟有一些人逃了出來。是逃了出來，卻當上割喉者。

他們能有別的選擇嗎？他們沒有錢，不可能變成地毯商人或妓院老闆。所以他們不得不幹汙穢的事。這是命啊！

不要這樣說，她說。那不是我的錯。

也不是我的錯。就說是我們替父祖輩的罪還債好了。

這是不必要的殘忍，她冷冷地說。

什麼時候又有過必要的殘忍啦？他說。有多少殘忍是必要的，請妳看看報紙吧，這個世界可不是我發明的。不管怎樣，我都是站在割喉者那一邊。如果妳只有割喉或餓死兩條路可走，妳會選哪一條？還是出賣身體？我想這大概是最常見的辦法。

他太激動了，把自己的忿懣暴露了出來。她把身體從他的臂彎抽離。時間不早了，她說，我得回去了。周圍的葉子不時抖動。她張開手，半舉起，感覺有幾滴雨落在手心上。雷聲愈來愈近。她把披在肩上的夾克抖下。他沒吻她；他不想，不是今晚。她覺得被判了緩刑。

回家後站在窗邊，他說。妳臥房的窗邊，把燈亮著，站在那兒就好。

她被他嚇著了。為什麼？為什麼要我那樣做？

我想要妳這樣做，想確定妳是安全的，他說。不全然是跟安全有關。

我試看看，她說。但只會站一分鐘。到時候你人在哪兒？

樹下。栗樹下面。妳看不見我，但我會在那兒。

這表示他知道她臥室的窗戶在哪兒，也知道那下面有一棵栗樹。他肯定曾在那裡徘徊過，窺視她。她打了個冷顫。

要下雨了，她說。會是傾盆大雨。你會全身濕透。

天氣不冷，他說。我會等到妳出現為止。

《環球郵報》一九九八年二月十九日報導

訃聞

溫妮薇德·葛里芬·普里歐夫人臥病多年後，於昨日逝世，享年九十二歲。作為知名慈善家，其謝世讓多倫多市從此失去一位忠誠且長期樂捐的女善人。夫人是已故企業家理查·葛里芬之妹，早年是多倫多交響樂團董事之一，近年則是安大略美術館與加拿大癌症協會的委員，平素也積極參與花崗岩俱樂部、文藝女神俱樂部、小聯盟與自治領日戲劇節的各項活動。身後遺有姪孫女薩賓娜·葛里芬，目前正在印度旅行。

喪禮定於本週二早上假聖西蒙教堂舉行，隨後移靈至愉悅山墓園進行土葬。奠儀請轉贈馬格麗特醫院。

《盲眼刺客》口紅心

我們今天有多少時間？他說。

不少，她說。二或三小時。他們都出門去了。

幹什麼去了？

不知道。反正就是賺錢、購物、做善事之類的。她將一綹頭髮繞到耳後，坐直身子。她有點覺得自己低賤，只要別人吹一聲口哨，就隨傳隨到。這車子是誰的？她問。

一個朋友的。看到沒，我可是個重要人物，有個有車的朋友。

你在取笑我，她說。他沒回答。她把手套脫下。如果有人看到我們怎麼辦？

他們只會看到車子。這是輛破車，不會有人注意。即使他們看到車裡有個女人，也不會想到是妳，妳這種身分的女人不可能會出現在這樣的車子裡。

有時候我覺得你並不是真的喜歡我，她說。

喜歡與愛是兩回事。喜歡需要時間培養，而我最近沒有時間去喜歡妳。我有太多別的事要想，無法專注在這件事情上。

別把車停在這裡，她說。你沒看到那告示牌？

告示牌是給別人看的，他說。下車吧。

這條小徑簡直是條溝畦。丟棄的衛生紙、口香糖包裝紙和用過的保險套撒滿一地。還有瓶瓶罐罐、碎石子、乾泥巴上一道道車胎痕跡。她穿錯鞋子了，來這種地方不應該穿高跟鞋的。他挽著她的手臂，幫她保持平衡。她卻掙脫開。

這裡簡直就是露天野外。我們會被看見的。

誰看見？這裡可是橋底下。

警察會看見。等一等，先別這樣。

警察不會在大白天來這種地方窺探，他說。只有到了晚上，他們才會帶著手電筒，來找那些倒行逆施、目無上帝的人。

但說不定會有流浪漢或狂徒，她說。

到了，就那下面，那片涼蔭，他說。

這裡有毒青藤嗎？

半棵都不會有，我可以打包票，也不會有流浪漢或狂徒——我除外。

你怎麼知道？怎麼知道沒有毒青藤？你來過嗎？

別問那麼多，他說。躺下來。

慢一點，你會把我的衣服扯壞的。她聽到自己這樣說，但那不可能是她的聲音，因為那太微弱了。

有人在水泥上用口紅畫了個心形。心形裡面有兩個姓名字首，中間以L字相。

L當然就是Loves（愛）的意思。只有當事人知道兩個姓名字首代表的是誰，而外人所能知道的，只是他們來過這裡，留下過這個愛的宣示。

在心形的外圍，有別人寫了四個字母，它們分別位於心形的上下左右，就如指南針的四極：

F U
C K

每個字母都拉得長長、張得開開的，性意味昭然若揭。

他的嘴巴嘗起來有菸味，她的則有鹽味。四周是一股壓碎的野草味和貓氣味。這是一處不起眼的角落，潮濕而茂盛。他們膝蓋沾上泥土，骯髒而翠綠；瘦長的蒲公英迎著陽光伸展。

在他們躺臥處的下方，溪流漣漪蕩漾著。他們頭上是茂密的枝葉和點綴著紫色花朵的細長藤蔓。橋墩高高聳立，可以看得見鐵橫梁和聽得見車輪的轆轆聲；藍天被橋梁的支架切割成一片片。她背下是堅硬的泥土。

他撫摸她的額頭，然後一根手指畫過她的臉蛋。妳無須崇拜我，他說。有朝一日妳會了解，全世界不是只有我有那話兒。

我在乎的不是這個，她說。再說，我也沒有崇拜你。沒想到他這麼快就已經把她推入了未來。

不管妳在乎的是什麼，一旦我不再糾纏妳，妳就會有更多經驗。

你到底想說什麼？我並不覺得你在糾纏我。

我是說死了以後，他說。我們都死了以後，我就不會再糾纏妳。

說些別的吧。

好吧，他說，再次躺了下來。把妳的頭枕在這裡。他一隻手摟著她，另一隻手伸入口袋掏香菸盒，然後拿出一根火柴，擦過拇指指甲，劃出火焰。她的頭靠在他的肩窩上。

我上次說到那兒了？他問。

織地毯的童奴，盲眼的小孩。

喔，對，我想起來了。

薩基諾姆的財富是以奴隸的血汗累積出來的，尤其是那些編織著名地毯的童奴的血汗。但這不是什麼名譽的事，所以「史涅法」對外宣稱，他們的財富是神明所賜，用來獎賞他們的美德與合宜的祭典。

薩基諾姆人有很多神，而所有神都是吃葷的，喜歡牲禮，又尤嗜人血。據說，薩基諾姆建城之初，有九位虔誠的父親曾把女兒作為獻祭品，埋在城的九座門下面。

這九座門有八座位於城牆的四面，每面兩座，一座是進城用，一座是出城用。據說一個人如果打進城的同一座門出城，就會短命。第九座門則位在城市中央的山丘頂上。那是一塊平放的厚大理石板，據說它也是生與死、人界與神界的分界點。這是神明進出用的門。他們用不著兩座門，因為與凡人不同的是，他們可以同時身在門的兩邊。

第九座門也是獻祭用的祭壇，殉祭者的血會直接灑在上面。薩基諾姆的兩大主神是太陽神和月亮女神。前者主司的是白晝、光明、宮殿、歡宴、火爐、戰爭、酒、入口和語言，後者主司的是黑夜、雲霧、影子、女性、洞穴、生產、出口與寂靜。獻給太陽神的是男孩，獻給月亮女神的是女孩。男孩會在祭壇上被棍棒擊破腦殼，然後丟進神像的嘴巴，直通一個熊熊的火爐。女童則會被割喉，讓血流乾：據說她們的血可以修補那五個逐漸虧缺的月亮，防止它們完全消失。

每年都會用九個女孩獻祭，以紀念那九個埋在城門下的女孩。獻祭用的女孩被稱為「女神侍女」，人們會向她們禱告，供奉鮮花香火，指望她們為活著的人說項。一年最後三個月莊稼不生，是女神齋戒的日子，稱為「無臉月」。這期間，太陽神獨掌大權，經常發動戰爭，母親會讓家中男孩穿上女孩衣裳，以保他們平安。

按法律規定，最尊貴的「史涅法」家庭至少必須獻出一名女兒為祭品。獻祭用的女孩絕對不能有汙點或缺陷，否則就是對女神的不敬。不過，這一點卻讓「史涅法」找到了迴避責任的漏洞：他們會在女兒身上弄出些小小的缺陷，如剁去一根手指或割下一個耳垂之類的。很快，「史涅法」家庭就連這點小小的犧牲都不願意做，改為以象徵性的記號代替身體的傷殘：在女孩鎖骨的部位刺上一個長方形的藍色刺青。凡不是「史涅法」階級的女性如果刺有這種刺青，都是死罪，但妓院老闆卻會在最年輕妓女身上用墨水畫上相同圖形，教她們裝出傲慢不遜模樣，以滿足一些客人的性幻想。

同時，「史涅法」也開始收養棄嬰，用她們來取代自己的親生女孩，充當祭品。這當然是欺騙，但「史涅法」家庭都權大勢大，所以主事者也就睜一隻眼閉一隻眼。

貴族家庭愈來愈懶，最後甚至懶得自己把女嬰養大，乾脆支付一筆優厚的費用，把她們交給女神廟養育。這跟養一匹賽馬並沒有兩樣。獻祭用的女孩自小即幽禁在女神廟裡，被餵養最好的食物，務求讓她們保持皮膚光滑、身體健康。廟方也會極嚴格的訓練她們，培養她們的「正確」心態，讓她們能在祭典上以優雅而無畏的態度完成使命。她們會被灌輸這樣的觀念：獻祭時她們的舉止應該像舞蹈一樣，莊重而抒情、和諧而優雅；她們不是待宰的羔羊，而是心甘情願獻出生命；整個王國的幸福端賴她們無私的犧牲。

這樣又過了很多年。現在，真正相信有神明存在的人已經沒有幾個，虔篤者反而會被視為瘋子。儘管如此，祭禮還是舉行如儀，因為它已行之有年，成為習慣，雖然沒有誰會把它當一回事。

另一方面，那些獻祭用的女孩雖然自幼便與外界隔絕，但她們其中一些還是透過某種管道明白了自己的犧牲毫無意義。因此，祭禮上開始會出現女孩拚命掙扎、驚聲尖叫或破口大罵國王（也就是主祭）的場面。甚至還發生過國王被咬的事情。一般民眾對這些鬧場的插曲深感嫌惡，因為這除了有可能觸怒神明、帶來厄運以外，還會破壞這場慶典的歡愉氣氛：舉國上下都期待這一天到來，連「伊格列」、甚至奴隸都不例外，因為那是他們可以放假一天並獲得容許縱酒喝醉的日子。

後來，為防獻祭用的女孩再鬧事，獻祭三個月前把她們舌頭割掉成為慣例。祭司們指出，割去舌頭並不是傷殘，反而是美化，因為那樣子會更勝任「寂靜女神」的侍女。

從此，這些沒了舌頭的女孩儘管有千言萬語，也無從訴說，只能在獻祭當天乖乖披著面紗、戴著花環，在莊嚴樂聲的伴奏下，被帶到通往第九座門的迴旋樓梯。換成是今日，她們的裝扮和表情活脫脫就是個上流社會的新娘。

她坐起身。我看你把這個扯進來，只是想藉她們來影射我，她說。你以讓這些戴新娘面紗的可憐女孩被凌遲為樂。我敢打賭她們都是金髮。

不是影射妳，他說。不是這樣。再說，這不是我憑空杜撰，而是歷史上有真憑實據，赫梯人就有這種……

我相信歷史上有過這種事，但這不代表你不是以此為樂。你仇視她們，不，應該說是嫉妒，至於為什麼，只有天知道。少給我來赫梯人和歷史那一套——那只是你的託詞。

慢著，是妳自己同意加入處女獻祭的情節，是妳把她們加在清單上的。我只是照妳的吩咐行事。我不明白妳有什麼好不滿，是她們的服飾嗎？太多薄紗？

我們不要拌嘴了，她說。她覺得自己快哭出來，所以兩隻手握得緊緊的，把眼淚強忍回去。

我不是存心讓妳難過。讓我抱抱。

她推開他的手臂。我知道你是存心的，你想向自己證明你有這個能耐。

不，我以為我說的那些可以逗妳開心。

她扯了扯裙子，又拉了拉襯衫。被割掉舌頭的女孩會讓我開心？你一定以為我是冷血動物。

我收回。我改一改。我為妳重寫歷史。這行了嗎？

你收不回來，她說。話已經說出口，你就半個字都改不掉。我要走了。她已經跪著，準備要站起來。

還有很多時間嘛，躺下來。他握住她的手腕。

放手，很多才怪，看看太陽都在哪兒呢。他們要回來了。如果他們回來看不到我，我就會有麻煩。當然，我有麻煩對你來說根本無所謂。你什麼都不在乎，唯一在乎的只是能不能快快……快快……

說啊，勇敢說出來啊。

反正你知道我的意思，她疲憊地說。

事情不是妳想的那樣。我很抱歉。我才是冷血動物，我扯太遠了。不管怎樣，那只是個故事。

她把前額抵在膝蓋上。一分鐘之後，她說：以後我要怎麼辦呢？我是說你離開了以後。

妳會挺過去的，他說。妳會恢復過來，繼續過妳的生活。時間會讓妳把我淡忘掉。

不，時間不會讓我淡忘。

來，我幫妳扣釦子，他說。別憂愁了。

《帕克曼高中家長與校友會會訊》，一九九八年五月

蘿拉・查斯紀念獎徵文

出於已故之普里歐夫人的慷慨捐贈，本校甫設立一彌足珍貴之學生獎項，名為「蘿拉・查斯創作紀念獎」。獎金兩百加幣，將贈與應屆畢業生所創作的短篇小說最優者。評審由三位校友會會員擔任，評審標準除考慮作品的文學性外，還會兼顧其道德內涵。伊文思校長表示：「普里歐夫人從事許多善舉，卻沒有忘記我們，讓人萬分感激。」

這個以本地知名女作家蘿拉・查斯命名的獎項，將於本年六月的畢業典禮上首次頒發。查斯小姐之姊艾莉絲・葛里芬夫人已欣允親臨授獎。目前距畢業典禮尚餘數週，請各位家長趕緊督促貴子女啟動他們的創意引擎，命筆成篇吧！

畢業典禮後將有一場由校友會贊助的茶會，假體育館舉行。欲參加者請向「薑餅屋」之蜜拉女士購票，所有收入皆用於購買我們需之甚殷的足球隊新制服！歡迎提供烘烤糕餅，含堅果食材者請標明成分。

第三部

頒獎典禮

起床後我覺得魂不守舍。起初我不明所以，後來才想到原因。今天是頒獎日。

太陽高懸，房間的溫度已有點熱。光線從網眼狀窗簾滲進來，讓微塵像被攪起的沉澱物般懸浮在空氣中。我覺得腦子裡灌滿了漿糊。身上還穿著汗濕的睡袍，我把驚恐心情撥樹葉般撥到一邊，硬把自己從零亂的床鋪拉起來，強迫自己通過一連串例行性的晨間儀式，好讓自己在別人面前看起來像個心智正常的人。首先是梳頭，把昨晚被什麼鬼怪嚇得豎起的頭髮梳順，然後洗臉，好把目瞪口呆的表情給洗掉；牙也得刷一刷，因為天知道我睡覺時啃過什麼的骨頭。

然後是淋浴。我一手扶著蜜拉硬要我裝的防滑扶手，另一隻手小心翼翼不讓肥皂滑掉。雖然擔心會滑跤，但我還是盡量把身體沖洗仔細，務求把黑夜的氣味從皮膚完全沖走。我一直懷疑自己有一股習而不察的怪味——一種腐肉味加上濁尿味的惡臭。

然後經過擦乾、搽潤膚液、塗粉、噴香水等有如除霉般的步驟後，我多多少少可以用「恢復過來」四個字來形容。儘管如此，我還是有一種無重力感，或是一種即將踏出懸崖邊的感覺。每踩出一步，我的腳尖都是輕輕落下，彷彿生怕地板會突然跑掉。唯一讓我保持平衡的只是表面張力。

穿上衣服後，我的感覺好多了。不穿上這些鷹架般的衣服我總不自在（但我真正的衣服都到哪裡去了？這些沒曲線的素色衣服和矯形鞋肯定是別人的。然而，它們現在卻穿在我身上，更要命的是，它們合我的身）。

再下來是下樓。我對下樓梯這件事一向誠惶誠恐，生怕哪一天會失足滾下樓梯，折斷頸骨，大字形攤在地上，身上只穿著內衣，在還沒有人想到要來找我之前就已潰爛成膿水。這樣的死法太不體面了。我一梯級一梯級的下，而且一路都緊緊抓住扶手。下樓梯後，我左手輕摁著走廊的牆壁，一路走進廚房。（儘管老態龍鍾，我至少還看得見，也還可以走路，該知足了。該對老天爺的小恩小惠心存感謝，蕾妮以前常常這樣說。但蘿拉卻會反問：為什麼要心存感謝？為什麼恩惠會這麼小？）

我不想吃早餐，只喝了一杯水，在侷促不安中度過一分一秒。來接我的華特九點半準時到達。「今天有夠熱的吧？」他說，這是他的標準開場白。換成是冬天，熱字就會改成冷字。春天和秋天的用字則分別是濕和乾。

「今天還好嗎，華特？」我問他，我總是這麼問。

「無災無難。」這是他的一貫回答。

「人生還能奢求什麼別的呢。」我說。他露出註冊商標式的微笑：臉上微露一條小笑紋，就像龜裂的泥地。他為我打開右前座的車門，扶我坐到裡面。「今天是個大日子，對吧？」他說，「繫上安全帶啦，不然我就會被抓起來。」他說繫上安全帶啦幾個字時，語氣像說笑；他年紀夠大的了，不會不記得早年開車沒有那麼多規規矩矩的日子。他年輕時開車，準是一邊手肘擱在車窗上，另一隻手放在女朋友的膝蓋上。但一想到坐他旁邊的這位女朋友其實就是蜜拉，便讓人覺得怪怪的。

他輕巧地把車子開上大路，一路無語。華特身材高大，脖子粗得不像脖子，卻像肩膀的延伸；身上散發一種還不致難聞的舊皮靴味與汽油味。他平常不看書，這讓我們彼此都自在些：關於蘿拉，他所知道的只有她是我妹妹，已經過世，就這麼多。

我應該嫁給像華特這樣的人的。我欣賞他那雙巧手。

不，我不該和任何人結婚。這樣可以省去許多煩惱。

華特在高中前面停下車。這所學校是戰後興建的，已經有五十年歷史，但對我而言卻還相當新：我還不能習慣它那正正方方和枯燥乏味的造型，看起來就像個板條箱。年輕學子與他們的父母魚貫穿過人行道與草坪，走進大門。蜜拉早在等著，一見我們抵達，就在階梯上大聲吆喝。她穿著白色洋裝，上面印著一朵朵大紅花。大屁股的女人真不該穿這種大花衣服。她的腰帶也有可議之處，反正不是我樂見的復古樣式。她還特別燙了頭髮，又密又灰又鬈，就像英國高等法院法官戴的假髮。

「你遲到了，」她對華特說。

「不，我沒有遲到，」華特說，「只是別人早到罷了。沒必要讓她坐著乾等吧。」即使當著我面，他們提到我時也習慣用第三人稱，猶如我是小孩或寵物。

華特扶著我的手，把我交給蜜拉。然後蜜拉攙扶著我，磕磕絆絆走上階梯，像是進行二人三腳遊戲。我感覺得到她有什麼感覺：扶著一把靠漿糊和細繩維繫的易碎老骨頭。我應該把拐杖帶來的，但又不敢，知道扶著拐杖上台準會讓誰被絆倒。

蜜拉把我帶到後台，問我要不要上洗手間（她總不忘問這種事），然後讓我在化妝間坐下。「妳留在這裡，哪裡都別去。」她吩咐說，然後連跑帶跳離開，打點別的事情去。

梳妝台鏡子四周有一圈小燈泡，釋放出會讓人增添美豔的光芒，但鏡子裡的我卻讓人不敢恭維：病懨懨的，皮膚像塊泡在水裡的肉，血管纖毫畢現。這是恐懼引起的嗎？還是我真的生病了？

我從皮包裡找出梳子，在頭上馬馬虎虎梳了一梳。蜜拉一直想把我押去她常上的美髮店，但我就是抵死不從。因為我的頭髮雖然又毛又鬈又向上翹（就像剛坐過電椅似的），但至少我還有資格稱之為是「我的」。頭皮在我稀疏的頭髮間隱約可見，顏色是老鼠腳那種灰粉紅色。要是遇到強風，我所有的髮絲準會像蒲公英冠毛一般四下飄散，留下麻麻點點的禿頭皮。

蜜拉留給我一塊她為校友會茶會製作的杏仁巧克力餅和一瓶瓶裝咖啡。但我喝不下也吃不下東西。

過了一會，蜜拉慌慌忙忙跑進來，把我從座位拉起，扶我走到前台。校長第一個握住我的手，說了句「您的蒞臨是本校的光榮」；然後我的手又轉到不同的人手中，包括了副校長、校友會會長、英國文學系系主任、青商會代表，最後是本地選出的國會議員——他們全都不願錯過一個惡作劇。自理查的政治生涯結束後，我還沒見過那麼多排的閃亮大白牙。

蜜拉陪我走到我的座位，低聲說：「我會站在頒獎台右側的幕後。」學校管弦樂隊此時鏗然起奏，眾人合樂高唱〈哦，加拿大！〉。這歌的歌詞因為老是改來改去，我一直記不住。現在還有法語版本的歌詞，這在從前可是聞所未聞。唱罷國歌，大家重新坐下，心中充滿別的時候不會有的集體自豪感。

然後是學校牧師領禱和講道，談到當代年輕人得面對的許多空前挑戰。他講的道，上帝一定聽過無數次，而且一定就像我們一樣煩膩。跟著是一些其他人輪番發言，我斷斷續續聽到「二十世紀尾聲」、「除舊布新」、「未來主人翁」、「未來交在你們手中」之類的話。我放任自己的思緒遊走，因為我很清楚，人們對於我的唯一期望就是不要出洋相。今天這個典禮，和我從前陪理查參加過的典禮或餐會沒有兩樣，那些時候，我的任務都是坐在他旁邊，不發一語。碰到有人跟我說話（這是很罕有的），我就說我的嗜好是園藝。雖然不能算是真話，但這個乏味的回答通常都會讓對方滿意。

接下來是畢業生領取畢業證書。他們列隊上台，神情肅穆而容光煥發，雖然高矮肥瘦不一，卻人人都長得漂亮——一種年輕人才會有的漂亮。即便是醜陋的、板著臉的、肥胖的或滿臉痘子的，一樣讓人覺得漂亮。他們不了解自己有多漂亮。但年輕人也讓人惱火。他們總是一副囂張的姿態，從他們唱歌那種調調，你會曉得他們早已不知逆來順受為何物，早已不知規規矩矩跳狐步舞為何物。他們不了解自己有多幸運。

他們幾乎沒有正眼瞧我。在他們看來，我一定只是個老古董，不過，任誰都或遲或早會被年輕一輩看成老古董。當然，流血才會讓一切改觀。戰爭、瘟疫和謀殺才是他們認為值得敬重的。流血可以讓我們變得有價值。

接著是頒發各種獎項，有資訊科學獎、物理獎、商業技能獎、英國文學獎和一些我聽不清楚的獎。之後，校友會會長清了清喉嚨，以虔敬的聲音發表了一篇頌揚溫妮薇德的演講，簡直把這個老賤人形容得像聖人。為什麼只要是涉及錢的事情，人們就會扯謊！我猜，老賤人當初捐出九牛一毛設立這個獎項時，早就預見到今日這一幕：她知道我一定會受邀頒獎，我就不得不乖乖聆聽別人對她的歌功頌德，同時又不得不接受全鎮鎮民嚴厲目光的打量。我千萬個不願意讓她得逞，但如果不來，又會被當成膽怯、內疚或者漠不關心。

接下來輪到頒發蘿拉紀念獎。負責發表頌詞的是那位議員先生，他提到了蘿拉的本地血緣、她的勇氣，她對「所選擇的目標的執著」（天知道這是什麼意思），卻絕口不提她是怎麼死的，也絕口不提她寫的那本書。雖然法庭判定蘿拉是死於意外，但幾乎鎮上每個人都相信她是自殺，而且大部分鎮民顯然都會同意，她寫的那本書最好能被忘掉。不過，它卻沒有，甚至在泰孔德羅加港這裡也沒有。即使事過五十年，這本書仍是禁忌。在我看來這很令人費解，如果是因為書中有粗鄙語言，那麼這些語言如今無一不是可以每天在街頭巷尾聽到，至於它的性描寫，則端莊持重得像扇舞[1]的舞者，過時得幾乎就像女人的吊襪帶。

從前當然是另作別論。不過，人們記得的不是書的內容本身，而是它喧鬧一時的盛況：教堂裡的牧師指斥它淫穢，公立圖書館被迫將它撤架，鎮上唯一一家書店也拒絕進貨。甚至還有傳言它會遭查禁。人們紛紛跑到斯特拉特福、倫敦，甚至多倫多，偷偷摸摸買一本（跟當時人們買保險套的情況一樣）。回到家裡以後，他們會把窗簾放下，仔細閱讀，有人搖頭，有人津津有味，有人廢寢忘食，有人興奮難耐，哪怕是以前從不看小說的人也是如此。沒有什麼比一點點汙穢更能激起閱讀的興致了。

（當然不是沒有一些友善一點的評論。這書我讀不懂——根本構不成一個故事。但假以時日，這位可憐的作者也許可以寫出較成功的作品也說不定。這是你能聽到最好的評語。）

讀這書的人想從中獲得什麼呢？當然是縱慾、淫穢的描寫，好印證他們對此書的鄙夷態度的正確性。不過，他們其中一些也許還想體驗他們渴望卻不敢去觸碰的激情。

另外，他們也是想享受猜測書中角色是誰的快感。他們希望得到的不只是虛構人物的放蕩，而是真實人物的放蕩。女主角當然就是蘿拉，這是不用猜的。但那個和她上床的男人又是誰呢？

當然，有些人認為他們知道答案。

不過，在當時，蘿拉已經是他們搆不著的了。他們唯一搆得著的只有我。匿名信開始出現在我家信箱。他們會質問我安排這本書出版的居心何在？為什麼我要讓我備受敬重的家族蒙羞，而且還要賠上整個鎮的名聲？每個人都早已懷疑蘿拉神智有問題，而那書則給予了證明。我不是應該點根火柴，把手稿燒掉的嗎？看著台下那些模糊的人頭，我可以感受得到有一股年深日久的不屑與責難，像沼氣那樣，徐徐升起。神遊之際，突然有人握住我的手臂。我被扶起，手裡被塞進裝著支票、繫著金色絲帶的信封。有人宣布得獎者的名字，但我聽不清楚。

她向我走過來，鞋跟在台上喀喀作響。她個子很高（這年頭的年輕女孩個子都很高，一定和食物裡多了什麼有關），穿一套黑色洋裝，上面鑲著銀線，要不就是珠子，反正是會閃閃發亮的東西。她的頭髮黑而長，鵝蛋臉，嘴唇塗成桃紅色，眉頭微皺，神情專注。膚色帶點微黃或棕褐，她會是印度裔、阿拉伯裔或中國裔嗎？哪怕是在泰孔德羅加港這裡，這種事一樣有可能：這世界如今任何地方都會有各色人等。

看到她，我的心猛跳了一下，思念像經痛一樣在身上亂竄。我外孫女薩賓娜現在說不定就是長這樣子，我想。也許是，也許不是，我無從得知。我可能已經根本認不得她。她被帶離我身邊好久了。

「葛里芬太太……」議員先生輕聲提醒我。

1 扇舞是一種裸舞，但舞者會用一把大扇遮住部分身體。

我前後晃了一下，重新恢復平衡。我該說些什麼呢？

「我妹妹蘿拉肯定會對今天的頒獎非常高興，」我朝麥克風喘著氣說，聲音又細又尖，心想自己隨時都可能昏厥過去，「因為她一向樂於幫助別人。」這是真的，我先前發過誓致詞時不說假話。「她非常喜歡閱讀和書本。」這在某種程度上也是真的。「她一定會樂於祝福各位鵬程萬里。」這當然也是真的。

我勉力把信封遞出去，領獎的女孩得彎下腰來才接得到。我在她耳邊輕聲說：祝福妳，事事小心。任何想與文字打交道的人都需要這種祝福，這種警告。我真有把話說了出來嗎，還是只是像魚一樣，無聲地開闔了嘴巴一下？

她微笑著，整張臉上和髮上都是亮晶晶的一閃一閃。這一定是我的眼花和刺眼的舞台燈光作祟。我站在那裡，不住地眨眼。接著，她做了出乎我意料的事：探身在我臉頰上吻了一下。

透過她的唇，我可以感覺到自己皮膚的質感：像小羊皮手套一樣鬆軟，多皺褶、粉粉的，而且老舊。

她也對我耳語了些什麼，但我不怎麼聽得清楚。只是簡單的「謝謝妳」嗎，還是一句包含著特殊訊息的外國語？

她轉身離開。打在她身上的光是那麼眩目，以致我必須閉上雙眼。我什麼都聽不見，什麼都看不見。黑暗又逼近了些。掌聲像鳥兒振翅一樣衝擊著我的耳鼓。我搖搖晃晃，幾乎要跌倒。

某位工作人員機警地抓住我的手臂，扶我走回座位，走回暗處，走回蘿拉所籠罩的陰影，離開凶險。

但是舊傷口已經再次裂開，有看不見的血汨汨流出。用不了多久，我將會空空如也。

銀盒子

橘色的鬱金香快要開了，皺巴巴而參差錯落，像是打完仗後掉隊的散兵游勇。我以鬆一口氣的心情向它們打招呼，就像從一座被炸毀的大樓向它們揮手。然而，它們還是得靠自己努力長出來，我能幫的忙少之又少。有時我會探進像瓦礫堆的後院，清除些枯枝和落葉，但這幾乎是我唯一能做的了。我已不太能屈膝，無法用手撥土。

昨天去看醫生，他診斷我得了心臟病。這麼說，我將不會像童話中的瓶中女巫那樣，永遠不死，只是愈變愈小、愈變愈髒。長久以來，我都喃喃念著我想死，現在，看來這個願望快要實現了，儘管我已經改變了主意。

我裹上披肩，走出後門廊，在一張刮痕累累的木桌子前面坐下來。桌子是我請華特幫我從車庫裡搬出來的。車庫裡有著前一任屋主留下來的各種慣見東西：一組乾了的油漆灌、一堆柏油木瓦、半罐生鐵釘、一捲畫線。還有麻雀乾屍和被老鼠當窩用的床墊填料。華特用消毒水把桌子清洗了一遍，但老鼠氣味還是殘留不去。

我面前放著一杯茶、切成四片的蘋果和一本活頁簿。我也買了一枝新原子筆，是便宜貨，黑色塑膠的筆身，滾珠的筆尖。我還記得這輩子買的第一枝原子筆有多滑順，它沾到我手指上的墨水有多藍。那是一九二九年的事，當時我十三歲。蘿拉沒說一聲就把筆借了去（她借我的每樣東西都如此），然後又不費吹灰之力就把它弄斷了。當然，我原諒她了。不管她做了什麼事，我總是會原諒她；我不得不原諒她，因為我們是彼此唯一能依靠的人。我們坐困在荊棘遍布的小島上，等待救援；而其他所有人都在大陸上。

我打算在活頁簿上寫下一些事情。但我又是為誰而寫呢？為我自己嗎？我不認為。我不預期日後我會拿起它來重讀一遍，因為「日後」對我來說已成為大有疑問的詞。是為了想讓未來某些陌生人讀到而寫嗎？我沒這個野心。

也許我不是為誰而寫。也許我的目的，和小孩子在雪地上潦草寫上自己的名字沒有兩樣。我的書寫不如從前靈活了。我的手指僵硬笨拙，筆桿搖晃顫抖，而我也要花上很多時間才能想出恰當的字句。但我仍然堅持下去，拱著背書寫，像個就著月光縫衣服的人。

每逢攬鏡，我就會看到一個老婦人的樣子。有時候我覺得她是我素未謀面的祖母，或是活到我這把年紀的母親。不過有時候，我又會看到一張少女的臉（一張我從前煞費苦心照料的臉），在我現在的臉上若隱若現，鬆垮垮而半透明，彷彿一撕即下。

醫生說，為了我的心臟著想，應該每天散散步。但我卻寧可待在屋裡。我討厭的倒不是散步本身，而是出門：出門讓我有袒露在別人面前的感覺。人們對我的指指點點和竊竊私語，會是我自己想像出來的嗎？可能是，也可能不是。畢竟，我已是本鎮的固定景觀——曾經是重要建築，如今只留下瓦礫遍布的基址。

一直有一種足不出戶的慾望勾引著我，它想要誘使我像個隱士一樣，閉門不出，終日穿著睡袍躺在床上，任由花籬和野草蔓生，任由頭髮長長蔓過枕頭，任由指甲彎成鳥爪狀，任由白蠟燭的蠟淚滴在地毯上。只不過，我沒有屈從於這種慾望，因為很久以前我就在古典主義與浪漫主義之間作出取捨。我決定了要保持昂首和自持：當個白晝裡的骨灰甕。

也許我不該搬回泰孔德羅加港這裡來的。但那時我想不到還可以去哪裡，而且，正如蕾妮喜歡說的：你熟悉的惡魔總沒有你不熟悉的惡魔可怕。

今天我作出了努力。我出了門，散了步。我把墓園定為散步的目的地：如果不定個目的地，這一類無聊的散步會額外無聊。我戴了寬邊草帽以遮擋別人的目光，也戴了太陽眼鏡、枴杖和一個塑膠袋子。

我沿著艾瑞街向前走，行經一家乾洗店、一家照相館和幾家在鎮郊商場夾攻下苟延殘喘下來的雜貨店，接著是貝蒂快餐店。它現在又有了新東家，不過或遲或早，這個新東家不是虧夠了或死了，就是會搬到佛羅里達州去。這家店現在的招牌飲食是義式指環狀餡餃和卡布奇諾咖啡，這兩樣東西的名字斗大的寫在櫥窗上，就像鎮上每個人都理所當然知道它們是什麼似的。不過大家現在當然都知道那是什麼玩意兒。他們都試過了，而且得到了嗤之以鼻的權利。我不需要咖啡上面那坨東東，看起來就像刮鬍膏。喝一口你就會滿嘴巴泡泡。

雞堡派一度是這家店的招牌食物，但那已是許久許久以前的事了。這裡現在也賣漢堡，但蜜拉奉勸我別吃，因為漢堡的餡都是用肉屑做的。所謂肉屑，就是用電鋸切割冷凍牛屍時撒落到地板上的碎屑。這是蜜拉從雜誌上讀到的，她在美髮店裡讀過不少雜誌。

墓園有一道鑄鐵大門，門拱由錯綜精巧的漩渦圖案構成，鐫刻著銘文：我雖然行過死蔭的幽谷，也不怕遭害，因為你與我同在。[2]唔，兩個人在一起感覺上是比較安全，但你卻是個滑不溜丟的角色。我認識的每一個你都總有辦法消失不見。他們會溜出鎮，或是變得背信棄義，或是像死蒼蠅一樣墜地。然後，你能到哪裡去呢？

來這裡。

查斯家族的紀念碑相當顯眼，因為它比墓園的其他墓碑都要高。紀念碑由站在一塊正方形石頭基座上的兩尊天使像構成。兩尊天使都是以大理石雕成，屬維多利亞風格，雖然有點煽情，但手工要算非常好。第一位天使是站著的，頭垂向一側，一臉哀悼的表情，一隻手輕柔地放在第二位天使的肩上。第二位天使跪著，身體倚著第一位天使的大腿，目光直視，手捧一束

2 語出《舊約聖經．詩篇》。

百合花。她們的姿態高雅，長袍的皺褶款擺，雖然沒有透露出身材，但你仍看得出來她們是女性。她們的眼眸本來是明亮的，但歷經長年的酸雨侵蝕，現已變得模糊，就像是得了白內障。

蘿拉和我以前經常來這裡。最早是蕾妮帶我們來，她認為小孩子常到祖先的墳墓走走是好事；後來是我們自己過來，因為這是可以往外跑的好藉口。蘿拉小時候常說，兩座天使象徵的是我們姊妹倆。我說這是不可能的，因為兩個天使是祖母安放在這兒的，而那時我們都還沒有出生。但蘿拉從來不會把這種思考方式當一回事。她感興趣的是形體，是本質性的東西。

多年來，我已經養成每年至少來這裡兩次的習慣，如果沒特別理由，便是來整理整理。從前我都是開車來，但現在我的視力太差，已無法駕駛。我費力彎下腰，撿起堆在那裡的一大堆枯萎花束，塞入塑膠袋裡。花是蘿拉的仰慕者送的。近年來的獻花者已比往年少，但仍然要算相當多。偶爾，也會看到有燒剩的香枝或蠟燭，似乎是有人想把蘿拉的芳魂召喚回來。

把花束清乾淨以後，我繞著紀念碑走了一圈，念出刻在石頭基座上面的名字和銘文。班傑明．查斯與愛妻艾達麗；諾弗爾．查斯與愛妻莉莉亞娜。艾德加與帕爾齊法爾。他們將不會像我們活著的人一樣，繼續變老。

蘿拉當然也不再會變老。她的本質將會永在。肉屑將會永在。

上星期，報紙刊登了蘿拉紀念獎頒獎的報導，連帶刊登了她一張照片。那是她的標準照片，也就是書衣上的那張，是我唯一提供給出版社的一張。照片是在攝影工作室裡照的。蘿拉上身斜對鏡頭，頭微微回側，帶出優美的頸部曲線。頭再側回來一點點，好，現在眼睛往上看一點點，嗯，幹得好，真是好女孩。現在給我來一個微笑吧。她的長髮是金色的，跟我當時的一樣。她的鼻子直挺，眼睛大而明亮無邪，眉毛下彎，內角突然上勾，就像是對什麼事情感到困惑。下巴帶著點頑固的氣質，但不知道她個性的人不會看得出來。照片中的她不施脂粉，讓她的臉給人奇特的裸露感：你看她的嘴時，會覺得是看著活生生的人。

照片中的她漂亮，甚至可以說美麗，不食人間煙火得動人心弦，最適合充當香皂或各種天然香草的廣告模特兒。她的臉面無表情，有著當時富家女那種目中無人、讓人摸不透的氣質。像一塊白板，等待著被書寫，而不是等著去書寫。

但現在，她卻只能靠著她寫的書去供後人緬懷了。

蘿拉再次回到我身邊，是裝在像香菸盒的銀色小盒子裡。我知道鎮上的人會說什麼。那根本不是真的她，只是灰罷了。你大概不會想到查斯家的人也會火葬吧，他們以前從不這麼幹的，我是說他們風光的時候。不過，既然她死的時候已經燒過了一遍，那再燒一遍也沒有什麼大不了，儘管我猜她家族的人會希望她跟他們合葬在一起，合葬在有兩尊天使的大墓碑四周。沒有其他人的墳墓會有兩尊天使像，但反正人家有的是錢，你管不著。他們就是愛現，愛撒錢，愛顯得與眾不同。

我經常在耳邊聽到這一類話，而說話的是蕾妮的聲音。她是我和蘿拉的情報員。那時候，除了她，我們又有誰可以仰賴呢？

紀念碑後面還有一片空地。我覺得那是保留座——就像理查過去在皇家亞歷山卓劇院的專屬保留座一樣。那是我的位子，我將入土的地方。

可憐的艾咪現在葬在多倫多的愉悅山墓園，和理查、溫妮薇德和他們俗氣的花崗巨石待在一起。那是溫妮薇德安排的——她迅雷不及掩耳地涉入理查和艾咪的後事，訂了他們的棺木。如果她有辦法，一定會阻止我參加艾咪的喪禮。

但蘿拉是他們之中最先走的，那時，溫妮薇德還沒有練就她那套搶死人的本領。我斬釘截鐵地說：「她該回家。」而事情也就這麼定了。我把她的骨灰撒在老家的花園裡，但保留著裝骨灰的銀色盒子。幸好我沒把它埋了，否則準會被她的某個書迷盜挖出來。只要是蘿拉的東西，這些人就什麼都會偷：一年前，我逮到他們其中一個拿著廣口瓶和小鏟子，偷鏟墓園的泥土。

我好奇薩賓娜最後會被葬在哪裡。她是我們之中的最後一個。我猜想她仍在這個世界上，因為我沒聽過別種說法。她會選擇葬在兩個家族墳墓的哪一個呢？還是說，她會選擇一個自己的角落，離我們遠遠的？如果是後者，我不會怪她。

薩賓娜第一次逃家才十三歲。溫妮薇德沒好氣的打電話給我，指責我煽動且協助她逃家，就只差沒說是我綁架了她。她質問我薩賓娜是不是到了我這兒來。

「我不認為我有義務告訴妳。」我故意賣關子，讓她受點折磨。這只是以其人之道還治其人之身：以前，折磨別人的機會幾乎都落在她手上。例如，她會把我寄給薩賓娜的卡片、信件和生日禮物全退回來。郵件上面寫著退回寄件人幾個字，字跡矮胖而獨斷，一望便知是她的手筆。「再說，我是她的祖母。她喜歡什麼時候來就可以什麼時候來。我永遠歡迎她。」

「我想我用不著提醒妳，我是她的法定監護人。」

「如果妳用不著提醒我，那為什麼妳現在要提醒我呢？」

但薩賓娜並沒有來我這裡。她從來沒有來過，而理由不難猜想。天知道溫妮薇德在她面前說了我多少壞話。

鈕釦工廠

今年夏天特別熱，把整個鎮籠罩在蒸氣騰騰的奶油濃湯裡。在過去，這可是會引起瘧疾或霍亂的天氣。每棵樹都垂頭喪氣，我指頭觸及的紙張都濕黏黏，寫在上面的字會暈開，猶如塗在老年人唇上的口紅。光是爬樓梯到二樓就讓我上唇上方滲出一層汗。

我不應該在這麼熱的天氣出外散步，那會讓心臟跳得更快。既然知道我的心臟不完美，我就不應該讓它接受考驗。可我偏偏這樣做了，就像個霸道的爸爸，看不慣自己小孩的愛哭和軟弱。

每天傍晚都有雷聲，在遠方空中的衝撞和顛躓，像是上帝的慍怒。我起身小解，回到床上，在潮濕的被單上反側，聆聽著電風扇單調的旋轉聲。蜜拉說我該裝台冷氣，但我不想。況且，我也負擔不起電費。「誰會幫我付電費？」我說。她準是以為我就像童話裡的蟾蜍一樣，額頭上藏了顆鑽石。

我今天散步的目的地是鈕釦工廠，我想在那兒喝杯早上的咖啡。醫生警告我要戒咖啡，但他才五十歲，並不是無所不知的（這對他可是奇聞）。即使不喝咖啡，別的東西一樣會要了我的命。

艾瑞街上的觀光客有一搭沒一搭地晃著，大部分是中年人，他們時而探頭進紀念品商店，時而在鎮上唯一一家書店亂翻書，然後，等吃過午餐，就會驅車前往附近城鎮舉行的夏日戲劇節，享受幾小時關於背叛、性虐待、通姦、謀殺的戲碼。他們有些跟我要去的是相同的目的地——鈕釦工廠，看看有什麼便宜的古玩可撿，好為他們從二十世紀遠道而來的兩日一夜旅行留個紀念。

我跟著他們一起，從艾瑞街轉入米爾街。米爾街的旁邊就是羅浮多河。泰孔德羅加港有兩條河，一條是尤格斯河，一條是羅浮多河。羅浮多河水勢湍急，所以先後吸引了磨坊和發電廠的進駐。相反的，尤格斯河則水深而遲緩，可航行至艾瑞湖再上游三十英里。從鎮外採石場所採來的石灰石就是靠著尤格斯河運到鎮上（採石業是本鎮最早的實業）。鎮上大部分的房子（包括我住的一棟）都是石灰石蓋的。

郊外有許多廢棄的採石場，留下各種正方形、長方形的深窟窿，彷彿是一棟棟建築物一次切割出來後所留下的痕跡。有時我會想像，整個鎮都是從史前淺海洋冒出來的，然後經過吹氣，像海葵或橡膠手套一樣膨脹起來。化石收集者常來這裡尋找魚化石、古羊齒植物、貝類或珊瑚。這裡也是少年人尋歡作樂的熱門地點。他們會生起營火，灌酒嗑藥，互相伸手到對方衣服裡頭摸索，並在回城的路上撞壞父母的汽車。

我的後院就緊臨羅浮多峽谷，這一段的羅浮多河河道變窄，形成急流，水勢湍急得足以形成水霧，讓人有一點點心驚。夏日週末，遊客會在峽谷邊的小徑上散步，或者站在懸崖邊上照相，都是一副不知害怕的樣子。雖然這座懸崖破碎而危險，但鎮政府卻不願花錢修築護欄，似乎是認為，誰粗心大意失足墜落，就是咎由自取，怨不得別人。懸崖下方的漩渦積聚著許多來自甜甜圈店的紙杯子。每隔一段時間，河中就會出現一具屍體，至於那是不小心失足的，還是被人推下去的，或是投水自殺的，則不得而知（身上有遺書的另當別論）。

鈕釦工廠位於羅浮多河的東岸，下距羅浮多峽谷四分之一英里遠。在它被棄置的幾十年間，窗戶破碎，屋頂漏水，是老鼠和醉漢的安樂窩；然後，一個活力十足的公民委員會決定讓它起死回生，把它改建為小商場。花圃重新鋪過，外牆重新噴砂，歲月與人為的蹂躪一一被修復。不過，在底層窗戶的凹槽裡，煤灰跡仍隱約可見——那是六十年前一場火造成的。

這幢建築是用帶點棕色的紅磚蓋的，窗戶都是由多片窗格構成的大玻璃窗：過去工廠很喜歡使用這種玻璃窗，以節省電燈的用電。就工廠的標準來說，整棟建築堪稱優雅：牆壁上緣帶有垂花飾（每個花飾中央鑲著石頭玫瑰），窗子都是山形窗，複折式屋頂由紫、綠石板相間鋪成。

廠房邊上是整潔的小停車場，豎有告示牌：「歡迎參觀鈕釦工廠」，下面又用較小字體寫著：「禁止隔夜停車」。在這下面，有誰用黑色麥克筆潦草地寫上一行字：你他媽的不是上帝，地球不是你他媽的私人車道。道地的本地語言風格。

工廠的前入口拓寬了，加裝了輪椅彎道，而原本厚重的雙扇門，也以玻璃門所取代。一進門就可以聽到陣陣音樂聲，是小提琴拉奏的三拍華爾茲舞曲，調子輕快而哀傷。整間鈕釦工廠的正中央是鋪著人造圓石的開放空間，設有一些綠色公園長凳和無精打采的灌木盆栽，其上方是天窗。空地四周圍繞著各種各樣的商店，粗具商場架式。

光禿的磚牆上掛著由鎮政府檔案室提供的巨幅放大照片。第一幅照片的圖說引自報紙（不是本地的報紙而是蒙特婁的報紙），撰文日期是一八九九年：

可別把這裡的工廠想像成老英格蘭那種陰暗如地獄般的磨坊。泰孔德羅加港的工廠，可是坐落在似錦繁花和如茵綠草之間，旁邊還有讓人心曠神怡的水流流過。這裡乾淨而通風良好，工人爽朗快活且高效率。日落時分，你站在如彩虹般跨過羅浮多河滾滾急流的歡慶橋上，看著查斯家族鈕釦工廠的灼灼燈光和它們在粼粼波光中的倒映，將會感到自己宛如置身在童話般的仙境裡。

這段文字撰寫的當時，並不是謊話。因為那時候，這裡繁榮富庶（至少是繁榮富庶了一陣子），有足夠的錢讓一切看起來光鮮亮麗。

接下來是我祖父的照片。照片中的他，留著兩撇白髭鬚、身穿雙排釦的及膝大衣，頭戴高禮帽，站在一群同樣盛裝的名流之間，歡迎約克大公的蒞臨（大公在一九一〇年到加拿大來進行巡迴訪問）。再下來一張是我爸爸的照片，是在陣亡戰士紀念碑落成典禮上拍的：他站在紀念碑的前面，手裡拿著個花環。他是個高個子，有一張肅穆的臉和一個黑眼罩。近看，這照片只是一些粗顆粒的組合；我退後一點，想看清楚他的臉，想看清楚他僅剩的一隻眼。但他並沒有望向我，而是望著天邊，抬頭挺胸，就像是面對著行刑隊。你可以說，他看起來相當堅決勇毅。

然後是一張鈕釦工廠內部的照片，圖說指出它是一九一一年拍攝的。照片裡可以看得見一些齒輪轉動、活塞上下運動的機器，還看得見一些工作長桌，旁邊一排排工人彎著腰幹活。機器都由男工人操作，他們戴著護眼罩，身穿防護背心，袖子捲起；工作桌旁邊幹活的都是女工人，負責點算鈕釦數目和裝盒，或是把鈕釦縫在有查斯企業字樣的硬紙板上（每張紙板縫上六顆、八顆或十二顆鈕釦不等）。

開放空間最盡頭是一家墨西哥酒吧，每逢星期六會有現場演奏，它的啤酒據說是本地的小酒商所釀。我從未進去過，但店門口展示的菜單讓我感受到濃濃的異國情調：辣椒玉米肉餡捲、馬鈴薯盅、小玉米薄餅。蜜拉告訴我，這些油膩食物是較不體面人家年輕人的主食。她的店就開在隔壁，所以酒吧裡發生的任何事都逃不過她的法眼。她說，有一個皮條客和一個藥頭會在大白天到酒吧吃飯，又小小聲而興奮地指給我看他們的長相。那皮條客穿三件式西裝，像個股票經紀；那藥頭蓄著灰白八字鬍，穿斜紋棉布工作服，像舊時的工會組織者。

蜜拉開的「薑餅屋」是一家精品店，賣的是各種奇奇怪怪的小玩意，像是填充乾燥香草的心形枕頭、柄端有隻傻笑鴨子的馬桶刷、由「傳統手工藝師傅」造的樸拙箱子，聲稱是門諾派教徒織的被子。蜜拉喜歡以歷史為號召，建議顧客把一點點歷史帶回家。但就我的記憶，歷史卻不是這樣討人喜愛的，又特別是不會這樣潔淨無瑕。但真實的東西是賣不出去的：大部分人喜歡的都是沒有異味的過去。

蜜拉不時都會從她的寶物室裡挑些東西送我當禮物，換個說法就是，她會把賣不出去的東西扔給我。就這樣，我擁有了一個不對稱的細樹枝花環，一組不齊全的木頭餐巾掛環，一根聞起來像煤油的粗肥蠟燭。有一次我生日，她送了我一雙形狀像龍蝦爪子的烤箱手套。我當然相信她是好意的。

又或者，她是想軟化我？蜜拉是浸信會教友，一向希望打動我，讓我在不嫌太遲以前找到耶穌，或者讓耶穌找到我。她的這種宗教熱忱可不是得自遺傳，以她媽媽蕾妮來說，就從來不願意跟上帝有太多牽扯。蕾妮和上帝的關係基本上是相互尊重的關係：有需要的時候，她自然會找祂，就像我們碰到問題會找律師一樣。至於其他時候，她則會與上帝保持一點距離。蕾妮當然絕不會願意上帝跑進她的廚房，因為她認為廚房裡沒有什麼事是她駕馭不了的。

經過考慮以後，我在「格雷姆林斯曲奇叔叔」買了一個曲奇餅和一杯咖啡，然後坐在長凳上，慢慢細嚼，邊嚼邊舔手指，耳朵聆聽著輕快、憂傷的錄音帶音樂。

鈕釦工廠是我祖父班傑明於一八七〇年代初葉創建的。當時北美洲的人口正以高速膨脹，鈕釦需求量相當大，我祖父看出商機，知道如果能夠大量生產鈕釦又以便宜價錢販售，將大有可為。

我的祖先是在一八二〇年從美國的賓夕法尼亞州搬到這裡來，看中的是這裡土地便宜和有很多建設工程可以承包。這座城鎮在一八一二年的戰爭中被大火夷為平地，所以有相當可觀的重建工程待進行。我這些祖先都是日耳曼裔和宗派主義者，又有第七代清教徒的血緣，換言之是集勤勞與狂熱於一身，出過三個巡迴牧師、兩個不稱職的土地投機者和一個盜用公款者。對我祖父來說，經營鈕釦工廠是一場賭博，哪怕他賭上的只是自己。

他父親是泰孔德羅加港最早的磨坊主之一，過世時（死於中風）我祖父才二十六歲。祖父繼承磨坊之後，就向銀行貸款，從美國輸入生產鈕釦的機器。他最初生產的鈕釦是以木頭和骨頭為原料，好一點的則用牛角製造。骨頭和牛角都可以在這地區的幾家屠宰場輕易買到，而木頭更是唾手可得，因為樹木到處皆是，有時人們還會嫌它們礙事而放把火燒掉。既然有廉價的原料和廉價的勞工，再加上不斷膨脹的市場，我祖父又怎能不大發利市？

祖父工廠生產的鈕釦不是我少女時代最喜歡的那些種類。沒有小顆的珍珠母鈕釦、沒有精緻的黑玉鈕釦，也沒有淑女手套上那種白色皮革鈕釦。他生產的都是實用、結實甚至粗糙的鈕釦，是用在大衣、外套和工作服上的。它們也會被縫在女人的長內衣和男人的褲襠上。它們負責遮蓋的東西都是懸垂的、脆弱的、令人難為情卻不可少的——換言之是這個世界需要卻不屑提到的事物範疇。

這類鈕釦不會為它們生產者的孫女兒帶來多少魅力自不待言。但它們會帶來錢財，而大凡錢財或有關錢財的謠言都會給人帶來一圈光環，而我和蘿拉就是在這種光環下長大。在泰孔德羅加，沒有人會認為家用鈕釦是可笑或可鄙的。因為有太多人要靠它養家活口。

接下來，我祖父買下了一些其他磨坊，把它們改建為工廠。他的幾家工廠裡，有一家是生產貼身內衣和連褲內衣的，一家是生產襪子的，一家是生產像菸灰缸之類的陶製小器皿的。他為自己工廠的工作環境感到自豪：他會傾聽有勇氣向他抱怨的工人的心聲。他致力於機器的改善，以至於任何事情的改善。他是鎮上第一個引進電燈的工廠主。他認為栽種花圃可以提高工作士氣，所以在工廠四周廣種了百日菊和金魚草（這些花便宜又耐久）。他宣稱，他工廠的工作環境對女性員工來說，安全得就像她們自家的客廳（他假定她們家都有客廳，又假定她們家的客廳都是安全的）。他不能忍受員工在工作時喝酒、口出汙言穢語或行為散漫。

至少《查斯企業的歷史》一書是這樣記載。這書是祖父在一九〇三年委託別人編寫的，並沒有公開發行。書用綠色的皮革裝幀，封面上除書名以外，還印有祖父不造作而笨重的簽名，都是繡金的浮凸字體。祖父喜歡把這本無聊的編年史送給跟他有生意往來的人。從前的人一定是認為出這樣的書是得體的，否則我祖母不可能會容許他這樣做。

我坐在長凳上，慢慢啃著買來的曲奇餅。這曲奇餅有牛屎那麼大一坨，又油又不結實又沒有味道。我不認為我可以把它嚼完。另外我也覺得有一點點暈眩，可能是咖啡作祟。

我要把杯子放在身旁的時候，不小心把枴杖碰倒在地板上。我微微側身想把它撿起，卻搆不著。我再稍微用力，不料卻失去了平衡，把咖啡撞倒。我可以感覺得到微溫的咖啡已經滲入裙子。我站起來之後，看到裙子上多了一片褐色的汙斑，就像是尿失禁的結果。我知道別人一定會以為是那樣。

為什麼碰到這種事，我們都會假定全世界的人都會瞪視著我們？事實上，通常都不會有人注意到。但蜜拉卻注意到了。她先前一定已經看到我走進鈕釦工廠來，並且一直用一隻眼睛盯著我。她急匆匆從店裡跑出來。「看看妳的臉，白得像張紙！」她說，「上帝保佑，妳不會是一路走路走到這裡來的吧？妳可不能再走回去！我打電話叫華特開車來接妳。」

「我自己回得了家，」我說，「我很好。」但我還是讓她打了電話。

阿維翁

我的風濕又發作了，天氣一潮濕就會這樣。風濕就像歷史：明明是形成於許久以前的事，卻會反覆以痛楚的方式浮現。痛得厲害的時候，我會無法入眠。每一晚，我都如飢似渴想睡覺，努力要入睡，但睡眠卻像一塊沾滿煤灰的帷幕一樣，在我前面飄動。我固然可以求助於安眠藥，但醫生反對我服用。

昨晚，經過幾小時的折騰後，我起了床，赤著腳，靠著從窗外傳來的微弱路燈，摸索下了樓梯。蹣跚走入廚房後，我打開冰箱，迎著霧茫茫的微光探頭探腦。裡面沒多少我想吃的東西：吃剩的芹菜、變軟的檸檬，還有一塊三角形的乳酪，乾硬、透明得就像腳趾甲。我已習慣了孤獨，三餐都不定時而隨便。經過一陣猶豫以後，我拿起花生醬，直接用食指挖來吃：何苦弄髒一根調羹呢？

站在那裡挖食花生醬的時候，我有一種感覺：好像隨時都會有一個女人走進來，質問我在她的廚房裡搞什麼鬼。我以前就有過這種感覺，哪怕是做些最平常不過的事（像剝香蕉皮或刷牙），我有時也會隱隱覺得自己是個非法闖入者。

在晚上，這房子給我的感覺尤其陌生。我一手扶著牆，打一個個房間、飯廳和客廳走過。

我的各種家當各自在它們的暗影中浮動，否定我對它們的所有權。我打量它們的眼神就像闖空門的小偷，就像我在考慮它們哪些值得我偷，哪些不值得。如果是小偷，會挑什麼下手對象顯而易見：我祖母的銀茶壺、手繪瓷器、鐫有姓名縮寫的湯匙，還有電視機。但這些都不是我想要的。

我死了以後，處理我後事的無疑就是蜜拉，因為一直以來，她都認定這是她從蕾妮那兒繼承過來的工作。我並不嫉妒她，因為在我看來，任何生命都是一個垃圾堆，活著的時候就是如此，遑論死後。不過，如果生命是垃圾堆的話，那也是小得出奇的垃圾堆：當你有機會為某個死者清理善後，就會意識到，下次別人為你清理善後，會用到的垃圾袋是何其少。

美洲鱷造型的剝堅果鉗子、一顆落單的珍珠母袖釦、缺了些梳齒的玳瑁梳子、壞掉的銀質打火機、缺了杯托的咖啡杯、少了醋瓶的調味架。這就是一個家的殘餘，零零碎碎，像是被沖到岸上的沉船物品。

今天，在蜜拉的全力遊說下，我同意去買一把高腳的電扇，代替那把用了好久會吱嘎響的小電扇。她看中的款式可以在尤格斯橋對面一家新開的商場買得到。她堅持要開車載我去，說是本來就要到那裡去，所以只是順路。被她載不是問題，但她編的謊話讓我掃興。

途中我們經過了阿維翁。自從阿維翁改建以後，我就沒有回去過。這宅子的坐落地點是上上之選，就位在羅浮多河與尤格斯河交匯處的東岸，因此，既可以看得見羅浮多峽谷的險峻，又可以看得到優游在尤格斯河裡的帆船。宅子很大，但現在看起來卻有點擠，因為它四周多了很多戰後加蓋的單薄平房。我看到三個老婦人坐在前門廊上，一個坐著輪椅，偷偷摸摸地抽菸，就像那些躲在學校廁所抽菸的高中生。總有一日，她們會把這地方燒成平地。

阿維翁與這一帶房子的最大差異，在於它並不是以石灰石建成。它的設計者希望讓它顯得與眾不同，所以選用了取自河流的大卵石作為建材，把它們用水泥黏合在一起。從遠處看，阿維翁的外牆就像恐龍的皮膚或圖畫書裡的許願井。但我現在認為，它更像是繞富野心的陵墓。

阿維翁並不是一棟特別優雅的房子，不過，這座成功商人的宮殿一度被認為相當富麗堂皇：它有弧形車道，矮胖的哥德式角樓，可以俯視兩條河流的涼廊。在世紀之交的夏日下午，常常會有戴著花朵帽子的仕女，坐在涼廊上喝茶。每當舉行花園宴會，涼廊會用作演奏弦樂四重奏的舞台。我祖母和她朋友也喜歡把它用作戲台，在薄暮時分演出一些業餘的戲劇，每當這些時候，火把就會在四周點起。小時候，我和蘿拉喜歡躲在它下面。涼廊現在已經有點搖搖晃晃，而且需要重新油漆。

阿維翁一度還有涼亭、有圍牆的菜圃、有金魚游來游去的百合池塘、以蒸氣加熱的玻璃溫室。屋內有撞球間、客廳、飯廳，晨間起居室，還有圖書室。圖書室的壁爐台中央裝飾著大理石的美杜莎頭像：她一雙漂亮的眼睛冷漠地凝視前方，頭上蠕動的蛇群像是痛苦憂思。壁爐台是從法國運來，與原先訂購的有所出入。訂購的是以酒神和藤蔓為裝飾，卻運來了有美杜莎的壁爐台。往返法國費時費事，美杜莎便被留了下來。

飯廳寬敞而光線幽暗，貼著威廉．莫里斯風格壁紙，天花板上懸著纏繞青銅色蓮花的枝狀吊燈。一面牆上有三扇高高的彩色玻璃窗，它們是遠從英國運來的，刻劃著特里斯丹和綺瑟的愛情故事。

房子的設計和裝潢都是在我祖母艾達麗的監督下進行。她在我還沒出生就過世了。我從耳聞得知，她是個極為圓滑、鎮定的女人，但卻有著弓鋸般的意志。另外，她也雅好文化藝術，而這一點，讓她說起話來更有分量。當時的人相信，文化藝術可以提升一個人，至少女性是這樣相信的。她們可不知道希特勒也愛看歌劇。

艾達麗的娘家姓蒙德福，是個望族，至少在加拿大算是望族（第二代蒙特婁英裔與法裔胡格諾派教徒[3]通婚所生的後代）。一度很富有，靠著投資鐵路賺進大把大把鈔票，但後來因為做了一些風險很大的失敗投資和坐吃山空，家勢日漸沒落。隨著年歲漸長而又沒有合適對象，艾達麗就選擇了嫁給金錢：庸俗的錢，鈕釦的錢。而娶她的人則希望她能像油一樣，讓這些錢得到潤滑。

（「她不是嫁掉，而是被嫁掉的。」蕾妮一面擀薑餅一面告訴我。「是家裡安排的。那時候大戶人家的小姐都是這樣，但誰又說得準這要比自己選擇對象要好還是更壞呢？不管怎樣，艾達麗都盡了當女兒的職責，而且得到這機會算是她幸運。她那時候老大不小了，一定已經有二十三歲。那年頭這年紀很難找老公。」）

我還留有祖父母一張合照，那是婚後不久拍的，鑲在鐫有盛開牽牛花的銀相框裡。背景是一片帶流蘇的天鵝絨窗幔和兩盆放在飾柱上的蕨類植物。艾達麗祖母坐在躺椅裡，厚厚的眼瞼，很是漂亮。她身穿幾件衣服，戴著一串長長的珍珠項鍊，低低的花邊領口，兩隻白皙的前臂圓滾滾，像是雞肉捲。班傑明祖父穿著全套盛裝，坐在妻子身旁，結實但尷尬，像是生怕別人笑他為了拍照才打扮成這個樣子。兩人看來都很侷促。

十三、四歲的時候，我開始把聯翩幻想加到艾達麗身上。晚上，凝視窗外的草坪和灑著銀色月光的花圃時，我會想像她穿著白蕾絲邊的茶會禮服，離家出走。後來，我在幻想裡給了她一個情人，幻想他們會在溫室外碰面，然後再躲到溫室裡。至於他們在溫室裡幹些什麼，我並不是很清楚。

事實上，艾達麗會有情人的機率等於零。泰孔德羅加港太小了，道德觀也太鄉土了，沒有讓她可以失足的空間。再說，艾達麗不是個傻瓜：她可不是個名下有錢的人。

祖父把家裡大小事的管理權都交到艾達麗的手中，而她也把一切打點得妥妥當當。她很為自己的品味自詡，而在這些方面，祖父對她言聽計從，因為他娶她的原因之一，就是看中她是個有品味的人。我祖父當時四十歲。之前，他為累積財富而賣力工作，現在，他希望他的財富顯得有格調。換言之，他準備讓他的新娘子幫他決定他該穿什麼衣服，該表現出怎樣的餐桌禮

3 胡格諾派為法國新教徒通稱，在法國歷史上迭遭排斥、迫害。

儀。他也想跟「文化」沾點邊，至少是希望別人知道他是個懂得欣賞瓷器的人。

他的希望沒有落空。他不但擁有了與身分相稱的瓷器，而且每頓晚餐都吃得到用這些瓷器端上桌的十二道菜：第一道是芹菜和鹽醃果仁，最後是巧克力，中間穿插著清燉肉湯、炸魚丸子、鼓形餡餅、魚、烤肉、乳酪、水果，以及放在蝕刻玻璃盅裡的葡萄串。我現在曉得，那是鐵路旅館的菜式，是遠洋客輪的菜式。先後有好幾位總理都來過泰孔德羅加港（這裡的實業家的政治捐獻不容小覷），每次來，都是住在阿維翁。圖書室裡有三張照片，就是祖父跟三位總理合照（分別是湯普生爵士、鮑威爾爵士、塔珀爵士）。我相信，他們在受到的接待中，最欣賞的一定是飲食。

艾達麗的任務是為晚餐配菜和訂菜，以及慢嚥細嚼。按當時風俗，婦女在公眾場合只能斯文地小口慢吃，大口咀嚼和吞嚥被認為十分粗魯。不過我相信，每回晚宴過後，她都會叫人把一托盤食物端到她房間。餐具當然是十根手指囉。

阿維翁落成於一八八九年，由艾達麗所命名。阿維翁這個名字來自維多利亞時代大詩人丁尼生的一首詩：

島谷阿維翁，

無雹、無雨也無雪，

強風難得一見，有的，
只是深深的綠茵，盛開的果園
累累樹蔭的山谷就像夏天的海洋……

她把這幾句詩印在聖誕卡的內頁，寄給親友。（在當時的英國，丁尼生已經算是有點過時的詩人，當紅的是王爾德。不過在泰孔德羅加港這裡，流行的任何東西幾乎都是有點過時的。）

鎮上的人一定曾經拿過聖誕卡上這段引文當笑柄。哈，無雹無雪？看來她得跟上帝打個商量了。工廠裡的工人大概也會這樣說：除了她洋裝上的圖案不說，你們有看到這裡有累累樹蔭的山谷嗎？我知道這個鎮的人說話的調調，而且懷疑至今沒有改變多少。

艾達麗在聖誕卡上印上這個，固然有表現自己文化素養的意圖，但我知道這不是唯一的理由。阿維翁是亞瑟王[4]臨死前的待死之地。因此，會為房子取名阿維翁，反映出艾達麗有深深的被放逐感。她嚮往的是有自己的沙龍，能與詩人墨客、作曲家和科學家相往還，就像她家裡仍然有錢時那樣，就像她嫁到英國去的表妹那樣。她嚮往的是流金的人生。

但詩人墨客是不會在泰孔德羅加港找到的。另一方面，班傑明祖父又不願意出外旅行，說

4 指的是圓桌武士故事中的亞瑟王。上述提到那首丁尼生的詩，就是以亞瑟王的故事為題材。

是不願離開工廠太遠。但看來，更重要的理由是，他不想被拉到一群對鈕釦製造生意嗤之以鼻的人中間，不想去一些會讓艾達麗對他引以為恥的地方。

奇怪的是，艾達麗也不願意在沒有丈夫相陪的情況下出外旅遊，不管是去歐洲還是其他地方。有可能是她怕外面的世界對她誘惑太大，讓她不願意回來。她知道，一旦過上漂流的生活，她的錢就會慢慢流走，不得不委身下等人，最後甚至淪落風塵。穿那麼低領的衣裙，她很容易會成為男人追逐的獵物。

艾達麗迷上的事情很多，其中之一是購買雕塑品。放在溫室側面的兩座獅身人面石像（我和蘿拉小時候很喜歡爬到它們背上），擺在一張石頭長凳後面的農神像和那個坐在百合池塘邊的水仙女像（我們喜歡站在她背後吃蘋果，看金魚輕咬她的腳趾），都是艾達麗迷雕塑時期的產物。

（這些雕塑據說都是「真品」，但怎麼個真法呢？艾達麗是怎麼碰上它們的呢？我懷疑是上當受騙的結果：某個歐洲掮客以沒多少錢買下它們，然後看準這個北美大富婆會上鉤，便編造個來源，獅子大開口。）

家族墓地上的那座紀念碑和兩尊天使像也是艾達麗的主意。她一直想說服丈夫把先人的遺骨遷葬到墓園，好營造一種王朝氣象，但我祖父始終不為所動。她大概萬萬料想不到，自己竟會是葬在那裡的第一人。

艾達麗祖母的死，會不會讓祖父鬆一口氣呢？無疑，他對她的敬慕已經近乎敬畏，但他說不定早已知道自己永遠無法達到她期望的高標準，而且感到累了。艾達麗過世後，祖父沒有對阿維翁做出任何的變動，例如，沒有一張照片被挪走，也沒有一件家具被替換。也許祖父認為，房子本身才是她真正的紀念碑。

因此，我和蘿拉都可說是她帶大的。我們一直生活在她的房子裡，也就是說，一直生活在她對自己的概念裡，生活在她認為我們應該是怎樣的人的概念裡。即使我們有不同的意見，也無從回嘴。

我爸爸是三兄弟中的老大。艾達麗為三個兒子各取了一個很高調的名字：諾弗爾、艾德加和帕爾齊法爾（三個名字都來自亞瑟王傳說，也都帶點華格納調調）。班傑明祖父很寵愛三個兒子，希望他們能學習鈕釦生意，繼承父業，但艾達麗卻另有更崇高的目標。她把幾個兒子送到霍普港的三一中學念書，好讓班傑明和他的機器設備不會讓他們變得粗鄙。她很了解丈夫的財富的好處，卻希望為它們粉飾一番。

幾個小孩只有在每年暑假回家。寄宿學校的生活和大學生活讓他們學會鄙夷父親，因為他不懂拉丁文，起碼不像他們粗通拉丁文。他們會談一些他沒聽過的人，唱一些他沒聽過的歌，講一些他聽不懂的笑話。在月夜，他們常常開著父親的小帆船，出海兜風（小帆船的名字是「女水妖號」，也是艾達麗命名的，是她哥德癖的又一展現），要不就是開著父親的其中一輛新車，到處瞎晃。他們會偷偷喝啤酒，也有一些兄弟（主要是兩個弟弟）跟不正經女孩廝混的流言蜚語，說他們弄大別人肚子後又用錢擺平（這是唯一的解決方法，因為你總不能讓一堆姓查斯的私生子到處爬）。不過那些女孩都不是本地人，因此，人們責難的對象都是指向女孩子，而不是兩兄弟。人們會拿他們當笑話，但並不嚴重，因為據說他們長得結實，而且平易近人。大家都暱稱艾德加為艾迪，暱稱帕爾齊法爾為皮爾斯，但我爸爸因為比較靦腆和持重，所以沒有人給他暱稱。三兄弟都五官端正，有一點點野，就像男孩子會有的樣子。但「野」的確切意思又是什麼呢？

「他們都是淘氣鬼，」蕾妮告訴我，「但不是無賴。」

「有什麼差別？」

她嘆了一口氣，說道：「但願妳永遠不知道分別。」

艾達麗死於一九一三年，死因是癌症——大人從沒說是什麼癌，因此最有可能是生殖器官方面的癌症。蕾妮是在艾達麗死前一個月進入阿維翁的廚房當幫傭，而蕾妮就跟在媽媽身邊，當時十三歲。她對艾達麗死前的情景有很深刻的印象。「她痛得很厲害，他們必須給她嗎啡止痛，每四小時一次。但她卻不肯待在床上，常常強忍痛楚，像平常一樣把自己穿戴得漂漂亮亮。不過，從她的樣子，你就知道她已經有點神智不清。我常常看到她在花園裡散步，穿著淺色衣服，戴著一頂有面紗的大帽。她走路的姿勢比大部分男人還要直挺。最後，大家為了她好，只好把她綁在床上。妳祖父傷心欲絕，像個洩了氣的氣球。」等蕾妮把這事情講得夠多遍，見我變得無動於衷後，她便在描述中加入一些尖叫和呻吟的細節。她的動機何在，我從沒有搞懂過。是要教育我當個一樣堅毅、不怕痛苦的人嗎？還是因為她樂在描述悲慘的細節？大概兼而有之。

艾達麗過世時，三個兒子都幾乎已長大成人。他們有想念母親，有感到哀慟嗎？這是一定的，誰不會感激對自己盡心盡力的母親？儘管如此，她對他們仍然管得太緊了，所以，在母親入土後，三個兒子想必多少有一點解脫的感覺。

沒有一個兒子願意繼承父親的鈕釦生意。他們都繼承了母親對這門生意的鄙夷，卻沒有繼承她的現實主義。他們知道錢不會從樹上長出來，卻不知道錢會從哪裡長出來。諾弗爾（就是我爸爸）打算要進入法界，最後從政，因為他滿腦子都是改善這個國家的計畫。兩個弟弟則打算遠行，計畫一等皮爾斯大學畢業，就聯袂到南美洲尋金。

那麼，查斯家族的事業要由誰來接管呢？這是說，將不會有一家「查斯父子公司」囉？然則，班傑明那麼拚命賺錢又是何苦來哉？事實上，到那時候，我祖父已不只把他的生意視為純賺錢的工具。他覺得他已經建立了一份事業，他想把它傳遞下去，一代傳一代。

父子有關這件事情所發生的爭執，想必不只一次。不過幾個兒子卻鐵了心腸。而如果一個年輕人不想投身於鈕釦事業，怎樣相逼也沒有用。他們並不是存心讓父親失望，只是誰也不願扛下庸俗而沉重的擔子。

嫁妝

新的電風扇買回來了。它的組件由大紙箱裝著送來。華特提了工具箱過來，把它們組合在一起。完成後，他說：「我把她給修好了。」

在華特的分類裡，但凡壞了的電燈、收音機這一類可以經由他的巧手修復一新的東西，都屬於陰性。為什麼我會覺得他這句話對我有撫慰作用？是不是因為我認為，哪一天他也可以用老虎鉗和扳手，把我修復得煥然一新？

我把高腳電扇放在臥室裡，把舊的拿到後門廊，瞄準我的頸背吹。風的觸感宜人而舒緩，就像有一隻清涼的手輕拂在我肩上。這樣安頓好以後，我就開始再次費勁把文字從手臂、手指擠到原子筆，再擠到紙上。

現在差不多是黃昏了，沒有風。後院旁邊那急流的水流聲持續不斷，就像一聲長長的嘆息。藍色的花朵融入了暮色裡，紅色的花朵變暗了，白色的花朵散發著螢光。鬱金香的花瓣已掉得精光，只留下赤裸裸的雌蕊。芍藥軟趴趴的，像是濕掉的衛生紙。但百合和福祿巧卻開花了。最後一朵山梅花業已散謝，白色的花瓣像五彩紙屑散滿一地。

我父母是在一九一四年七月結婚。由於這件事和後來發生的事多少有關，所以我打算稍作說明。

對父母的往事，我大部分都是從蕾妮那兒打探來的。在我對這些事感興趣的年紀（十至十三歲），我常常坐在廚房裡，一點一點套蕾妮的話。

蕾妮到阿維翁當全職女傭的時候，還未滿十七歲。她的家位於尤格斯河的東南岸，也就是工廠工人的聚居區。她來我們家，起初是當我的保母，後來隨著精簡人手，她變成我們家唯一的女傭。她多大呢？不關妳的事兒。反正我已經老得讓我更聰明。而每當我打聽她的私事，她就會閉嘴不語。我自個兒的事自己知道就好，她會這樣說。我一度認為這是謹慎，但如今我卻覺得她何其吝惜。

但她卻知道我家相當多的事。至於她會告訴我哪些部分，則視乎我年紀的不同而不同，也視乎她當時有多心不在焉。不過，從她那兒得到的片片段段，還是夠我拼湊出輪廓。與實際的情況對比，我得到的這個輪廓一定像幅馬賽克。沒差，反正我對寫實主義不感興趣：我希望事情是高度色彩化的，輪廓簡單而沒有模稜兩可的部分。大部分小孩要父母給他們講故事時，想聽的也是這種故事。他們想要的只是一張明信片。

據蕾妮說，我爸爸是在溜冰派對上向我媽媽求婚的。在羅浮多河瀑布的上方有一個廢棄的磨坊水池，當冬天夠冷的時候，池面就會結冰，厚得足以溜冰。教會的青年男女喜歡在這裡舉行溜冰派對。

我媽媽是個循道宗信徒，我爸爸是聖公會信徒，所以在社會地位上，我媽媽是在我爸爸之下（如果祖母尚在人世，肯定不會同意這樁婚事。一定會把我爸爸硬拉到蒙特婁，參加哪個名門閨秀的公開亮相儀式[5]）。

媽媽結婚時還很年輕，才十八歲，當時是個老師（那年頭未滿二十歲也可以當老師）。媽媽並沒有當老師的必要，因為她爸爸是查斯企業的資深律師，家境很寬裕。不過，我媽媽就像她媽媽一樣，是個極虔誠的信徒。她相信，人有責任幫助不幸的人，並把教育貧窮人家的小孩視為傳教活動。每次說到這個，蕾妮都是帶著景仰的語氣。（儘管如此，她仍然認為我媽媽做的是傻事。她自己是在窮人家長大的，卻認為窮人家小孩無可救藥，會讓想教育他們的人最後氣得想撞牆。但妳媽媽卻甘之如飴，願上帝賜福這個好心腸女人。）

媽媽留有一張她在安大略的師範學院念書時跟兩個女同學的合照。她們三個人站在宿舍的樓梯前面，笑著，手臂互相勾著。冬天的雪在她們兩邊積成一堆堆，屋簷上垂著冰柱。媽媽穿著一件海豹皮大衣、一雙毛皮鑲邊的靴子。雖然很年輕就近視，但照片中的她卻沒有戴眼鏡。她看起來衝勁十足，像個稚氣未脫的海盜。

畢業後，她接受了西北部一個窮鄉僻壤的教職。那裡的貧窮、無知和骯髒，想必讓她大受震撼。那裡的小孩，整個秋天都穿同一件內衣，直到春天才會換下。那裡根本不是妳媽媽這樣的淑女該去的地方，蕾妮說。

她在聖誕假期回到了家裡。她變瘦了，臉色也變得蒼白。家人認為她應該要多動一動，讓雙頰紅潤一些。這也是媽媽為什麼會應爸爸邀約，參加溜冰派對的原因。溜冰前，爸爸單腳跪著，為她先把溜冰鞋的鞋帶綁好。

由於彼此父親的關係，他們早就認識對方。他們曾經約會過幾次，也曾在祖母的花園戲台上同台演出過，演的是《暴風雨》。他扮演腓迪南，她扮演米蘭達。蕾妮回憶說，在舞台上，媽媽身穿粉紅色的洋裝，頭戴玫瑰花環，活脫脫像個天使，一雙近視眼清澈而悠遠。不難想像爸爸是怎樣愛上她的。

爸爸不是沒有別的選擇，例如，他要娶一個比媽媽有錢的妻子，就一點都不難。但他嚮往的卻是真愛。另一方面，儘管爸爸有貪玩的一面，但也是個認真的青年。蕾妮提這個，似乎是暗示，要不是爸爸有這樣的素質，媽媽就會拒絕他的求婚。

他們繞著湖邊溜冰幾圈以後，爸爸就向媽媽求婚。我想他求婚的樣子一定很笨拙，但笨拙在當時卻被視為是真誠的表現。

在這麼關鍵的時刻，媽媽在做什麼呢？她在垂視地上的冰。她並沒有馬上回答，而這表示，她答應了。

四面八方都是雪，一切都是白色的。他們腳下的冰也是白色的，而更下面的河水則是黑色

---

5 上流社會家庭為兒女進入社交界而舉辦的儀式活動。

和看不透的。這就是我想像中當時的情景。這個時刻，發生在我和蘿拉都還沒有出生以前。多麼明淨、純潔、堅固的畫面啊。不過，這一切都是建立在一層薄冰的上面，而在薄冰下面，有什麼未知的東西正慢慢沸騰。

交換過訂婚戒指，在報紙上刊登過訂婚消息後，媽媽就回到學校去，把一整年的書教完。接下來是一些正式的茶會。茶會的餐桌鋪排著白、粉紅和淺黃三色的玫瑰，但卻沒有紅色的。紅色不是訂婚茶會上應有的顏色。為什麼呢？妳以後就會知道，蕾妮說。

再來就是嫁妝。蕾妮喜歡向我複述嫁妝的細節：各種晚禮服、梳妝披布、繡有姓名縮寫的枕頭套、床單、襯裙。對她來說，婚禮主要是一種跟衣服織物有關的事情。

之後雙方就開始敲定客人名單，寫請柬，選擇鮮花。

婚禮之後沒多久，第一次世界大戰就爆發了。愛情，然後是婚姻，再來是災難。在蕾妮的人生觀看來，這是無可避免的。

大戰爆發於一九一四年八月，就緊接在我父母的婚禮之後。我爸爸兄弟三人馬上就應召入伍，而且視之為天經地義。這種態度，以現在的觀點來看，很不可思議。有一張三兄弟穿軍服的留影：表情凝重、臉孔稚氣、留著疏淡八字鬍、眼神堅定，露出冷淡微笑，雖然還沒有上過戰場，卻擺出一副軍人派頭。爸爸是三人中最高的。他一直把這照片擺在他的書桌上。

他們加入的是皇家加拿大軍團——如果你是住在泰孔德羅加港，加入的就一定是這軍團。

一入伍，軍團就被派到百慕達，接防原駐守在那兒的不列顛軍團。所以，戰爭的第一年，除了步操和打板球，他們並沒有什麼事好做。

最初，我祖父都是帶著興奮心情閱讀幾個兒子的來信。不過隨著時間的過去和戰事的膠著，他愈來愈惴惴不安。諷刺的是，他的生意反而愈來愈興隆。近年來他已經開始生產賽璐珞和橡膠鈕釦，這種鈕釦的量產規模要更高，而由於艾達麗生前的交際手腕所賜，他的工廠也得到大批訂單，為軍隊提供鈕釦。他總是個守信譽的人，永遠不會以次貨充數，這個意義下，他不是個發戰爭財的人。但你也不能說他沒有從戰爭中獲利。

戰爭最適合鈕釦生意不過。戰爭需要消耗掉大量的鈕釦，必須加以補充：整箱整箱、整卡車整卡車地補充。鈕釦有被炸成碎屑的，有陷到髒土裡的，也有燒成灰燼的。同樣的情形也適用於內衣。從純經濟的角度來說，戰爭就像一場魔術之火，可以在滾滾烽火中轉化出金錢。至少對我祖父來說是這樣。儘管如此，他並沒有因此變得快樂。他只希望三個兒子可以回家。那倒不是他們被派到了什麼危險的地方：還沒有，那時他們還在百慕達的大太陽下步操。

我父母蜜月後就一直住在阿維翁，打算等經濟能夠獨立後再搬出去。在阿維翁，媽媽的角色等於是總管，為祖父打理家中的大小事務。當時人手嚴重短缺，因為能幹的工人，不是工廠用得著就是從軍去了。再說，祖父認為，阿維翁應該成為節省開支的榜樣。媽媽堅持三餐從簡。但這卻相當對祖父的胃口：他從來都未能真正習慣艾達麗眩目的菜單。

一九一五年八月，皇家加拿大軍團奉命回加拿大裝補，再開赴法國戰場。部隊會在哈利法克斯停留一星期，接收補給品，添入新兵，把熱帶軍服換成保暖服裝。士兵每人分發到一支羅斯來福槍，日後，這些槍將會在泥濘地帶卡彈，讓他們陷入徬徨無助。

媽媽坐火車到哈利法克斯會爸爸。火車上擠滿要開赴前線的軍人。她買不到臥鋪，只能用坐的一直坐到哈利法克斯。走道上塞滿了腳、包袱和痰盂，咳嗽聲和鼾聲此起彼落。當媽媽打量四周的童稚臉龐時，第一次感受到戰爭的真實性，現在，戰爭不再只是觀念，而是具體的呈現。她年輕的丈夫有可能會被殺，身體有可能會被撕裂、腐爛，成為為人類文明所作的犧牲的一部分。媽媽固然為此感到恐懼和戰慄，但也不無幾分自豪。

我不知道他們在哈利法克斯的時候住在哪裡。是住在體面的飯店嗎？還是廉價旅館（當時房間很缺）？他們待在一起多久？好幾天、一個晚上，還只是幾個小時？他們談了些什麼？這些，現在都無從得知了。媽媽和其他軍人的太太一道站在碼頭上，目送著載運部隊的軍艦（是「喀里多尼亞號」）遠去，一面揮手，一面流淚。不過也許她並沒有流淚，她會覺得那太縱容自己了。

我人在法國的某個地方，我爸爸在寫回家的信上說。我無法形容這裡發生了什麼，所以也不打算嘗試去描述。我們唯一能做的，只是相信這場戰爭是為了正義而戰，而文明將會因它而獲得保存和促進。死傷（此處字被刪去）很龐大。我以前從不知道人能幹出什麼事情來。我們需要承受的超乎（此處字被刪去）。我每天都想念著家裡每個人，尤其是妳，我最親愛的莉莉亞娜。

在阿維翁，媽媽把自己的意志力開動到最大極限。她感覺自己應該捲起袖子，為戰爭克盡一己之力。她組織了勞軍小組，透過義賣，籌集金錢，購買小禮物寄送給前線的將士。另外，她也組織了針織團，每星期二下午在阿維翁的晨間起居室為前線將士織東西：新手負責織洗臉巾，熟手負責織圍巾，更高明的負責織厚大衣和手套。沒多久，媽媽又招集了另一支編織部隊（都是些睡著也能織出東西來的老太太），每星期四為亞美尼亞人織些嬰兒包布之類的東西，因為據說那裡正在鬧饑荒。蕾妮說，由於出入阿維翁的人太多，讓她擦地板擦得半死。

當傷殘的士兵開始出現在街上和附近城鎮的醫院時（泰孔德羅加港那時還沒有醫院），媽媽就會去探望他們。她都專挑那些情況最嚴重的探望。回來的時候，她會面容慘白，觳觫發抖，有時甚至會拭淚。蕾妮會泡一杯熱可可給她提振精神。媽媽從來不肯讓自己閒著，蕾妮說。她的健康日漸衰損。她做的事已超出體力的負荷，更何況她本來就不是個強健的人。

拚命地付出，乃至不惜毀了自己的健康——這曾經被認為是多麼崇高的美德啊！沒有人生而適合當無私的人，要能獲得這種品質，你必須付出重大代價，也許是無休止的律己，也許是對自然性向的壓抑。我之所以從來沒有嘗試當無私的人，也許就是有媽媽的慘痛教訓作為前車之鑑。

至於蘿拉，她並不是一個無私的人，一點都不是。她只是多愁善感罷了，而多愁善感與無私是兩回事。

我是在一九一六年六月上旬出生的。緊接著，皮爾斯叔叔就在伊普爾突出部陣亡，而艾迪叔叔也在七月戰死於索默河（或者說被認為已經戰死：他最後一次被人看見是在一個大彈坑裡面）。這兩件事情讓媽媽心情沉重，但最受打擊的還是我祖父。他在八月嚴重中風，說話能力和記憶力都大受損害。

我媽媽非正式地接管了工廠的營運大權。她每天都會接見祖父的男祕書和各工廠的主管。由於她是唯一聽得懂我祖父說什麼的人（至少她自己是這麼說的），因此便成為他的代言人。除了我媽媽，祖父不會讓別人握住他的手，協助他簽字。

媽媽負責管理工廠這段期間，並不是完全無風無浪。戰爭爆發之初，工廠只有六分之一的工人是女工，但到了戰爭後期，這個數字已增至三分之二。剩下來的男工，不是老邁的或有傷殘的，就是因為某些原因而不適合上戰場。這些男工嫉視女工地位的上升，常常會出言不遜，而女工也毫不掩飾她們對男工的鄙夷，認為他們只是老弱殘兵。但因為錢可以潤滑一切，而工廠的工資又相當優厚，所以男女工人大體上還可以相安無事。

我常常想像祖父晚上一個人坐在圖書室裡那張桃木寫字桌後面的情景。他兩隻手（一隻有知覺，一隻沒有知覺）搭在一起，聆聽什麼人說話。門半開著，他看見門外有人影。他說（應該說他想說）：「進來。」但卻沒有人進來，也沒有人回答。

然後，粗魯的護士進來了，問他一個人坐在黑暗裡幹嘛。他聽到聲音，但不知道那是說話聲，還以為是烏鴉叫聲。那護士托著他腋窩，輕易就把他從椅子拉起，拖到床上。她的白裙子發出沙沙聲。他聽到一陣聲響，像是乾風吹過長滿秋草的田野，像是冬雪的呢喃。

他知道兩個兒子都死了嗎？他在盼著他們活過來，平安回家嗎？但如果他的願望實現，他的結局會不會只是更淒涼些？也許會，事情往往都是這樣。但這樣想一點都不能帶給人寬慰。

留聲機

我每晚都有收看氣象頻道的習慣。昨晚，電視報導，世界上某個地方正在鬧水災。畫面出現滾滾的黃濁洪水、腫脹的牛屍和瑟縮在屋頂上的倖存者。有幾千人被淹死了。播報員說地球的暖化現象被認為是元凶，呼籲人們不要再大量消耗天然氣、石油，不要再無度地砍伐森林。但人們是不會停手的。貪婪和飢餓會一直驅策著他們，一如既往。

我寫到哪裡了？我翻到上次寫的最後一行：戰爭正進行得如火如荼。接下來，我準備要讓戰爭停止。而我唯一需要做的，只是另開一頁，寫下這句話：一九一八年十一月十一日，停戰日。

戰爭結束了。槍砲聲都安靜了下來。倖存的士兵紛紛從散兵坑或骯髒的洞穴裡爬出來，望向天空，他們表情森然，衣服濕透。交戰雙方都覺得自己是輸家。在城市和鄉村，在大西洋的此岸和彼岸，教堂的鐘聲都響徹雲霄。（我還記得那鐘聲，那是我最早的記憶之一。空氣裡充滿了聲音，但你又會覺得那是空的。蕾妮帶我到屋外去聽鐘聲。兩行淚水從她臉上滑下。感謝主，她說。那天天氣冷颼颼，落葉上面都結著霜，百合池塘上浮著一層薄冰。我用一根枝條把冰面戳破。媽媽當時在哪裡呢？）

爸爸在戰場上受了幾次傷，第一次是在索默河，但很快就康復，並晉升為少尉；第二次是在維米嶺，但只是輕傷，癒後晉升為上尉。最後一次是在布爾隆森林，傷勢要比前兩次嚴重得多。戰爭是他還在英國療養時結束的。

他錯過了在哈利法克斯歡迎部隊凱旋歸來的儀式。不過，泰孔德羅加港卻有專為他個人舉行的歡迎會。火車一停下，群眾就爆出如雷的歡呼聲。有幾個人伸出手要把他從樓梯扶下來，但半路卻停住了。爸爸出現了。他只剩下了一隻眼睛和一條腿。他的臉憔悴、斑駁而詭異。

如果別離讓人沉重，那重逢只怕會加倍沉重。真實的血肉永遠無法符合想像力的高標準。時間和距離可以模糊一切的輪廓，但突然的面對面卻會像中午的太陽一樣，把所有的斑點、毛孔、皺紋、毛髮照得無所遁形。

爸爸和媽媽就是在這種情況下重聚。他們是怎麼接納對方已經發生如此巨大轉變的事實呢？是怎麼毫無嫌隙地繼續生活在一起呢？事實上，嫌隙是存在的，只是靜悄悄的，且不公平。這是因為，他們沒有可以怪罪的對象。戰爭並不是一個人。

他們面對面站在月台上。樂隊開始演奏，大部分都是銅管樂。爸爸身穿軍服，幾個勳章別在胸前，就像是射穿他身體的彈孔，閃射出他真實身體（一個已經變成金屬的身體）的暗光。站在他身邊的，是他兩個看不見的弟弟。媽媽穿的是她最好的衣服，頭上戴著有緞帶的帽子。她的笑容很不自然。他們兩個都不知道該怎樣舉手投足。報社記者的鎂光燈閃個不停，讓他們感覺像是兩個在案發現場被逮個正著的罪犯。爸爸右眼戴著個黑眼罩，左眼閃著森然的目光。當時我們還不知道，在他的黑眼罩下面，是一片像蜘蛛網一樣的模糊血肉。

「查斯企業繼承人凱旋榮歸」報紙的標題這樣大肆歡呼。沒錯，爸爸成了繼承人了，而這也表示，他現在已經是沒有父親、沒有兄弟的人。王國就在他的手裡。感覺上就像爛泥巴。

媽媽當時有哭嗎？應該有。他們一定也有親吻，雖然姿勢相當笨拙。他們變成陌生人了，而且也一定已經意識到，他們其實一直都是陌生人。鎂光燈何其刺眼，歲月在他們彼此身上烙下的痕跡又何其巨大。當年那個跪在地上為她繫上溜冰鞋鞋帶的年輕男子，那個接受這種恭維的年輕女子，俱已了無痕跡。

另外還有一件事像把劍一樣橫亙在他們中間。他在外打仗那麼多年，曾跟別的女人上過床是理所當然。媽媽不可能察覺不到這一點，因為新婚期間那雙如此靦腆而敬畏地觸摸過她身體的手，已經一去不復返了。也許，爸爸在百慕達的時候曾經抗拒過試探，在英國的時候也抗拒過，一直到艾迪和皮爾斯雙雙陣亡而自己也身受重傷以後，他才不願再放過一點一滴他能夠抓得住的東西。即使如此，媽媽難道會不諒解他的需要、他的處境嗎？

她是諒解的，至少她知道她有義務去諒解。她什麼都沒有說，而且祈求上帝賜她寬恕一切的力量，而她也獲得了這種力量。但爸爸卻發現自己無法自在地生活在她無所不在的寬恕中。早餐瀰漫在原諒的氣氛之中，午餐也是，晚餐也是。他甚至不能發牢騷，因為誰又能對沒責備過你的人發牢騷？另一方面，媽媽雖然原諒爸爸，卻妒恨那些在不同的醫院裡照顧過他的護士。她恨不得在爸爸接受療養的那些日子，只有自己在他身邊，接受她的照顧，接受她不知倦怠的奉獻。這就是無私的另一面：暴君。

然而，爸爸並沒有真的完全康復過來。他是一具觳觫發抖的殘骸，而這一點，反映在他深夜的吼叫、夢魘、突然的暴怒、向牆上或地上砸玻璃杯的舉動（不過從來沒砸向我媽媽過）。他是個破碎了而有待修補的人，因此，媽媽對他還是有用處的。她在他四周營造一種靜謐的氣氛，她寵溺他、驕縱他，把花布置在他的早餐桌上，安排他喜歡的飲食。

然而，還有更糟糕的事情在作祟：爸爸成為了無神論者。在戰場上，上帝像氣球一樣在他面前爆開，僅留下一片片偽善的碎屑。爸爸現在看穿了：宗教只是一條抽打士兵的藤鞭。

皮爾斯和艾迪的犧牲造就了些什麼？達成了些什麼呢？殺死他們的，與其說是敵方的士兵，不如說是我方那些無能顢頇的戰爭罪犯。現在，任何說是為上帝和文明而戰的言論都會讓爸爸想吐。

媽媽為此驚恐萬狀。她求爸爸不要把他的無神論張揚出去。不過，之後她又對自己這種要求深以為恥，因為這樣子，她在乎的似乎只是鄰人的閒言閒語，而不是他的靈魂是不是能夠挺立在上帝面前。

儘管如此，爸爸還是順應了媽媽的要求。他也知道她的要求是有道理的。因此，只有在喝醉酒的時候，他才會說出瀆神的話。他戰前是不喝酒的，至少沒有固定喝酒的習慣。但現在卻會。他會一面喝酒，一面踱步，一條殘腿一搖一晃。然後，他就會開始顫抖。媽媽會試著安撫他，但他卻不願意被人安撫。這時，他就會走到矮墩墩的角樓上去，說想要抽菸。事實上那是他想獨處的藉口。在角樓上，他會自言自語，然後踢打牆壁，最後喝得酩酊大醉。

他的腳步一下輕、一下重，一下輕、一下重，就像掉到陷阱裡、只剩下一條腿的野獸。除了腳步聲，角樓裡還會不時傳來呻吟聲和低沉的咆哮聲。還有砸碎玻璃杯的聲音。這些聲音會讓我從睡夢中驚醒，因為角樓就在我臥室的上面。

再接下來就是下樓梯的聲音，然後一切復歸靜寂。然後，一個無聲的黑影就會出現在我的門縫。我看不見他，卻可以感覺得到他就在那裡，像隻獨眼怪物一樣。久而久之，我習慣了那些聲音，而且不認為他會傷害我；但我跟他相處，卻始終戰戰兢兢。

我不想造成一種這種事每晚都會發生的印象。事實上不是。而且，隨著日子一天天過去，發生的間隔也愈來愈長。不過，你可以從媽媽緊閉的雙唇預感得到這件事的來臨。她具有雷達般的能力，可以感應得到他正在不斷加強的怒意的震波。

我的意思是他不愛她嗎？完全不然。他愛她，而在某些意義上，甚至可以說是崇拜她。但他卻搆不著她，反過來說亦然。他們就像是喝了某種致命的魔液，讓他們永遠也無法靠在一塊——儘管是生活在同一個屋簷下，在同一張桌子吃飯，睡同一張床。

日復一日渴望可以擁抱一個就站在你眼前、近在咫尺的人，那會是什麼樣的感覺呢？我永遠也不會知道。

回家幾個月後，爸爸開始了他的不名譽冶遊。但並不是在我們的城鎮，至少起初不是。他會坐火車去多倫多，說是「談生意」，實則是去喝酒和找女人。閒言閒語沒多久就四起，而且來得出奇地快，就像醜聞應有的樣子。奇怪的是，這件事反而讓爸爸和媽媽在鎮裡更受敬重。哪個有體諒之心的人能夠責怪他呢？至於媽媽，更是沒話說，她沒有出過半句怨言，默默忍受一切，就像事情本來就該是這個樣子。

（我是怎樣知道這些事情的呢？我並不是「知道」，至少不是普通意義下的「知道」。在我們家裡，姿勢動作總比說出的話還要透露出更多訊息。緊閉的嘴唇、別過去的頭、匆匆的一瞥——這些全都透露出一些什麼。這就怪不得我和蘿拉那麼喜歡站在門外偷聽。）

爸爸的枴杖很多，各有特殊的把手：有象牙的、銀的、黑檀木的。他把穿戴整齊視為必要的重點。他以前從未預期自己會接掌家族的生意，但現在既然接掌了，就一心要把它經營好。他本來可以把生意賣掉，但卻找不到買主，要不就是價錢談不攏。不過，他沒有把生意賣掉，還有另一個更重要的原因：他覺得自己有義務把鈕釦生意繼續經營下去——即使不是為了紀念父親，也是為了紀念兩個死去的弟弟。為此，他把公司的名字改為查斯父子公司。他希望有自己的子嗣，最好是兩個，用以彌補查斯家族失去的兩名男丁。

工廠裡的人都很尊敬他。這不只是因為他是個戰爭英雄。大戰一結束，女工就受到排擠，職位迅速被從戰場歸來的男性所取代。但那是一個工作機會不多的年頭，因為由戰爭所刺激起的需求已經結束了。整個國家到處都是關廠和裁員的事情，但同樣的情形卻未見於我家的工廠。爸爸不但繼續雇用工人，而且超額雇用。他雇的都是退伍軍人。他認為，國家不知道對退伍軍人心存感念是可恥的，主張所有曾經在戰爭中獲益的經營者都應該作出回饋。但真會這樣做的經營者卻少之又少，大都是對退伍軍人的生活困境睜一隻眼閉一隻眼。因此，也有人把他看成蠢才。

從各方面來說，我都活脫脫是爸爸的女兒。我在長相上更像他，也繼承了他的陰沉、他頑固的懷疑主義（就連他的勳章後來也是留給了我）。我知道妳的倔性子是打哪兒來的，蕾妮在我頂撞她的時候常這樣說。相反的，蘿拉則更像是媽媽的女兒：某些方面來說，她也是相當虔誠的人，而且有著像媽媽一樣高而白皙的前額。

但外表是會騙人的。我絕不可能會開車衝出一座橋。爸爸可能會，但媽媽絕對不會。

因此，在一九一九年的秋天，我們三個——爸爸、媽媽和我——努力要營造幸福家庭的氣氛。那天是十一月的某一天，幾乎已是就寢時間，我們一起坐在阿維翁的晨間起居室裡。裡面有座壁爐，正在生著火。媽媽前不久才從一場神祕的疾病中痊癒過來，聽說是跟神經系統有關的疾病。她正在縫衣服。她根本不需要自己縫衣服，但她寧願這樣。她不喜歡讓手空下來。她縫的是從我衣服上掉下來的釦子：她一向都說我對衣服很粗暴。在她手肘邊的圓桌子上，放著一個菖蒲鑲邊的針線籃子，裡面有剪刀、線捲和她的圓框眼鏡（看近的東西時她用不著戴眼鏡）。

她穿著一件有白色寬領和袖口的天青色洋裝。雖然年紀不大，但她的頭髮已開始轉白。她從未想過要染髮，就像她從未想過要把手砍下來，因此，雖然有著一張年輕婦人的臉龐，她的頭髮卻像薊種子的冠毛。這頭頭髮中間分界，長長的髮絲在腦後盤成複雜的髻。（五年後，也就是她去世前，她把頭髮剪短，髮型變得時髦了些，卻少了些動人。）她眼瞼低垂，兩頰圓滾滾的，肚子也是圓鼓鼓的。她的淺笑裡充滿了柔情。電燈的燈光在她臉上反射出黃中帶粉紅的光暈。

爸爸坐在她對面的一張長靠背扶手椅裡，挨著個靠墊，一隻手搭在壞腿的膝蓋上。（好腿、壞腿——這兩個詞兒讓我的幼小心靈相當好奇。壞腿幹了什麼壞事呢？它被截去是一種懲罰嗎？）

我坐在他旁邊，但沒有太靠近。他一隻手搭在我的沙發背上，但並沒有碰到我。我拿著字母讀本，大聲念誦課文，要表現我有看書認字的能力。但事實上我還不會看書認字，只是憑著書中的圖片和記憶，背出課文來。沙發的茶几上放著一部留聲機，它的大喇叭像特大號的金屬花朵。我念誦的聲音聽起來有時就像是從大喇叭裡放出來的：微細、稀薄、遙遠，只要一根手指就可以捻熄。

A是蘋果派，
新鮮熱燙：

有人分得小塊些，
有人分得大塊些。

我抬頭瞧了爸爸一眼，看他有沒有注意聽。有時你對他說話，他會聽而不聞。他注意到我看他，就似有若無地對我淡淡一笑。

B是小寶寶，
又粉又嫩
有兩隻小手，
兩隻小腳。

爸爸又重新凝視著窗外。（他是想像自己站在窗外，向內觀望嗎？想像自己是個孤兒，一個永遠被排除在屋外的深宵流浪者嗎？壁爐邊閒散、賢慧的嬌妻、聽話的小孩——這一切都是他為之而戰的。但這樣的生活又會不會讓他覺得平淡乏味？戰爭雖然可怕，卻讓人可以靠本能過生活，不需要為人生的目的煩惱，所以，他是否懷念戰爭？）

F是火，

好的僕人，壞的主人。
讓它自行其是，
就會愈燒愈快。

讀本中的圖片是正在跳躍、全身火焰的人。他的腳踝和雙肩都帶著火翅，頭上竄著牛角形的火舌。他斜著頭，露出調皮、深具魅惑力的微笑。火傷不了他，沒有任何東西傷得了他。因為這個緣故，我深深愛上他。先前我曾用蠟筆在他身上多畫了些火焰。

媽媽拿著針在鈕釦上穿過來穿過去，最後把線截斷。爸爸凝視著壁爐裡的火焰，看著田野、樹林、房子、城鎮和他的兩個弟弟在其中化為灰燼。他的殘腿自動自發地搖晃，像是在惡夢中奔跑的狗。這裡，這座被圍困的城堡就是他的家，而他是它的狼人。窗戶上清冷的檸檬色落日此時已轉為灰色。當時我還不知道，蘿拉即將要出生了。

麵包出爐日

雨下得不夠，農夫們說。單調的蟬鳴聲刺穿空氣，塵埃翻捲過道路，路旁的雜草堆裡有蚱蜢嗡嗡作響，楓樹上的葉子像一隻隻委頓的手套。我的影子在人行道上一搖一擺。

今天我早早就出門散步，以避開烈日。這是醫生慫恿我的，他說我的心臟有所改善。我覺得我和我的心臟就像兩個不情願卻被綁在一起的人，被迫從事一趟行軍。朝哪兒行軍？明天。我深知，這個一直讓我活著的東西就是有朝一日會要了我的命的東西——就像愛情，至少是某一類型的愛情。

今天我又去了墓園一趟。有人在蘿拉的墓碑前面留了一袋橙和紅色的百日菊。百日菊這種顏色火辣辣的花朵，殊少撫慰的作用。我看到的時候，它們已經凋謝，但辛辣的味道仍然殘留著。我懷疑花是蘿拉的某個吝嗇書迷從鈕釦工廠前面的花圃裡偷摘的。不過，換成是蘿拉本人，也會幹同樣的事。她是個幾乎沒有所有權觀念的人。

回程途中，我在甜甜圈店稍事停留：開始熱起來了，我想找個陰涼的地方歇一歇。那地方一點都談不上新，不只不新，甚至幾乎可說是破落。不過它倒是有一些摩登玩意兒：淡黃色的瓷磚、固定在地板的白色塑膠桌子和配套的模壓椅子。這些東西讓我聯想起某些機構：窮社區的幼稚園或為思想出問題少年設立的活動中心。這裡沒有太多東西是你可以用來扔人和刺人的：就連餐具都是塑膠的。店裡瀰漫著油炸味和消毒水的味道，夾雜著微溫咖啡的味道。

我買了一小杯冰紅茶和一個澆糖漿的甜甜圈，吃起來就像嚼保麗龍。吃掉半個以後，我站起來，走過濕滑滑的地板，去到洗手間。這些天散步下來，我已經在腦子裡描繪了一幅列有鎮上所有最近便的洗手間的地圖，以備不時之需。甜甜圈店的洗手間是我目前的最愛，不只是因為它比較乾淨、最有可能提供衛生紙，更是因為它有廁所塗鴉可以供人觀賞。當然，沒有哪間洗手間會沒有塗鴉，但一般都很快就被塗掉，只有甜甜圈店的洗手間會讓它們保留久一點。

目前，最有看頭的塗鴉位於洗手間正中的單間。

第一行字是用鉛筆寫的：別吃任何你不想殺死的東西。

然後有人在它下面用綠色麥克筆寫道：別殺死任何你不想吃的東西。

再下一行是圓珠筆的筆跡：別殺生。

接下一行是紫色的麥克筆：別吃東西。

最後一行是粗大的黑色字體：素食主義者見鬼去吧：「所有神都是吃葷的。」（語出蘿拉．查斯）

蘿拉透過這種方式繼續活著。

蘿拉花了很長時間才誕生到世界上來，蕾妮這樣告訴我，看來，她是猶豫不決，懷疑不知道誕生人世是不是個好主意。出生後她又得了重病，差點死掉。我猜這是因為她還拿不定主意。不過，最後她決定要試一試，病隨之好轉過來。

蘿拉出生後，媽媽變得比從前更疲累。醫生說她必須多休息。蕾妮則對來幫忙洗衣服的希爾科特太太說，媽媽從來就不是個身體健壯的人。感覺上，我原來的媽媽被小精靈偷走了，而現在睡在床鋪上這個更蒼老、更灰白、更讓人洩氣的女人，是另外一個人。當時我才四歲，而且被她的變化嚇到了，只希望她會抱我、安撫我，但媽媽已不再有精力抱我、安撫我。（我為什麼要說「不再」呢？事實上，她一直都是個管教多於珍愛的媽媽。她在本質上是個老師。）

沒多久我就發現，如果我願意保持安靜，願意幫忙推蘿拉的搖籃讓她入睡（這需要很長的時間），我就會被允許留在媽媽的房間裡，否則，就會被帶出媽媽房間。於是我選擇了妥協：安靜，幫忙。

其實我應該尖叫，應該大發脾氣的，因為就像蕾妮說的，會鬧的孩子有糖吃。

（媽媽床頭櫃有一張照片：我穿著有蕾絲白領子的黑色洋裝，手裡抱著小寶寶，動作笨拙，抱得緊緊，眼睛瞪著照相機或拿相機的人，一副不高興的樣子。蘿拉包在白色毯子裡，幾乎看不見，只露出毛茸茸的頭頂和一隻小手，五根手指握著我的大拇指。我是因為家裡人要我抱這小孩而生氣嗎？還是因為我想保護她，不肯照大人吩咐，把她交出來？）

蘿拉是個情緒很不穩定的小嬰兒，不過，她的不穩定，出於焦慮多於暴躁。她也是個情緒很不穩定的小孩。儲藏室的開關門聲或五斗櫃抽屜的開關聲都會讓她哭，就像她一直在注意四周的動靜，注意是不是有什麼不知名的東西在悄悄接近。她動輒就哭：看到死烏鴉會哭，看到被汽車輾斃的貓會哭，看到晴朗的天空被烏雲遮蔽會哭。另一方面，她對肉體痛楚的忍受力又大得異乎尋常：不管是嘴巴被燙到或是哪裡割傷，她一律不會哭。所以可以說，真正會讓她難過的是惡意，天地的惡意。

特別讓蘿拉感到震動的是那些殘廢的退伍軍人，只要在街角碰見（不管是在閒蕩的、賣鉛筆的還是當乞丐的），她就會哭。

就像大部分的小小孩一樣，蘿拉相信，大人說的話都要按字面理解，但她又比一般小小孩更極端。所以，你別想對她說了諸如妳真煩，乾脆跳到湖裡去好了之類的話而不會有後果。碰到這些時候，蕾妮就會訓我說：妳對蘿拉說了些什麼來著，難道妳就永遠不會學乖？不過蕾妮自己有時也沒有學乖。有一次，她被蘿拉纏煩了，就說：妳咬舌頭好了，咬了舌頭就不會再那麼囉哩叭嗦。結果蘿拉真的咬了自己舌頭，好幾天不能吃東西。

現在，我要寫到媽媽過世的部分了。說這件事情改變了一切，可能會顯得陳腔濫調，但因為這很有可能是事實，所以我還是要把它寫下來：

這件事情改變了一切。

事情發生於星期二。星期二是麵包出爐日。我家的麵包都是自己烘烤的，每次一烤就是一星期的量。雖然泰孔德羅加港有一家小麵包店，但蕾妮卻說只有懶人才會買現成的麵包，又說麵包師傅會在麵粉裡放入過多的酵母，讓麵包看起來大一些。所以，她堅持要自己烘烤麵包。

每個麵包出爐日，蕾妮都會給我們小小團的麵粉做些麵包娃娃，又給我們葡萄乾當娃娃的眼睛和衣服鈕釦。我會把我做的麵包娃娃吃掉，蘿拉則會把她做的藏起來。有一次，蕾妮在蘿拉的抽屜裡發現了一整排的麵包娃娃，硬得就像石頭，各用一條手帕裹住，活像一具具小木乃伊。蕾妮說它們會招惹老鼠，要扔到垃圾桶去。但蘿拉卻堅持要把麵包娃娃加以安葬，否則就從此不再吃晚餐。她是個死硬派，可是會說到做到。

蕾妮只好在菜圃裡挖了個洞。看著蘿拉把麵包娃娃一個個整齊排在洞裡時，蕾妮說：「上帝保佑她老公，她倔得就像一頭牛。」

「我不打算嫁人，」蘿拉說，「我打算以後一個人睡在車庫裡。」

「我也不打算嫁人。」我說，因為不想讓她把我比下去。

「看來妳八成會如願。」蕾妮說，「不過妳不是喜歡睡軟綿綿的床鋪嗎？妳不嫁人，恐怕就要睡在水泥地上，滾得一身油汙。」

「我打算睡在溫室裡。」我說。

「現在溫室已經沒有暖氣，」她說，「妳在冬天會冷死。」

「我會睡在其中一輛汽車上。」蘿拉說。

在那個恐怖的星期二，我們和蕾妮一起在廚房裡吃早餐。早餐的內容包括燕麥粥和塗酸果醬的烤土司。有時候媽媽也會和我們一道吃早餐，但那天她很累，不想吃東西。媽媽對我們很嚴格，要求我們吃東西的時候一定要挺直腰背，而且要把麵包皮吃掉。「毋忘饑荒的亞美尼亞人。」她會這樣說。

也許那時候亞美尼亞人早已不用再挨餓了，因為戰爭已經結束，秩序已經恢復。但他們的慘狀，一定是像一句口號一樣，深印在媽媽腦海裡。

但那天媽媽卻沒有把麵包皮吃掉。*妳怎麼不吃掉麵包皮，不是說毋忘饑荒的亞美尼亞人嗎？*蘿拉問道。最後，媽媽承認自己不舒服。聽到的時候，一股像電流般的寒意穿過我：我早就知道她不舒服。

蕾妮告訴過我們，上帝是像她做麵包那樣子造人的，而這也是為什麼女人生小孩之前肚子會變大：那是生麵團在膨脹。她說她的酒渦就是上帝的拇指印，她會有三個酒渦而有些人卻一個都沒有，是因為上帝不想把每個人造得一模一樣。

蘿拉當時六歲，我九歲。我知道小嬰兒並不是生麵團做出來的，那只是說給像蘿拉這樣年紀的小孩聽的，至於小嬰兒是打哪來的，我卻也說不上來。

每天下午，媽媽都會坐在涼亭裡織東西。織的是小小件的毛線衣，和她以前為「海外難民救助會」織的一個模樣。這件也是為海外難民而織的嗎？我想知道。也許吧，她說，微微一笑。每過一陣子她就會睡著一下，眼皮沉重地闔上，圓框眼鏡從鼻梁上微微下滑。她告訴我們，她後腦子上長著一雙眼睛，所以我們不管在她背後做什麼壞事，她都會知道。我想像，她這雙後眼睛一定是平坦的、沒有顏色的，就像她的眼鏡一樣。

我不喜歡她在下午睡那麼多，因為那不像她一貫的作風。蘿拉沒有為此擔心，但我卻會。從大人告訴我的話和我聽來的話，我知道媽媽情況有異。例如，蕾妮這樣告訴我：「妳媽媽需要休息。妳管好蘿拉，不要讓她騷擾媽媽。」我又偷聽到她告訴希爾科特太太：「醫生不高興。他說機率是五十五十。她不是個健壯的女人，卻又悶不哼聲。有些男人晚上就是閒不住。」所以，我知道媽媽身處在某種危險中，某種對她健康不好的危險，某種跟爸爸脫不了關係的危險。

我說過蘿拉並不擔心，但她卻比平常更黏媽媽。當媽媽在涼亭裡打盹時，她會盤著腿，坐在冰涼的地板上，當媽媽在廚房的時候，她就躲在廚桌下面玩。她會把墊子拉到廚桌下面，在裡面念她的字母讀本。字母讀本本來是我的，她有許多東西都本來是我的。

蘿拉現在已懂得閱讀，至少是閱讀字母讀本。她最喜歡的字母是L，因為那是她名字的字首。但我卻不喜歡我名字的字首，因為I可以指任何人。

L是百合，

純淨潔白；
白天舒張，
晚上閉合。

書中的插圖畫著兩個戴草帽的小孩，旁邊是一朵睡蓮，上頭坐著半裸、有蟬翼狀翅膀的小仙女。蕾妮曾經開玩笑說，如果她碰到這樣的東西，就會拿蒼蠅拍去打牠。但她這個玩笑只對我說，沒對蘿拉說，因為她怕蘿拉會把她的話當真而難過。

蘿拉這個人不一樣，她說。我知道，她說的不一樣，意謂古怪。但我還是故意要讓她頭疼：「妳說的不一樣是什麼意思？」

「跟別人不一樣。」

不過，蘿拉也許並不是真的那麼跟別人不一樣。可能每個人其實都跟她一樣，身上有著一種古怪、刁鑽的成分。唯一的不同是，別人會把這些成分給隱藏起來，但蘿拉卻不會，這也是為什麼她會讓他們害怕的原因。年齡愈長，她嚇到別人的次數就愈多。

回到那個星期二的早上吧。當時蕾妮和媽媽在做麵包，不，只有蕾妮在做，媽媽在喝茶。蕾妮對媽媽說，空氣這麼悶熱，媽媽不應該到廚房裡來，應該找個陰涼的地方待著或躺著，但媽媽卻說她痛恨遊手好閒。

在蕾妮看來，媽媽是個有能耐在水面行走的人，況且，她也沒有權吩咐媽媽怎樣做。所以，媽媽就喝著茶，邊看蕾妮把麵團揉搓翻轉。蕾妮兩手沾滿麵粉，就像是戴了雙白手套，圍裙上半部分也是沾滿麵粉。她的兩隻手臂內側滲出鱗片狀汗水，弄黑了家居服上的黃雛菊圖案。一些麵包已經捏好，放在烤盤上。潮濕的蘑菇氣味在廚房裡瀰漫。

廚房熱得厲害，這不但是因為烤爐需要燒很高一堆的煤，也是因為有熱浪從洞開的窗戶席捲而入。做麵包的麵粉都是來自食品儲藏室的一個大桶子。你最好不要爬到大桶裡去，否則麵粉會鑽進鼻子和嘴巴，讓你透不過氣。蕾妮說，有一個小嬰兒被哥哥姊姊頭上腳下放進麵粉桶，差點窒息而死。

我和蘿拉坐在廚桌下面玩。我在讀一本叫《歷史中的偉人》的兒童圖畫書。有一幅圖畫畫的是被放逐到聖海倫娜島的拿破崙，他站在懸崖上，一隻手插在大衣衣縫裡。我想他一定是胃在痛。蘿拉動個不停。她爬出廚桌，問蕾妮要水喝。「妳想要一些生麵團去做麵包人嗎？」蕾妮問她。

「不要。」蘿拉說。

「『不要，謝謝。』」媽媽糾正她說。

在桌子底下，我們可以看到媽媽的瘦腿和蕾妮的胖腿，也可以聽得見揉搓生麵團的聲音。然後，突如其來地，茶杯摔到了地上，跟著，我們就看到媽媽倒在地板上，蕾妮跪在她旁邊。

「啊，老天爺，」蕾妮喊道，「快，艾莉絲，快去找妳爸爸來。」

我跑到圖書室去。圖書室裡的電話正在響，但爸爸卻不在裡頭。然後我爬樓梯走上角樓（那在平常是禁地）。門沒有上鎖，但裡面只有一張椅子和幾個菸灰缸。我去了前廳，去了晨間起居室，也去了車庫，但爸爸都不在。我想，他一定是在工廠裡。但我並不熟到工廠的路，而且也太遠了。我不知道還可以到哪裡去找他。

我回到廚房，爬到桌子底下。蘿拉坐在那裡，雙手抱膝。她沒有哭。地板上有一道暗紅色斑點，樣子就像血。我用手指在上面沾了一沾，放進嘴裡舔一舔：真的是血。我找來一塊布把血抹乾，又對蘿拉說：「不要看。」

過一會兒以後，蕾妮從後樓梯下來，打電話給醫生。但醫生不在，一如往常的不知道到哪去玩去了。然後蕾妮又打到工廠找爸爸。但工廠沒有人知道他在哪裡。「盡你所能找到他，告訴他是緊急事故。」掛上電話後，蕾妮就快步回到樓上去。她忘了正在烤的麵包，它們膨脹得過了頭，又再收縮回去，全部報銷。

「她不應該待在熱騰騰的廚房裡的，」蕾妮事後對希爾科特太太說，「尤其像這種暴風雨來臨前的天氣。但她就是閒不下來。她從來不聽誰的。」

「她痛得厲害嗎？」希爾科特太太問道，聲音裡又是同情，又是好奇。

「我看過更嚴重的，」蕾妮說，「應該為老天爺的小恩小惠心存感謝。它像一隻小貓那樣滑了出來。我真不知道要怎樣才能把床墊清乾淨，看來只有燒掉。」

「老天，真恐怖。」希爾科特太太說，「不過還好，她還年輕，還可以有下一次。」

「不，我聽到的可不是這樣，」蕾妮說，「醫生說，再有下一次，就會要了她的命。這一次她就差點沒命。」

「有些女人就是不應該結婚，」希爾科特太太說，「她們本錢不夠厚。要結婚，你就必須要夠強壯。像我媽媽，眼也不眨的生了十個。還不要說他們全都活了下來。」

「我媽媽還生了十一個呢，」蕾妮說，「累得她幾乎沒力氣從地上爬起來。」

我從過去的經驗得知，這是她們較勁誰的媽媽更刻苦耐勞的前奏，而接下來，他們的話題就會轉入誰的媽媽洗的衣服比較多。我牽著蘿拉的手，躡足走上後樓梯。我們既擔心，卻又好奇：我們固然想知道媽媽發生了什麼事，但也想看看那隻小貓。它就在媽媽臥室外面的走廊上，旁邊是一團沾滿血的床單。但那並不是一隻小貓。它是灰灰的，像顆煮太熟的馬鈴薯，但卻有一個大得不成比例的頭。它全身蜷曲起來，眼瞼歪斜地緊閉著，就像光會讓它的眼睛刺痛。

「那是什麼？」蘿拉輕聲說，「那可不是隻小貓。」她蹲在地上，凝神諦視。

「我們下樓去吧。」我說。醫生還在媽媽的房間裡，我們聽得見他的腳步聲。我不想讓他發現我們，因為我知道，這個放在臉盆裡的小東西，是我們（尤其是蘿拉）不該看到的。如果她尖叫起來，被大人發現，我就會挨罵。

「那是個小寶寶，」蘿拉說，「它還活著呢。」她的聲音出奇的平靜。「可憐的小東西。它不想讓自己被生下來呢。」

近傍晚時，蕾妮帶我們去看媽媽。她躺在床上，頭後面枕著兩個枕頭。她兩隻瘦削的手臂擱在被子外，逐漸變白的頭髮是透明的。她的結婚戒指在左手上閃閃發光，兩隻手緊抓著被子的兩邊。她的嘴巴抿著，像在考慮什麼事情。她的眼睛閉著，看起來比睜開時還要大。她的眼鏡擺在床頭櫃上，兩塊圓鏡片閃亮而空洞。

「她還在睡，」蕾妮輕聲說，「不要碰她。」

就在這時，媽媽的眼睛張開了。她的嘴巴歙動著，一隻手的手指張了開來。「你們可以抱她一抱，」蕾妮說，「但不要太用力。」我照做了，但輪到蘿拉時，她卻猛把頭埋到媽媽的腋下。漿洗過的床單散發出淡藍色薰衣草的氣味，媽媽身上帶有一股肥皂味，而身子底下卻是一種熱熱的鏽味，還混雜著濕草悶燒時的甜酸味。

媽媽在五天後過世。她是死於高燒，也是死於身體太虛弱。這段期間，醫生在我們家來來去去，而她臥室裡的一張搖椅，也總有態度冷淡、動作俐落的護士輪流坐著。蕾妮常常匆匆忙忙上下樓梯，手裡拿著臉盆、毛巾和一杯清湯。每天，爸爸都在阿維翁與工廠之間不停往返，等到晚上坐在餐桌前用餐時，已憔悴得像個乞丐。媽媽暈倒的那個下午，他人在哪裡呢？沒有人告訴我這一點。

蘿拉整天都坐在二樓的走廊裡。大人叫我去陪她玩、分她的心，但她卻不願意玩。她雙手抱膝，下顎靠在膝蓋上，一臉若有所思、神祕兮兮的表情，就像是嘴巴裡含著一顆糖。我們是不容許吃糖的。但我要她張開嘴巴時，卻發現她含著的是一顆白色小圓石。

在這最後一星期裡，每天早上我都被准許去看媽媽，但只限幾分鐘，而且不允許跟她說話。每一天她都衰弱一些。她的顴骨變得突出，身上有一股牛奶的味道，還帶著一股生腥、酸臭的味道，猶如包在油紙裡的肉。

每次看她我都懷著晦氣。我知道她病得有多嚴重，但卻為此怨恨她。我覺得她出賣了我，覺得她推諉了某種她該盡而未盡的義務。當時我並未意識到她可能會死。我先前是害怕過這種可能性，但現在我卻因為恐懼過甚，反而把它排除在意識之外。

在最後一個早上（我當時當然不知道是最後一個），她更衰弱了，但精神卻較集中一些。「太亮了，」她低聲說，「妳可以幫我把窗簾拉起來嗎？」我照做了，然後回到床邊站著，手裡擰著那條蕾妮預防我哭而為我準備的手帕。媽媽緊緊抓住我的手——她的手熱而乾，手指像是柔軟的鐵絲。

「當個好女孩，」她說，「我希望妳會是蘿拉的好姊姊。我知道妳一直都在努力。」

我點點頭，不知道該說些什麼。我覺得自己是個受到不公對待的人：為什麼大家都認為我應該當蘿拉的好姊姊，而不是反過來，她該當我的好妹妹呢？顯然，媽媽愛蘿拉比愛我多。

也許不是如此，也許她愛我們一樣多。又也許，她已經不再有任何精力去愛誰了。她對我們的愛堅實而具體，就像一個蛋糕一樣。唯一的問題只是我和蘿拉誰分到比較大塊的蛋糕。

（「母親」是一種多奇妙的構造啊！她們是容我們用針去扎的稻草人、蠟娃娃。我們否認她們有屬於自身的存在，一心只想用她們滿足我們——我們的飢餓、我們的願望、我們的缺陷。這道理是我自己當了母親後才明白的。）

媽媽用天青色的眼珠子凝視著我。這個凝視一定費了她相當大的勁兒。在她眼睛裡，我一定是像個在遠處晃動的粉紅色小圓塊。她要用多大氣力才能保持眼睛睜開啊！但如果這是一種堅毅的話，我當時卻沒有看出來。

我很想告訴她，她錯了。我並不是一直努力當個好姊姊，而是恰恰相反。有時我會喊蘿拉「討厭鬼」，叫她不要老是來煩我。而且上星期，我才因為發現蘿拉舔我一個信封的信封口，而告訴她信封口的黏膠是馬肉熬成的，用不了多久她就會嘔吐和不停擤鼻子。有時候，我會躲著她，跑到溫室後面一圈紫丁香花叢的中間去看書，不管蘿拉怎樣哭著找我，我也充耳不聞。

但我想不出恰當的話表示異議。當時我並不知道，她對我的評價將像徽章一樣別在我身上，而我將沒有機會把它扔還回去。

黑色蝴蝶結

今天的夕陽是火紅的，而且要花上好一陣子才完全落下。在東邊低沉的天空下隱隱有閃光，然後突如其來一聲雷響，就像是砰一聲關起的門。房子裡熱得像個烤箱，新買的風扇也無濟於事。我端著一盞油燈走到門廊：有時候，我在微暗中反而看得更清楚。

過去一星期我什麼都沒寫，我失去了熱情。為什麼要把那樣憂傷的事情寫下來呢？但我畢竟又把筆重拾了起來。我潦草的字跡像條拋出去的黑繩索一樣迤邐紙上，雖然糾結但仍然能辨認。我有想過要留下簽名嗎？但我所做過的一切，不都是在避免留下簽名嗎？

為什麼我們會那麼死命地渴望自己被人記住？這種渴望，似乎和狗在消防栓上撒尿的動機沒兩樣。把自己的照片鑲框掛在牆上，在織物上繡上自己的姓名縮寫，在樹上刻上自己名字，這完全是同一種衝動。我們想從中得到什麼呢？掌聲、嫉妒還是尊敬？還僅僅是想獲得注意——不管是哪一類的？

我想，歸根究柢，我們是希望有見證人。我們不能忍受自己的聲音會像收音機那樣，無聲無息地中斷。

媽媽喪禮後的第二天，蕾妮把我和蘿拉支到花園去。她說她必須讓腿歇一歇，因為她已來來回回跑了一整天。她的眼袋紫紫的，我猜她一定是哭過，偷偷地哭，以免影響其他人的情緒。她把我們支開，說不定就是為了好好再大哭一場。

「我們不會吵的。」我說。我不想到屋外去，因為外面太亮了，而我的眼皮又有點腫脹。但蕾妮卻堅持要我們到花園走走，說是呼吸新鮮空氣對身體有益。她並沒有叫我們去玩，因為媽媽才死，玩是對死者不敬的事。

喪禮的餐會在阿維翁裡舉行。喪禮上擠滿了人，包括所有工廠的工人、他們的家眷，當然也少不了鎮上的名流，如銀行家、神父、牧師、律師、醫生等。但餐會卻不是為所有人而設的，至少本來不是。蕾妮告訴希爾科特太太：耶穌也許有能力用五餅二魚餵飽五千人，但爸爸不是耶穌，不應該以為他可以餵飽所有人，不過，他一向都搞不清楚狀況，所以她唯一能期望的，就是餐會上沒有人會被踩死。

儘管如此，餐會後還是有若干食物剩了下來：半條火腿，一小堆曲奇餅，還有各種蛋糕。所以，今天我和蘿拉偷偷跑進廚房裡，大快朵頤一番。蕾妮知道我們在幹什麼好事，卻沒氣力制止我們。換成是別的時候，她就會說：「妳們會吃不下晚餐的。」或是：「不要偷東西吃，否則妳們會變成老鼠。」

但這一次，她卻放任我們撐破肚皮。我吃了很多曲奇餅、火腿，還吃了一整塊水果蛋糕。我們仍然穿著黑色的連衣裙，熱得難受。先前，蕾妮幫我們把頭髮編成兩根辮子，又在每根辮子的頂端和末端各用黑色羅緞綁上一個硬挺的蝴蝶結，因此，如今我和蘿拉頭上各有四個嚴肅兮兮的黑色蝴蝶結。

在花園裡，陽光強得讓我瞇起眼睛。樹葉的濃綠和花朵的大黃大紅讓我嫉恨：它們憑什麼在我面前炫耀！我很想把它們拔下來或踩爛。我感到孤苦伶仃、一肚子悶氣和腹部腫脹。糖分在我腦子裡嗡嗡作響。

蘿拉找我跟她一塊爬到溫室旁邊那兩尊獅身人面像的背上，但我卻不要。然後她又找我一塊到水仙女石像的旁邊去看金魚，我想這無傷大雅，便答應了。她走在我前頭，輕快跑過草坪。她快活的樣子讓人惱怒，就像這世界沒有什麼是她該在乎的；喪禮一路下來她都是這個樣子。她也對其他人表現出來的哀傷感到困惑。更讓我惱火的是，人們看來同情她還比同情我多。

「好可憐，」他們說，「她太小了，不明白發生了什麼事。」

「媽媽跟上帝在一塊了。」蘿拉說。對，牧師是這樣說的，但蘿拉卻信以為真，不像其他人那樣，只是半信半疑。我很想抓住她雙肩，狠狠地搖晃她。

我們坐在百合池塘邊突起的岩石上。一束束百合在陽光中閃爍，像是濕綠的橡膠。蘿拉挨在水仙女身上，雙腳晃動，以手指撥水，一面哼哼唱唱。

「媽媽才死，妳不應該唱歌的。」我說。

「不，她沒有死。」蘿拉說，「她不是真正的死。她現在跟小寶寶住在天堂。」

我一氣之下把她從岩石上推了下來：但不是往池塘的一邊（我還知道點分寸），而是往草地的一邊。岩石離地沒多高，而且草地很柔軟，所以她不可能會摔得很痛。她背部著地，繼而一翻身，半爬了起來，一雙眼睛睜得大大的看著我，就像是不敢相信我會這樣做。她的嘴巴張大成一個像玫瑰花苞的O字形，接著哭了起來。（我得承認她的哭讓我有快感，因為我就是想要她難過，像我一樣難過。我對她一切都可以用年紀小來當擋箭牌早已感到不耐。）

蘿拉從草地爬起來以後，就沿著後車道跑向廚房，一面跑一面大哭，聲音淒厲得像被人捅了一刀。因為怕她會告狀，我緊追在後。半路上，她摔了一跤，這一次可真是摔痛了：她的手擦破了皮。看到這個，我就放心了，因為一點點血將可掩蓋我的罪狀。

冰淇淋蘇打

媽媽死後那個月的某一天，爸爸忽然說想帶我到鎮上去。這讓我受寵若驚，因為一向以來，他都把我們姊妹倆交給媽媽和蕾妮帶，沒有太關注我們。

他在早餐桌上宣布這件事情。媽媽死後，他就要求我和蘿拉改為跟他一道吃早餐，而不是像往常那樣，跟蕾妮一起在廚房裡吃。我和蘿拉坐在長餐桌的一頭，他坐在另一頭。他很少說話，只管看報，而我們也不敢說話，以免打斷他看報的興致。

陽光從彩色的玻璃窗上投射到他身上，讓他染滿五顏六色。我還記得投射在他頰上的青白色和手指上的橘紅色。我和蘿拉也喜歡跟這些顏色玩遊戲。我們會故意把盤子移左一點點或移右一點點，讓我們那枯燥的灰色燕麥粥轉化為綠色、藍色、紅色或紫色，看起來像魔法般的食物。我們會一面吃東西，一面互相做鬼臉，但是靜悄悄地做。我們做這些事情，是為了找點娛樂而又不至於驚動爸爸。

在那不尋常的一天，爸爸很早就從工廠回來，然後帶著我走到鎮上。爸爸喜歡走路多於開車，特別是不喜歡自己開車。我猜這跟他那條殘腿有關：他想顯示他還能走。雖然跛足，但他的步伐卻很大，我走在他旁邊，努力去配合他那一搖一擺的大步。

「我們要到貝蒂快餐店去，」爸爸說，「我請妳吃冰淇淋蘇打。」這兩件事從沒有在我身上發生過。蕾妮說過，貝蒂快餐店是給鎮上的人去的，不是給我和蘿拉去的；又說冰淇淋蘇打是垃圾食物，會讓我們蛀牙。這兩大禁忌竟然在同一時間打破，而且又是如此突如其來，幾乎讓我有驚惶失措的感覺。

泰孔德羅加港的主大街上有五家教堂和四家銀行，全都是石頭建築，也全都矮矮胖胖。有時候，如果你不看招牌，還真分不出哪一家是哪一家（當然，教堂是有尖頂的，而銀行沒有）。貝蒂快餐店位於其中一家銀行的旁邊。它有一個綠白相間的遮陽篷，櫥窗上有一張雞堡派的圖片，樣子就像一頂用油酥麵團做的步兵鋼盔。店裡的燈光是暗黃色的，瀰漫著香草冰淇淋、咖啡和融化起司的味道。天花板上掛著幾把樣子像飛機螺旋槳的吊扇。店裡有幾桌客人，都是戴帽子的女性，爸爸向她們點點頭，她們也點頭回禮。

在快餐店的一邊有一排深色的木頭雅座隔間。我們在其中一個雅座隔間坐了下來。他問我想吃哪一種冰淇淋蘇打，但因為我不習慣跟他單獨在大庭廣眾出現，所以有一點害羞，加上我不知道冰淇淋蘇打有那些種類，所以沒有回答。看我沒說話，他就幫我出主意，點了草莓冰淇淋蘇打，他自己點的是咖啡。

招呼我們的女侍穿著黑裙白帽，口紅鮮紅得像果醬。她稱呼爸爸為查斯上尉，爸爸則喊她愛格妮絲。從這一點，我知道他對這地方一定很熟。

愛格妮絲問爸爸我是不是他女兒，又說我長得可愛；但她瞥我的眼神卻不友善。她幾乎馬上就端來了咖啡，放下咖啡的時候有意無意碰了一下爸爸的手（這個動作，我當時雖不明白其含意，卻看得清清楚楚）。稍後，她又把冰淇淋蘇打端來。裝冰淇淋蘇打的是個雞蛋捲筒形的杯子，插著兩根吸管。不斷冒出的氣泡直衝我鼻子，弄得我眼淚汪汪。

爸爸把一粒方糖加到咖啡裡，攪拌了幾下，然後拿起小調羹，輕敲杯子的側面。我從蘇打杯子的上方打量他。我只覺得，他的長相就像是突然間變了個樣子似的，變得細長柔和起來，卻更清晰。我很少有機會在這麼近的距離看他。他的頭髮直直向後梳，兩邊剪短，從太陽穴的位置開始向後縮。他僅剩的眼珠是黯淡的藍色，就像藍色的紙張。他那張殘破卻仍然英俊的臉倒是沒有多大變化，還是像每天吃早餐時那樣，散發出悠遠的氣氛，彷彿他正在聆聽歌曲，或遠方的爆炸聲。他的鬍鬚要比我以前注意到的更灰白了，就連他身上那套尋常衣服也起了神祕的變化，就像衣服不是屬於他，而是他向別人借來的。它們顯得太大件了，而這表示，他比從前要縮小了一些。但卻長高了一些。

他看著我微笑，又問我蘇打好不好喝。之後，他陷入沉默，一副若有所思的樣子。他拿出隨身攜帶的銀菸盒，點燃一根香菸，吐出一口煙霧，然後開口說：「不管日後發生任何事，妳都答應我照顧好蘿拉？」

我肅穆地點頭。但有什麼事會發生呢？我隱隱覺得接下來會有壞消息。說不定是他即將遠行，遠赴海外。我聽說過戰爭有可能會爆發。但爸爸並沒有再多解釋他為什麼要說這話。

「那我們就握握手，一言為定？」他說。他從桌子的另一頭向我伸出手；他的手硬而乾，就像是皮革公事包的把手。他用唯一的一隻藍眼睛盯著我看，彷彿在琢磨我是不是可以信賴。我抬起下巴，挺起雙肩。我巴望可以給他好印象。

「五分錢能買些什麼？」他突然問。我被難倒了，只覺得舌頭打結，根本不知道答案。我和蘿拉從來沒有自己的零用錢，因為蕾妮認為，沒學會金錢的價值以前，我們沒有資格花錢。

爸爸從他的西裝內袋掏出他的記事本，撕下一頁白紙。然後，他開始談鈕釦生意的經營之道。他說，對我來說，學習經濟學的最基本原則從來都不嫌太早，因為這些原則可以讓我在我長大一點之後，懂得怎樣做個負責任的人。

「先假設妳一開始只有兩顆鈕釦。」他說，「妳的成本就是用來製造鈕釦的支出，毛利就是妳賣出鈕釦後的所得，淨利就是把毛利減去成本後得到的數字。賣出兩顆鈕釦後，你可以把部分淨利保留下來，然後用其餘的淨利去生產四顆鈕釦，把同樣的程序重複一遍，妳就會有八顆鈕釦。」他一面說，一面在紙上畫鈕釦：先是兩顆，然後是四顆，然後是八顆。每畫一顆鈕釦，他就會把這顆鈕釦能賺到的銅板畫在紙的另一邊。因此，當鈕釦以令人眼花撩亂的速度倍增時，畫在紙上的銅板也愈疊愈高。我覺得爸爸畫圖的方式很像剝豆子：豆莢放在一個碗裡，豆子放在另一個碗裡。他問我是不是明白。

我審視他的臉，想判斷他是不是認真的。他是曾經把鈕釦工廠貶得一文不值，但那是在他喝醉酒的時候。現在他卻是完全清醒的。他不像是在向我解釋，而更像是向我道歉。他除了想得到我對問題的回答外，還想得到一些什麼別的。他似乎是想要我原諒他，讓他從什麼罪過解脫。但他對我做了什麼呢？我完全想不出來。

我感到困惑，也感到力有未逮：我意識到，不管他要求或期待於我的是什麼，都超出我能力範圍。這是生平第一次有男人要求我做能力之外的付出，但卻不是最後一次。

「明白。」我說。

媽媽死前那個星期對我說了一句奇怪的話，儘管在當時，我並不認為那話有什麼奇怪的。她說：「撇開表面的一切，妳爸爸都是愛妳的。」

她很少跟我們談感情的事，又特別是愛（上帝的愛除外）。但父母愛子女不是天經地義的嗎？所以，我只把她的話當成一種再保證，也就是說，不管表面怎樣，我爸爸就像其他爸爸一樣，是愛子女的。

但現在，我已經明白，媽媽的話要較此更複雜一點。那可能是個警告，警告我儘管在一切的最底層是愛，但在這愛的上頭，卻可能堆著一大堆莫名其妙的東西。這愛不是一件純粹的禮物，不是金光閃閃的黃金。它毋寧是某種符咒，而且是沉重的，就像拴在頸項上的一條鐵鍊，會讓我舉步維艱。

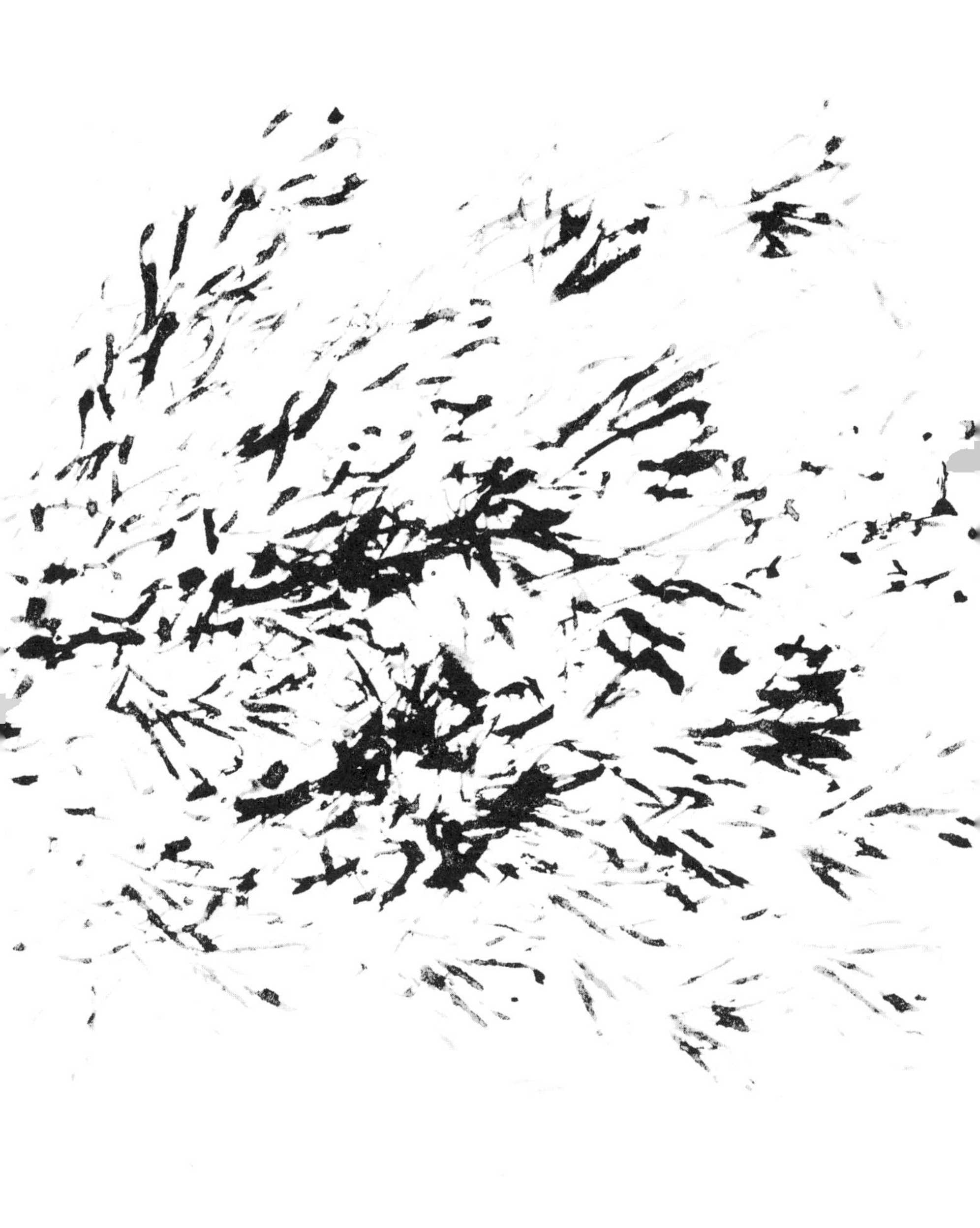

——第四部

《盲眼刺客》咖啡廳

雨很小，但從中午起就沒有停過。霧氣在樹叢間升起。她走過畫著一個大咖啡杯的前櫥窗：咖啡杯是白色的，有一圈綠邊，杯子上頭畫著三根S形狀曲線，代表熱騰騰的蒸氣，像是有三根屈曲手指在濕玻璃上畫過。店門上寫著「咖啡廳」三個字，字體上的金漆有部分已經剝落。她推開門，走進去，抖了抖雨傘。傘是乳白色的，跟她的高級雨衣同一顏色。她把兜帽拉了下來。

他坐在最後一個雅座隔間，旁邊就是通向廚房的雙開式彈簧門。他說過他會坐在這位子。

牆壁已經給煙霧燻得發黃，沉重的隔間漆成單調的褐色，每間都有雞爪形鉤子供人掛衣服。咖啡廳裡只見得到男客人，人人穿著像舊毯子一樣的寬鬆夾克，沒打領帶，頭髮參差，兩條腿岔開，腳上穿著靴子。他們的手粗得像樹樁：這些手有可能會救你一把或是把你揍得只剩半條命。他們的眼神和手一樣，都是一種鈍器。咖啡廳裡有一股怪味：融合了腐爛木板味、濺灑的醋味、發酸的羊毛褲味、多天沒洗澡的體味，還有吝嗇味、詐騙味和妒恨味。她知道自己必須裝得對這股味道若無其事。

他向她舉起一隻手，而當她匆匆向他走去時，其他男人都用狐疑和鄙夷的目光看她。她的鞋跟在木頭地板上敲得喀喀響。她在他的對面坐下，臉上露出個寬慰的微笑：他在這裡。還在這裡。

朱達斯牌的雨衣？他說，我看妳乾脆穿貂皮大衣算了。

怎麼啦？我有什麼不對的地方？

妳的雨衣。

那只是一件普通的雨衣，她說，聲音有點畏縮。有什麼不對？

老天爺，他說，看看妳自己，看看四周的人。妳穿得太光鮮乾淨了。

我就是不能讓你滿意，她說。我想不管我做什麼，都不會合你的意。

妳可以的，他說。妳知道怎樣才是，但妳就是不會事先考慮清楚。

你事先沒有告訴我。我以前從來沒有來過這裡，來過像這樣的地方。難道你要我穿得像個清潔婦那樣走出門？你有想過他們會怎樣想嗎？

妳至少應該戴條頭巾什麼的，遮住妳的頭髮。

我的頭髮？她沒好氣地說。還有什麼沒有？我的頭髮又有什麼不對勁的？

太金色了。太搶眼了。金頭髮就像白老鼠，只會在籠子裡才看得到。它們無法在自然環境裡生存太久。

你這個人不厚道。

我厭惡厚道，也厭惡那些假裝厚道並以此自豪的人。他們很可鄙。

我就是個厚道的人，她說，努力想擠出個微笑。至少對你厚道。

如果我認為妳對我所做的一切是出於厚道，那我會掉頭就走。坐午夜的火車走，那怕是九死一生，我還是寧願一搏。我不是慈善箱，不祈求別人他媽的施捨。

他的情緒很壞，她納悶是什麼原因。她已經一個星期沒看到他。是因為下雨的關係嗎？

好吧，那我對你也許不是厚道，而是出於自私。毫不留情的自私。

我比較喜歡那樣，他說。我喜歡妳自私。他掏出香菸盒，抽出了另一根菸。以他現在的情形還抽包裝香菸，還真奢侈。他一定是省著抽的。她好奇他的錢夠不夠用，但沒有問。

我不喜歡妳坐在我對面，感覺上離我太遠了。

我知道，她說，但我們沒有別的地方可去。到處都濕答答的。

我找到了一個地方，可以讓我們遮風蔽雪的地方。

現在並沒有下雪啊。

很快就會下，他說。北風很快就會吹起。

要下雪了？那些闖空門的要住哪裡？好可憐。她總算把他逗笑了，儘管他的笑容要像肌肉抽搐多些。這一個星期你都睡在哪裡？

妳不必操這個心，而且不知道比較好。那樣，他們逮著妳和盤問妳的時候，妳就用不著說謊了。

我說謊的本領並不差，她說，試著擠出微笑。

也許妳騙得過業餘的，卻別想騙過行家，他們有辦法像打開行李箱一樣，讓妳和盤托出。

他們還在找你？還沒有放棄嗎？

還沒有。我聽說是這樣。

真糟糕，她說。不過我們仍然算是幸運的，對不對？

為什麼我們是幸運的？他說，情緒又回復原先的陰鬱。

因為至少我們還在一起，至少我們……

這時侍者走到了桌子邊。他的袖子捲起，一條長圍裙掛在胸前，上面沾滿汙漬油垢。他的手指粗得像腳趾。

要咖啡嗎？

好的，謝謝。黑咖啡，不要加奶。

安全嗎？侍者走開以後她問道。

妳說咖啡？不會有細菌的，已經煮開了幾小時。她知道他是在嘲弄她，但卻假裝聽不懂。

不，我是說，這裡安全嗎？

這咖啡廳是我一個朋友的朋友開的。我隨時都盯著門口，苗頭一不對，就會跑進廚房，從後門開溜。一出後門就是一條後巷，脫身很容易。

那件事不是你幹的，對不對？她問。

我告訴過妳。我人是在那裡，卻不是我幹的。但是不是我幹的對他們來說根本不重要，他們樂於拿我來當替死鬼，恨不得把我和我的壞思想釘在牆上。

那你得趕快遠走高飛，她無望地說。她很想把他擁在臂彎裡。

還不行，他說，我還不能走。不能坐火車，不能越過邊界。我聽說他們派了人在那些地方監視。

我很擔心你，她說。我夢見你被抓到。我無時無刻不在擔心。

不要擔心那麼多，親愛的，他說。擔心太多，妳就會消瘦，而妳可愛的奶子和屁股就會萎縮。這樣子對誰都沒有好處。

她把一隻手放在頰上，彷彿是挨了他一巴掌。我希望你不要用這種口吻對我說話。

我知道妳不希望，他說。沒有穿妳這種高級雨衣的女孩會希望。

《泰孔德羅加港信使報》，一九三三年三月十六日報導

查斯企業賑災不遺餘力

總編輯艾德伍德・默里撰文

查斯企業的總裁查斯上尉昨天宣布，他將要捐贈三車廂其工廠所生產的「次貨」，給國內受大蕭條打擊最嚴重的地區。其中包括嬰兒毯子、小孩套衫和男女內衣。

查斯上尉向《信使報》表示，在這個全國蒙災的時刻，所有人都應該像戰時一樣，竭盡一己之力。對於其競爭對手（特別是多倫多皇家經典針織公司的理查・葛里芬先生）指控此舉將會破壞市場機制，導致更多工人失業，查斯回應說，由於獲得衣物捐贈的都是買不起它們的人，所以破壞市場機制之說純屬過慮。

查斯上尉又補充說，由於目前全國各地都面臨需求衰退的情形，以致查斯企業不得不作出縮減生產規模的相應行動。他說他將竭盡所能讓他所有工廠營運下去，但不排除必要時會有裁員、縮減工時或工資之舉。

吾人必須為查斯上尉的努力鼓掌喝采，因為要不是有像他這樣的企業家，泰孔德羅加港恐怕早已出現見於其他大城市的工會暴動和流血衝突，導致可觀財產損失與人命傷亡。

《盲眼刺客》絨線棉床罩

這段日子你都是住在這裡？她問。她擰著手上的手套，就像它們濕了，需要擰乾。

應該說是窩在這裡。

這房子是一整排同樣房子的其中一棟，是紅磚建築（牆面已經被煤塵染黑），又窄又高，有著陡峭的三角形屋頂。屋子前方有一個長方形草坪，落滿灰塵，幾簇野草已長到人行道邊。地上有一個撕破的褐色紙袋子。

門廊前有四級樓梯。前窗裡垂掛著蕾絲窗簾。他掏出鑰匙。

她進門時往後瞧了一眼。

不用擔心，他說，沒有人會注意我們。這只是我朋友的住處。

你朋友可不少。

並不多，他說。如果你朋友裡面沒有爛蘋果的話，就不需要有太多朋友。

小門廳有一排掛衣物的銅鉤，地上鋪著褐黃相間格子圖案的陳舊油毯。內門鑲著磨砂玻璃，刻著蒼鷺圖案。也可能是鶴，反正就是長腿的鳥兒，細長優雅的頸項彎向蘆葦和百合花之間。這種東西一望而知是煤氣燈時代的遺物。他用另一支鑰匙打開這門，兩人隨之走進一條幽暗過道。他一揮手就打開了電燈。在他們頭頂的吊燈有三個粉紅色的花朵形狀燈罩，但只有一個燈罩裡有燈泡。

不要憂心忡忡的樣子嘛，親愛的，他說。不會有什麼東西掉下來的，只要什麼東西都別碰就好。

我偏要碰，她說，淺笑了一下。我要碰你，讓你掉下來。

他把玻璃門帶上。左手邊有另一扇顏色暗沉的門，漆了清漆的，她想像有誰在裡面把耳朵貼在門上偷聽。那應該是一個頭髮花白的惡毒老太婆——這樣的人物不是和蕾絲窗簾很登對嗎？有一道通往二樓的長樓梯，破破爛爛的。壁紙是葡萄藤和玫瑰交纏的圖案，看得出來一度是粉紅色的，如今則褪為奶茶般的淡棕色。他雙手輕輕抱住她的腰，嘴在她頸項邊和喉頭上撫吻，但並沒有吻她的唇。她微微顫抖。

我是個很好打發的人，他輕聲細語地說。如果妳不想留下來，現在就可以馬上回家淋個浴。

別說這話，她說，同樣也是輕聲細語。你一定是開玩笑。你知道我不是認真的。

她一隻手摟住他的腰，然後兩個人依偎一起，有點吃力和笨拙地爬上樓梯。半路上有一扇裝了彩色玻璃的圓窗，陽光從窗子射進來，把他們的臉染成五顏六色。在二樓的樓梯間，他把她壓在牆上，再一次吻她，這一次更熱烈些，一隻手沿著她的絲襪往上滑動，最後停在襪沿處，撫弄那兒的橡皮隆凸。她總是穿著一條緊身裙：想把它從她身上脫掉，不會比剝掉一頭海豹皮容易。

她的帽子掉落到地上。她身體向後躺起，就像是有人拉扯她的頭髮。她的髮夾已經鬆脫，頭髮散瀉開來；他用手撫過她的長髮，逐漸變尖細的觸感讓他聯想起倒立的燭焰。但燭焰又怎麼會是向下燒的呢？

房間在三樓。這過去一定是僕人睡的房間。一進房間，他就把門鍊帶上。房間又小又擠又暗，只有一扇打開了幾英寸的窗子，百葉窗大部分都放了下來，窗子兩邊捲著白色的網狀窗簾。下午的陽光打在百葉窗上，讓它轉成金黃色。空氣中有乾腐的味道，還有肥皂味：後者是來自屋角的三角形小水槽。他的牙刷插在一個搪瓷杯子裡。看到那麼私人的東西讓她不好意思，她把眼睛轉到別的地方。有一個深色五斗櫃，上頭留有菸蒂灼過的痕跡和水杯的水印。但房間的大部分空間都被床占據。那是一張黃銅床，老式且老舊，除圓球形的柱頭以外都漆成白色。說不定它會被他們壓得嘎吱嘎吱響。想到這個，她一陣臉紅。

她知道整理床鋪對他來說一定是件苦差：為了她來，他少不了更換床單或枕頭套，並把綠色的絨線棉床罩理順過。她寧願他沒有這樣做過，因為這會讓她心疼，就像看到饑荒的農民把最後一片麵包送了給她。憐憫並不是她希望有的感受。她不希望感覺到他有哪些方面是脆弱的。脆弱的權利只能為她獨享。她把小皮包和手套擱在五斗櫃上。

抱歉這裡沒有男僕，他說。想喝一杯嗎？但只有廉價威士忌。

好的，謝謝。他從五斗櫃最上一格抽屜拿出一瓶酒和兩個玻璃杯，開始斟酒。夠了就告訴我，他說。

夠了，謝謝。

這裡沒有冰塊，他說，不過可以加點水。

不用，這樣就可以，她說。她背靠著五斗櫃，舉起酒杯，咕嚕咕嚕喝了幾口，然後嗆著了一點點。

又硬又嗆又猛，這一向是妳喜歡的方式，他說。他拿著酒杯坐到床邊。讓我們來敬妳喜愛的這種方式。他舉起杯子。

你今天異乎尋常的刻薄。

只是為了自衛，他說。

我愛的並不是那個，而是你，她說。我分得出其中的差異。

那也許只是妳自欺的方法，它可以減少妳的罪惡感。

看來我真的應該掉頭就走。你可以給我一個我不該掉頭就走的理由嗎？

他咧齒而笑。好，妳想知道，就坐過來我這裡。

雖然他知道她想他說「我愛妳」，但卻不願意說。也許是因為說了這話會讓他覺得像是俯首認罪，像是被解除了武裝。

我要先脫下絲襪。

不要管絲襪了，坐過來吧。

太陽移開了，只在百葉窗的左邊留下一片楔形的光。外頭，有一輛電車轆轆開過，響著噹噹的鈴聲。電車一定常常在這裡經過。但為什麼它的聲音聽起來會那麼靜寂？他們的呼吸聲也是同樣的靜寂，粗重而壓抑。他們盡量不發出任何聲音，至少是不發出太多聲音。為什麼歡樂聽起來會更像消沉？就像是有人受了傷？因為他已用手摀住了她的嘴。

房間比先前更暗了，但她卻看得比先前清楚。床罩現在已經在地板上，而床單則像藤蔓一樣，捲纏在他倆的身體上。天花板上有一個燈泡，但沒有燈罩。壁紙是乳白色的，印有藍色的紫羅蘭圖案，有些地方染有水漬，顯然是屋頂漏水的結果。門鍊緊緊保護著房間，但不會有多大作用：它不會禁得起用力一撞或狠狠一踢。如果真的發生了那樣的事，她要怎麼辦？她感到四壁正在變薄，變成了冰。他們猶如金魚缸裡的魚。

他點了兩根香菸，一根遞給她。他想知道她還剩多少時間，但並沒有問。他握住她的手腕，用另一隻手蓋住她手上金錶的錶面。

想要聽睡前故事嗎？他問。

想，謝謝。

上次我說到哪兒？

你上次把那些可憐女孩的舌頭給割掉了。

啊，對。妳還為此提出抗議。如果妳不喜歡這故事，我可以換一個，但卻不保證它會更文明些。

我要聽原來這個，她馬上回應說。畢竟，那是你想要對我說的故事。

她把香菸在菸灰缸裡捻熄，然後靠在他身上，耳朵貼在他胸膛。她喜歡這樣聽他說話，因為那會讓他的聲音聽起來像是發自身體而非喉嚨，也像是要流往她心臟的血液。

《帝國郵報》一九三四年十二月五日報導

貝內特總理受讚揚

昨晚，在帝國俱樂部的演講中，多倫多金融家暨皇家經典針織公司總裁理查·葛里芬先生給予貝內特總理溫和讚揚，又對總理的批評者多所抨擊。

不過，談到上星期天發生在「楓葉公園」的喧鬧狂亂群眾集會時，葛里芬先生卻表示遺憾，認為政府不應該屈於二十萬名受迷惑民眾的壓力，讓共產分子領袖巴克假釋出獄（巴克因為煽動叛亂罪被關在樸茲茅斯監獄，但上星期六獲得假釋，一萬五千名共產分子第二天在「楓葉公園」為其舉行歡迎會，場面歇斯底里）。葛里芬先生指出，總理一向採取的鐵腕政策是正確的，凡是陰謀推翻民選政府和沒收私有財產的人就應該關起來，這是反顛覆的唯一手段。

對於那些根據第九十八號法令而被遣返原國的德、義兩國移民，葛里芬先生認為他們的處境並不值得同情，因為他們當初都投票支持過獨裁政權，現在正好讓他們親身嘗嘗其滋味。

談到經濟問題時，葛里芬先生指出，儘管失業率居高不下，導致社會不安，而共產分子和他們的同情者又火上加油，從中取利，但有可喜跡象顯示，經濟大蕭條將於春季結束，他對這一點深具信心。目前，唯一明智的政策是讓市場機制保持運作，發揮自我調整的功能。任何向羅斯福先生的軟性社會主義傾斜的政策都絕不可取，因為那只會讓已經生病的經濟雪上加霜。雖然失業工人的困境值得憐憫，但他們有很多人都是因為生性懶惰而咎由自取。政府應採取迅速而有力的手段，取締非法的罷工者與外來的煽動者。

演講結束時響起如雷掌聲。

《盲眼刺客》神的信使

天黑了。三個太陽都已落下，兩個月亮已經升起。山麓裡的狼都出來了。被選中的姑娘正待在密室裡，等待明天的獻祭。她已經被餵過最後一餐美食，噴過香水、塗過膏油，被獻過歌和祝禱過。現在她躺在一張鋪著紅錦緞的床上，關在女神廟最裡面的密室裡。這張床被稱為「一夜床」，因為從沒有一個女孩在它上面待過兩個晚上。

到午夜，冥君就會去臨幸她。冥府是一個撕裂和解體的地方：任何人在死後，靈魂都先要通過那裡，才能到得了神的土地。但罪大惡極的人則會被留在冥府，無法超生。每一個用來獻祭的女孩，在獻祭的前夜都要經過冥君的臨幸，否則她的靈魂就會不完整，無法到得了神的國土，而只能到城市西面的荒山，與那些裸體、死去的女人為伍。這些女人身體柔軟，曲線玲瓏，有著紅寶石般的朱唇、藍亮蓬鬆的鬈髮、毒蛇鑽洞般的雙眸。看到沒，我沒有把這個情節忘了。

你的好記性讓人激賞。

如果妳想加上任何細節，隨時告訴我。這些女人都是被愛人拋棄、未嫁人就死掉的女孩。她們白晝會睡在傾圮的古代墓塚裡，晚上出來尋找路過的旅人當犧牲品，尤其酷愛年輕男子。

她們會撲向這些年輕人，吸取他們的精粹，讓他們變得如同活死人，此後只能不斷滿足她們無度的需索，而無力反抗。

好倒楣的年輕人，她說。難道沒有可以對抗這些邪惡女人的方法嗎？

是可以用矛刺穿她們，或用石頭把她們打成漿糊。但她們人數太多了，像八爪魚一樣，讓你兼顧不及。再說，她們會催眠術，只要看到她們其中一個，就會呆若木雞。

這個我可以想像。還要一點威士忌嗎？

我想我還可以喝。謝謝。妳認為該給這些女人取什麼名字？

我不知道。你來想吧。那地方你比較熟。

我會再想想。現在再回到那個躺在「一夜床」的女孩。她自己也說不準，到底何者對她來說比較糟：是被割斷喉嚨獻祭還是被冥君臨幸。事實上，冥君不是什麼冥君，而是由人所假扮，這已經是個公開的祕密。就像薩基諾姆的其他一切一樣，這個冥君的角色，也是可以用錢買來的（當然是在檯面下交易）。收錢的人是女大祭司，她從來不會拒絕賄賂，而且眾所周知偏好藍寶石。她信誓旦旦向付錢的人宣稱，這筆錢是用於慈善目的（她記得的時候當然會拿一些零頭去做善事）。因為獻祭用的女孩沒有了舌頭，又沒有紙筆，自無法對這種折磨有所抱怨，更何況她們第二天就要死掉。這就不奇怪，每當女大祭司點算進帳時，總會說上一句：天上掉下來的銀子。

不過，就在薩基諾姆人等待著獻祭儀式來臨的同時，卻有一支蠻族大軍正在逼近，準備把他們的城市夷為平地。好幾個更西面的城市已經被攻陷。沒有人可以解釋蠻族的勝利，因為他們不會讀寫，沒有好的衣服，也沒有好的武器，甚至沒有先進的金屬投射裝置。

不只這樣，他們甚至沒有國王，只有一個領袖。這個領袖沒有名字，只有頭銜：「愉悅之僕」。這個蠻族的起源地並不可考，只知道他們是來自西北方，與寒風同一個方向。他們的敵人稱他們為「孤絕之民」，但他們卻自稱「歡樂之民」。

他們目前的領袖身上帶著神授的印記：出生時包著胎膜、腳上有傷，前額有一個星形胎記。每當他不知道下一步該怎麼做，就會陷入恍惚抽搐的狀態，這是一種他跟神界溝通的方法。現在他會有摧毀薩基諾姆的打算，乃是神的信使所授意。

這個信使是以一團千眼火焰的形狀出現在他面前。神的信使會化身為各種奇怪的形狀，像會說話的石頭、會走路的花朵或人身鳥首的生物等。但他們也可能長得和普通人無異。單獨趕路的旅人、能講數種外語的外地人或路旁的乞丐，被「歡樂之民」認為是最有可能是信使的人，所以，他們對待這些人的態度會小心翼翼。

如果一個人被認定為真正的信使，就會得到最好的招待（包括女人）。人們會恭敬聆聽他的信息，然後送他上路。但如果一個信使被發現只是假貨，就會被用石頭扔死。因此，但凡不得不途經「歡樂之民」所在地的人，都會預先準備一些晦澀的、謎般的話語，否則就等於自己找死。

根據千眼火焰信使的解釋，薩基諾姆之所以必須要摧毀，是因為它奢侈無度，是因為它崇拜假神，又特別是因為它實施令人髮指的祭禮。就因為這種祭禮，城中的所有人都受到了汙染，因此都必須死，包括奴隸、小孩和準備用來獻祭的女孩在內。在受汙染的城市裡面，沒有人是不受到汙染的。

「歡樂之民」的大軍在行進時掀起了一片蔽天的暗塵。不過，因為他們離薩基諾姆尚有一段很遠距離，所以城頭上的士兵並沒有看到這片暗塵。至於那些有可能會通風報信的人（如牧人、商人之類的），則早已被殺光。

「愉悅之僕」騎著馬，走在大軍的最前頭。心是澄清的，眉頭皺鎖，他的眼裡燃燒著火焰。他肩上披著件粗陋的皮斗篷，頭上戴著他的地位標幟：一頂圓錐形的紅帽。張牙舞爪的群眾追隨其後。隊伍有草食動物導其前，有食腐動物縱其後，兩旁是慢跑前進的狼群。

但這時候，在不知道大難即將臨頭的城市裡，卻有一項推翻國王的陰謀在進行著。陰謀是由幾個國王深為倚重的朝臣所策劃（這種事一向都是如此）。他們雇來最高超的盲眼刺客，要刺殺國王。這個盲眼刺客，原是個織地毯的童奴，後來被賣入妓院。他逃出妓院後成為刺客，並以無聲無息、行動迅疾和出手無情而馳名。他的名字是X。

為什麼是X？

那樣的人總是被喊作X。名字對他們沒有用，只會讓他們被鎖定。再說，X這個名稱也可以讓人聯想起X光，讓人覺得他就像X光一樣，有穿牆透壁、看穿女性衣裙的能力。

但X不是瞎子嗎？她說。

那就更好了，他可以用內在之眼看穿女性的衣裙，不是說，內在之眼是孤獨者的神賜恩寵嗎？

可憐的華茲華斯[1]！拜託不要再說瀆神的話了！她快活地說。

我克制不了。從小我就愛說瀆神話。

按照計畫，X會潛入月亮女神廟，找到關著第二天要獻祭用的女孩的密室，割斷守衛的喉嚨，再把女孩殺死。他會把女孩的屍體藏到「一夜床」下面，自己換上她的衣服和面紗。他會等待冥君的來臨，而假扮冥君的不是別人，就是陰謀的策劃者之一。他把一半報酬交給X後，就會離開。

第二天早上，假扮成獻祭女孩的X會被帶到祭壇去，等待國王走近，就刺殺他。這樣，國王看起來就會像是被女神所殺。

國王一死，一些早已收受賄賂的將領就會發起叛亂。這之後，事情就會按照以往的模式發展。所有神廟的女祭司會被拘禁起來，表面上的理由是要保護她們安全，實際是要逼她們承認新當權者有神授的合法性。效忠國王的貴族都會被殺死，他們的兒子也不例外，以防日後復仇。他們的女兒則會被陰謀發起人娶為妻妾，作為取得她們家族財產的合法藉口。至於他們肥胖且無疑都通姦過的老婆，則會被扔到暴民之中，而她們下場淒慘，不言而喻，因為踐踏曾經有權有勢的人是莫大的樂趣。

根據約定，盲眼刺客會在刺殺國王後趁亂逃逸，稍後再找雇他的人領取剩下一半的豐厚報酬。但事實上，陰謀的發起人卻另有打算：他們計畫在盲眼刺客一刺死國王，就把他幹掉。他的屍體將會被嚴密藏起來，不讓外人知道國王是死於盲眼刺客之手。因為，盲眼刺客都是受雇於人的，遲早人們都會猜到他是受誰之雇。圖謀殺死國王是一回事，被發現又是一回事。

那個迄今無名無姓的女孩躺在紅錦緞床鋪上，等待著冥君的來臨。盲眼刺客穿著神廟僕役的灰色長袍，潛行過走廊，到達女孩的門外。守衛是女的，因為神廟裡只允許女性服侍。隔著面紗，盲眼刺客告訴女守衛，女大祭司有口信給她，要她把耳朵湊過來，因為這個口信只能讓她一個人知道。在女守衛探身向他的一剎那，無情的刀光閃起。雖然盲眼刺客目不能視，但在出刀的同時，他另一隻手卻精準地攫住了女守衛身上的鑰匙串。

鑰匙在鎖孔裡轉動。房間裡的女孩聽到聲音，坐了起來。

他停止了說話，街上有什麼聲音引起他的注意。

她用手肘撐起身體。怎麼啦？她問。不過是車門的開關聲，有什麼要緊的嗎？

---

1 Wordsworth，英國詩人「內在之眼是孤獨者的神賜恩寵」一語源出其詩作〈我與浮雲一同飄蕩〉。

幫我一個忙，他說。像個好女孩那樣穿上妳的襯裙，到窗邊窺探一下。

如果有人看到我怎麼辦，她說。現在可是大白天。

沒什麼要緊的，他們不會知道是妳。他們只會看到一個穿襯裙的女人，而這種事，在這一帶很稀鬆平常。他們只會以為妳是個……

是個隨便的女人？她幽幽地說。你也是這麼想的嗎？

不是個隨便的女人，而是個被敗壞的少女，那是兩回事。

你還真夠殷勤。

有時我是我自己最要命的敵人。

如果不是你，我恐怕現在只會被敗壞得更厲害，她說。這時她已站在窗邊，撩起百葉窗。她襯裙上的圖案，是一些綠色的岸邊冰塊，破碎的冰塊。他看著她，心想自己是不可能把她握在手心裡太久的。她遲早會融化掉，會漂走，自他手中滑脫。

看到什麼沒有？他問。

沒什麼特別的。

回到床上來吧。

不過她卻看著水槽上面的鏡子，看到她自己。她沒有化妝的臉，散亂的頭髮。她看了看手上的金錶。老天，這麼晚啦，她說，我得走了。

《帝國郵報》，一九三四年十二月十五日報導

軍隊敉平罷工暴動

新一波的暴亂昨日在泰孔德羅加港爆發。這是自查斯父子公司宣布關廠一星期以來一連串騷亂的延續。由於該地警力不足，總理已在省議會之敦請下，授命皇家加拿大兵團的一支分遣隊介入平亂，以維護市民大眾之生命財產安全。該分遣隊於昨天中午二時開抵泰孔德羅加港，而據稱該地局勢現已恢復穩定。

暴亂是由失控的罷工工人集會所引起。主大街沿街商店的櫥窗皆被砸破，搶掠情況廣泛。好些嘗試保護自身財產的店東目前正因受到挫傷住院中。據報一名員警因頭部被磚塊擊中而導致腦震盪，情況嚴重。另外，還有一起火警於凌晨時分發生於查斯企業的一號工廠，但很快就被消防隊員撲滅。火災起因目前尚在調查中，警方不排除有人為縱火的可能。工廠的守夜人戴維森先生在被救出火場後證實已經死亡，死因是頭部受到重創和吸入濃煙。警方目前正全力緝拿這場暴亂的首惡分子，而其中幾個嫌犯已經受到指認。

泰孔德羅加港當地日報的總編輯默里先生指出，暴動是由幾個外地來的罷工煽動者在工人集會上散發酒類所引發；當地工人一向奉公守法，要不是有外人煽動，絕不會產生此等違紀亂法之情事。

我們迄未能聯絡上查斯父子企業的總裁諾弗爾．查斯先生，請他就此事發表評論。

《盲眼刺客》夜之馬群

這個星期是另一棟房子，另一個房間。這一次，至少在門與床之間有夠人走幾步的空間。窗簾是墨西哥式樣的，由黃、藍、紅三色的條紋構成。床上本來有一張猩紅色、會扎人的毯子，現已被扔到地板。牆上貼著一幅西班牙鬥牛的海報。房間裡還有一張紫褐色皮面的單人沙發，一張橡木書桌，一個裝著鉛筆的廣口瓶（鉛筆全都削得尖尖）和一架子的菸斗。空氣中浮游著濃濃的菸草微粒。

滿架子的書：《薩朗寶》、《偶像的黃昏》、《戰地春夢》[2]。有一本《南迴歸線》，一望而知是走私進口的[3]。其他還有奧登、凡勃倫、史賓格勒、斯坦貝克、帕索斯、巴比塞和蒙泰朗的書。看來，他的這個朋友相當知性，她想。而且比較有錢，也因此較信不過。衣帽架上掛著三頂不同式樣的帽子以及一件格子圖案的晨衣，是純喀什米爾羊毛的料子。

你讀過這些書的任何一本嗎？她一面脫帽子脫手套一面問。他們才剛進到房間內，他還在鎖門。

看過一些，他說，但沒有多加說明。把頭轉過來。他把纏在她頭髮間的一片樹葉給剔掉。

她好奇他朋友知不知道她會來——不只知不知道他會帶一個女人來，而且知不知道就是她，她的名字或諸如此類的。她但願他朋友不知道。從書架上的書和牆上的鬥牛海報判斷，他朋友可能是個對女性有敵意的人。

今天他比較沒有那麼急躁，有點心事重重的樣子。他沒有馬上親她摟她，而是靜靜盯著她的臉看。

為什麼這樣看我？

我要記住妳的臉。

為什麼？她問，伸出一隻手蓋住他的眼睛。她不喜歡被別人這樣細看。

為了以後可以回憶，我走了以後。

別說了。不要破壞我今天的心情。

「有花堪折直須折」，這就是妳的座右銘嗎？

不，是「積穀防饑」，她說。他笑了起來。

她用床單把自己裹住，攏緊在胸口四周，躺到他身邊。他頭枕著雙手，眼睛凝視天花板。她餵他喝了幾口她手上的酒。這一次他們喝的是黑麥威士忌加水，要比蘇格蘭威士忌便宜。她

---

2 《薩朗寶》是福樓拜的作品、《偶像的黃昏》是尼采的作品、《戰地春夢》是海明威的作品。

3 亨利·米勒（Henry Miller）的《南迴歸線》當時在美國是禁書。

本想帶一瓶高級酒來，但卻忘了。

把故事繼續說下去吧，她說。

我靈感還沒來，他說。

我要怎樣才能激發你的靈感？我今天可以待到五點。

給我半小時的時間。

O lente, lente currite noctis equi!

什麼意思？

意思是「慢慢跑吧，夜之馬群，慢慢跑吧」，是奧維德[4]的詩。在拉丁文裡，這行詩的節奏非常舒緩。真討厭，他準會以為我是在賣弄。她從來說不準他是真不知道還是假不知道。有時他會假裝不懂，經過她一番解釋後，才透露他早就知道。

妳就愛丟書袋。

為什麼要稱那些馬群為夜之馬群？

牠們是為時間之神拉四輪戰車的馬匹。奧維德這樣寫，是表示他希望夜可以展開得慢一點，好讓他與情婦有更多時間溫存。

有這個必要嗎？她懶洋洋地說。五分鐘還不夠他用嗎？難道沒有別的事好做了嗎？

她坐了起來。你累了嗎？還是我讓你感到厭煩了？我是不是應該離開了？

再躺下來。妳哪兒也別去。

「歡樂之民」在黃昏時紮營於距薩基諾姆只一天行程的地點。女奴隸（都是先前戰爭中俘虜的女孩）從皮水袋裡倒出猩紅色的葡萄酒，又取出煮得半生不熟的唐豬肉，為將士們侍餐。將領們的妻子坐在陰影處，一副悶悶不樂的樣子。她們知道，今天晚上只能孤枕獨眠了，唯一可以抒發悶氣的方法就是隨便編個罪名（怠慢或不敬之類的），找個女奴隸來鞭打。

男人們三五成群，圍著小營火吃晚餐，並交頭接耳。他們的情緒並不是喜洋洋的。明天或後天，廝殺就會展開，但這一次，他們並沒有絕對的勝算。沒有錯，信使曾經預言過，只要他們能繼續保持虔敬、恭順、勇敢和狡猾，就一定會打贏，問題是，這個應許的前提太多了。

如果打輸，他們就會被殺，而他們的妻兒子女也無法倖免。他們不能期望敵人會大發慈悲，因為如果他們打贏，一樣不會心慈手軟。但神已經下了旨意：城中的男女老少都得死。以前，每征服一座城市，每個士兵都可以分配到女奴隸，數目從一到三個不等，視乎他們勇敢的程度而定。但這一次，神的信使卻不准留任何活口。

進行這樣大規模的屠殺很累人，而且會很吵。又如果執行得不夠徹底，後果堪虞，因為神

---

4 Ovid，古羅馬大詩人，詩的原文為拉丁文。

對祂的旨意一向有很嚴格的要求。

馬匹被分開拴住。馬的數目並不多，而且只有高階將領有馬可騎。馬都是一些瘦馬，有著長而愁苦的臉，溫柔而膽怯的眼睛。沒有戰馬的雄姿並不是牠們的錯，因為牠們都是被強拉來的。

你擁有一匹馬的話，你有權踢牠或打牠，卻無權殺牠或吃牠。因為很久很久以前，神的信使曾以世界上第一匹馬的樣子顯現過。據說，馬匹都曉得這件事，而且為此自豪。這也是為什麼只有將領才有權騎馬。至少在上位者是如此解釋。

《名流雜誌》，一九三五年五月號

多倫多頭條花絮

約克／撰文

春天在今年四月翩躚而至，導其前驅的，是本季最引人矚目的社交盛會。話說在四月六日這一天，一長列由私家司機駕駛的高級轎車，載著顯要人物，湧向溫妮薇德．葛里芬．普里歐夫人位於羅斯代爾的府邸：一棟富麗堂皇的都鐸式宅邸。這次盛會，是普里歐夫人為接待安大略省泰孔德羅加港的艾莉絲．查斯小姐而設。小姐為諾弗爾．查斯上尉千金，已故的蒙特婁望族艾達麗．蒙德福．查斯夫人孫女，行將下嫁普里歐夫人之兄長理查．葛里芬先生。長久以來，葛里芬先生都被認為是本省最有身價的單身漢之一，可以預見，彼與查斯小姐定五月舉行之婚禮必然流金溢彩，絕不容錯過。

上一季才亮過相的閨秀和她們母親無不懷著殷切心情，要一睹年輕準新娘的風采。在羅斯代爾舉行的茶會上，查斯小姐身穿夏帕列里式綢織束腰襯衫，短裙帶有黑色絲絨滾邊，樣子嫻靜而迷人。普里歐夫人一襲香奈兒淺灰色百褶裙，上身點綴素淨的小珍珠，站在白色的水仙花和白色的涼棚前迎接客人。查斯小姐的妹妹蘿拉．查斯小姐亦出席了茶會，她是準伴娘，穿的是緞子滾邊的墨綠色棉絨裙子。

現場貴賓雲集，極受矚目的包括：布魯斯副省長和夫人；伊頓上校夫妻和千金瑪格麗特小姐；羅斯先生夫人和千金蘇姍小姐；艾斯沃斯夫人和兩位千金喬斯琳小姐與達芙妮小姐；格蘭特．佩普勒先生夫人。

《盲眼刺客》銅鐘

時間是午夜。薩基諾姆唯一的一口銅鐘已經敲響，標誌著「破神」（太陽神在夜間的化身）已經下降到黑暗的最低點，而且經歷了一場與冥君的激烈戰鬥，被撕得支離破碎。月亮女神將會重新把祂的身體黏好，讓祂死而復生，在破曉再度現身，發出萬丈光芒。

雖然「破神」是個廣受祭拜的神，但城裡再也沒有人相信有關祂的神話。不過，家家戶戶的婦女還是會用黏土製作祂的小神像，由男人在一年中最黑暗的一天捏碎，等第二天再做一個新的。至於小孩，則可以吃到做成甜麵包的小神像，因為小孩和他們貪吃的嘴巴是未來的象徵：就像時間一樣，它會吞噬掉此刻活著的一切。

此刻，國王坐在他奢華宮殿的最高一座塔上，仰觀星象，想解讀出下星期的吉兆或凶兆。他已經把面具脫了下來，擱在一邊，因為四周沒有別人，他用不著對誰隱藏表情，可以像個普通的「伊格列」一樣，愛笑就笑，愛蹙眉就蹙眉。那真是一大解放。

他正在微笑，帶點憂慮的微笑。他想到了他最新一任的情婦：一名小官員的妻子。她蠢得就像頭唐豬，但卻有柔軟豐厚的朱唇、靈活似魚的纖纖玉指、靦腆細窄的眼眸和熟練的床上工夫。不過，她的要求愈來愈多了。她竟然喋喋不休地要求他寫一首讚美她頸背或身體其他部位的詩。可是，國王並沒有作詩的天賦。他不明白，為什麼女人都這樣渴望獲得戰利品。難不成她是想把他當成蠢才來耍，想要證明自己多有權力？

雖然有點卑鄙，但他已經準備甩掉她。他想出了一條妙計：他會帶著最倚重的幾個大臣，每天到她家吃飯，表面上是對她丈夫的榮寵，實則是要把他吃垮。為了償債，她丈夫就會把她賣為奴隸。這對她不無好處：操勞可以讓她的肌肉變得結實。一想到她面紗被拔掉、不得不任由每個路人打量的樣子，國王就忍俊不禁。他當然可以找刺客把她刺死，但那似乎有點殘忍，畢竟，她犯的罪就只是要國王給她寫一首詩罷了。他可不是個暴君。

國王還有另一件需要琢磨的事情。他從可信賴的私人情報管道（他的理髮師）得知，有另一個想推翻他的陰謀正在醞釀。他應該再興牢獄，重新恢復酷刑和死刑嗎？毫無疑問應該。表面的軟弱對公共秩序的害處一點都不亞於實際的軟弱。如果有人頭得要落地，他可不想成為其中之一。治理王國就是得要永遠處在緊繃當中：因為一旦鬆懈防衛，那怕只是一下子，就會有人想對他不利；任何人都有可能。

他隱隱看到在北面遠處的火光，就像有人在燒東西。他手舉到額上，極目凝望。

我為他感到遺憾。我想他只是做自己必須做的事情。

我想我們應該再喝一杯，怎麼樣？

我知道你準備要讓他死。從你的眼神可以看出來。

他死有餘辜。我認為他是個王八蛋。但當國王就得是這個樣子，不是嗎？適者才能生存，弱者只有撞牆的份。

我不認為這是你的真心話。

還有酒嗎？有的話請妳幫我再倒一杯。我真的很渴。

我去看看。她站了起來，裹在身上的床單拖到了地上。酒瓶放在書桌上。

沒必要包起來嘛，他說，我欣賞那風景。

她轉頭去看他，說道：包著點可以增加神祕感。杯子扔過來。我希望你不要再買這種爛威士忌了。

那是我唯一買得起的酒。再說我對酒沒有什麼品味，因為我是個孤兒。長老教會那些傢伙在孤兒院裡毀了我。這也是為什麼我會那麼陰沉的原因。

不要再打你的孤兒牌了，我的心不會淌血的。

妳會的，我敢打包票，他說。除了妳的美腿和漂亮屁股以外，我最欣賞的就是妳有血性的心。

不是我的心有血性，而是我的腦有血性。我是個愛唱反調的人[5]——至少別人是這樣說的。

他笑了。好，就敬妳那有血性的腦。乾杯。

她喝了一口酒，做了個鬼臉。

入多少就出多少，他愉快地說。說到這個，我正好想撒泡尿。他站了起來，走到窗邊，把窗框拉起了一點點。

老天，不要！

下面是一條靠側邊的車道，我不會尿到任何人的。

你至少躲在窗簾後面尿嘛！我又該怎麼辦？

妳該怎麼辦？妳以前沒有看過赤條條的男人嗎？妳又不是每次都閉著眼睛。

我不是這個意思。我是說我可無法對著窗戶尿尿，我快憋炸了。

我朋友的晨衣就在衣帽架上，有格子圖案的那一件，看到沒？妳出去以前先確定走廊上沒人。女房東是個愛管閒事的老賤人，不過只要穿著格子圖案衣服，她就不會看見妳。這個垃圾坑沒有哪裡不是鋪格子瓷磚的。

我上次說到哪兒？

說到午夜，說到一口銅鐘敲響了。

哦，對，是午夜。當銅鐘的響聲靜下來以後，盲眼刺客就開始轉動鑰匙。他的心跳得很厲

5 她是在玩弄bloody-minded這個字眼，字面意義是「有血性的腦」，但解作「愛唱反調」。

害，每逢這種要冒相當危險的時刻，他的心都會跳得厲害。因為如果他被逮到，人們一定會慢慢折磨他至死。

他並沒有對他即將要殺的人心生惻隱，也不想知道對方為什麼得死。誰得死和為什麼得死只是有財有勢的人的遊戲。而他對雇他行刺的人和他要行刺的人都一樣仇視，因為他們是同一國的：他會變瞎，會被賣入妓院，這些人都脫不了關係。他樂於凌遲他們每一個。雖然這次要殺的是個可憐的女孩，但他並不在乎；雖然這個女孩是啞巴，而且是被弄瞎他的同一群人弄啞的，他也不在乎。他在乎的只是能不能完成任務和拿到報酬，僅此而已。

畢竟，即使他今天晚上不殺她，到明天她還是一樣得死。再者，死在他劍下，她會死得更乾脆俐落。殉祭者被弄得不死不活的情形屢見不鮮。沒有一個國王擅於用刀。

他希望她不會太驚惶失措，添加他的麻煩。雇他的人告訴過他，那女的是不會尖叫的：因為沒有了舌頭，她所能發出的最大聲響，不會比一隻悶在麻布袋裡的貓大。這是最好，但他仍然不敢掉以輕心。

他把守衛的屍體拖到房間裡去，以防被偶然經過走廊的人撞見。接著他也走了進去，赤著腳，無聲無息，然後把門鎖上。

———第五部

毛皮大衣｜疲憊的士兵｜暴力小姐｜奧維德的《變形記》｜鈕釦工廠野餐大會｜完美的主婦｜手工染色｜凍窖｜閣樓｜帝國廳｜阿卡狄亞宮｜探戈

毛皮大衣

氣象頻道今天早上發出了風暴警訊。到了下午，天色轉為青紫，而樹枝也開始搖來擺去，彷彿盛怒的巨獸正步步逼近。從一數到一千零一，蕾妮以前常常告訴我們，數到一千零一，就代表風暴已遠在一英里外。她說雷暴雨的時候千萬別打電話，否則閃電就會從話筒穿入你的耳朵，讓你變成聾子。又說千萬別洗澡，因為閃電能像水一樣，從水龍頭出來。

風暴在晚間遠去，但四周仍然濕得像排水溝。我在床鋪的泥淖裡翻來覆去，聽著壓在床墊上的心臟有氣無力跳動。最後，我打消了睡覺的念頭，在睡袍上套上毛線衣，走下樓梯到門邊，穿上有兜帽的雨衣和橡皮靴。門廊階梯濕答答的，暗藏著凶險；它的油漆已經剝落，木頭說不定已經朽蝕。

在昏暗的光線裡，一切都是同一色調。空氣靜止，充滿水氣。開在草坪裡的菊花帶著晶瑩的水滴。一隊蝸牛在大嚼著羽扇豆僅剩的寥寥葉子。聽說蝸牛喜愛啤酒，我該弄些啤酒款待牠們的。啤酒適合牠們多於我：我喜歡醉得快一些的酒類。

我在人行道上緩緩移動。天上掛著圍著一圈白靄的滿月。路燈下，我縮短了的影子像個小妖精在我前方無聲滑動。我心裡有點毛毛的。蜜拉善意地反覆告訴我，不要一個人在晚上散步，因為老婦人是搶匪的首要目標。據說這些搶匪都是來自多倫多，這不奇怪，因為舉凡一切不好的東西，本地人都認定是來自多倫多。他們是怎樣來的呢？也許是坐巴士，而他們的作案工具則偽裝成雨傘、高爾夫球桿模樣。他們無遠弗屆，蜜拉陰著臉說。

我走過三條街，到那條通往鎮上去的大路。我站在濕亮的柏油碎石路面的前邊，眺望華特位於路對面的車庫。他就在車庫裡，頭戴著紅色的鴨舌帽，垂視著前方，樣子就像個策騎著隱形馬的老騎師。但事實上，他只是在看迷你電視的運動節目。我沒有走過去找他說話，因為如果他看到我一個人在這種時候出現，準會大吃一驚。然而，知道在這樣的深夜時分仍然有另一個人醒著，還是讓我感到安慰。回程時我聽到背後響起腳步聲。好啦，我對自己說，搶匪來啦，妳罪有應得。不過那並不是什麼搶匪，只是個穿著黑色雨衣的年輕女子，手上拿著包包或小手提箱之類的。她以快步走過我身邊，昂首看著前方。

是薩賓娜。她回來了，畢竟回來了。這一剎那，我只覺得無限感恩，無限蒙福，就像是時間倒了帶，讓我那根枯老的木頭枴杖突然開了花。不過，當我再瞧上一眼——不，是兩眼，才曉得對方不是薩賓娜，只是個陌生人。唉，我是什麼東西呢，憑什麼資格去癡心妄想這樣奇蹟般的結局？

雖然明明不可能，但我還是如此期待。

好了，不說這個了，還是讓我重拾故事的擔子，回到阿維翁去吧。

媽媽死了。世界從此不再一樣。是誰告訴我，我應該咬緊上唇去接受這個事實的呢？蕾妮肯定是其中之一，而爸爸也可能這樣說過。有趣的是，他們都是說上唇，而不是說下唇。上唇被認為是妳應該去咬的，用它的痛楚來遮蓋別種痛楚。

媽媽過世以後，蘿拉有一段時間很喜歡躲到媽媽的毛皮大衣裡面。那是海豹皮製造的，口袋裡還放著媽媽一條手帕。起初，蘿拉喜歡先爬到裡面去，再嘗試把釦子扣起來，但後來，她大概是發現這樣釦子不好扣，所以會改為先把釦子扣好，再爬進去。我想她一定是躲在毛皮大衣裡禱告，要不就是在想像：想像媽媽回來了。不過不管她做的是什麼，顯然都不會有效果。後來，這件毛皮大衣就以慈善用途捐贈出去了。

沒多久，蘿拉就開始問小寶寶到哪裡去了，就是那個看起來一點不像小貓的小寶寶。「到天堂去了」再也不是個能夠讓她滿意的答案。蕾妮告訴她，小寶寶被醫生帶走了。為什麼不給他舉行喪禮呢？蕾妮回答說是因為他太小了。為什麼這麼小的東西可以要了媽媽的命？蕾妮說，妳不必操這個心；不然就是說：等妳長大就會明白；再不然就是說：妳不知道的事就不會傷到妳。蕾妮有所不知的是，有時候妳不知道的事，正是傷妳最深的。

晚上，蘿拉會躡足走到我房間，把我搖醒，然後爬上我的床，睡我旁邊。她睡不著，因為上帝的問題而睡不著。直到媽媽的喪禮以前，蘿拉都跟上帝相處融洽。上帝愛妳，教會的主日學老師都是這樣說的，而她也一直相信。但現在，她已不再那麼深信不疑。

她開始為上帝住在哪裡的問題苦惱。這得歸咎於主日學女老師的一句話：上帝無處不在。

蘿拉現在動輒會問：上帝在太陽裡嗎？上帝在月亮裡嗎？上帝在廚房裡嗎？上帝在浴室裡嗎？上帝在床底下嗎？（蕾妮說她很想把那女老師的脖子給扭斷。）蘿拉不希望上帝會出其不意出現在她面前。過去，蕾妮喜歡拿著曲奇餅，躡足走到蘿拉背後說：閉起眼睛，我會給妳一個驚奇。但蘿拉現在已經不願意閉上眼睛。不是因為她不再信賴蕾妮，而只是因為她變得害怕驚奇。

她又懷疑上帝最有可能是在放掃帚的儲藏室裡，像個怪叔叔那樣潛伏著，所以從不敢打開儲藏室的門。上帝住在你們心裡。主日學老師又這樣說。這就更糟了，因為如果上帝是住在儲藏室，你至少還可以採取預防措施（比方說把儲藏室的門給鎖上），但如果是住在你的心裡，你便防無可防。

上帝是從不睡覺的，因為有一首讚美詩不是這樣唱的嗎：祂不打盹也不睡覺。晚上，祂會在屋子裡到處偵察，看看人們有沒有守規矩，沒守規矩就降些瘟疫結果他們性命。或遲或早，祂都會做些讓人不好過的事情，就像祂在《聖經》裡做過的那些。

「聽聽，上帝在上面。」有一次，蘿拉聽到天花板傳來一腳輕、一腳重的踱步聲，便這樣說。

「那不是上帝。那是爸爸。他在角樓上。」

「他在幹嘛？」

「抽菸。」我不想說喝酒兩個字，因為那會讓我有背叛爸爸的感覺。

蘿拉睡著的時候，是我覺得自己最疼愛她的時候。但她不是個安分的睡眠者，常常會說夢話、踢腳、打呼，把我吵醒。有時，我會爬起床，躡足走過房間，望向窗戶外頭。如果天上有月亮，花園就會是一片銀灰色，彷彿所有顏色都被這銀灰色所吸去。我可以看到水仙女的石像，看到她在百合池塘裡的倒影，看到她的腳趾彷彿沉浸在月色中。回到床上以後，我會看著窗簾微微晃動的影子，聽著這房子發出的各種輕微聲響，並納悶自己做錯了什麼事。

小孩子都相信，發生了任何不好的事情，錯都在自己，我也不例外。但小孩子也相信，一切都會有快樂的結局，這一點，我同樣不例外。我只希望快樂的結局快點來到，因為我感到孤獨。這種感覺，在晚上蘿拉睡著、我不用哄她開心的時候尤其強烈。

早上，我會幫忙蘿拉穿衣服（這在媽媽生前就已是我的分內事），並盯好她有沒有洗臉刷牙。有時候，午餐時蕾妮會為我們準備野餐，讓我們用盤子端到花園去吃。

「毋忘饑荒的亞美尼亞人。」蘿拉吃東西以前都會閉眼合什說。我知道蘿拉會這樣做，是因為媽媽過去都這樣做。這讓我想哭。有一次我告訴她：「根本沒有什麼饑荒的亞美尼亞人，那是虛構出來的。」但她不肯相信。

那段時間，大人比較不管我們。這讓我們有時間把阿維翁摸索得一清二楚，知道哪裡有縫隙，哪裡有洞穴，哪裡有地道。例如，我們窺探過後樓梯後面的隱密空間，看見裡面放著一堆丟棄的套鞋、一隻連指手套和一把斷了傘骨的雨傘。我們探索了地窖的不同分支：放煤的煤窖，藏包心菜、甜菜根、紅蘿蔔和馬鈴薯的菜窖，藏蘋果、果醬、果凍和醃泡菜的凍窖。地窖裡還有酒窖，但門是鎖著的，鑰匙只有爸爸一個人有。

我們在涼廊下面發現陰濕的洞穴，要匍匐爬過一些蜀葵才到得了，裡面只長著些蛛網狀的蒲公英和苔景天，空氣中瀰漫著貓尿味。我們也找到了閣樓，裡面放著一箱箱的舊書、幾床舊被子、三口空皮箱、一架壞了的簧風琴和無頭的女裝人體模型（那是祖母的東西）。

我們喜歡閉住呼吸，偷偷摸摸在這些迷宮般的地點穿梭。這種漫遊讓我們得到慰藉，因為它讓我們覺得自己擁有些不為人知的小祕密，覺得自己是隱形的。

聽聽掛鐘的滴答聲，我說。我指的是掛在圖書室壁爐台上方牆壁的擺鐘，那是古董，金白兩色的瓷鐘盒，是祖父時代留下來的東西。蘿拉以為我說的是「舔舌聲」[1]）。那也不能算錯，因為銅鐘擺來回擺動，就像根舌頭，來回舔看不見的嘴唇，回味被它吃掉的時間、光陰。

秋天到了。我和蘿拉摘來一些苦苣的豆莢，掰開，撫摸裡面那一顆疊一顆的魚鱗狀種子。然後，我們把種子撒到空中，讓它們帶著絲綿狀的冠毛，隨風飄散。留下來的豆莢像是根褐黃色的舌頭，柔軟得猶如肘窩。我們會跑到歡慶橋上，把豆莢扔到河中，要看看它們在翻覆或被

1 「滴答聲」（ticking）與「舔舌聲」（licking）在英語音近。

水捲沒以前，能漂出多遠。我們有把它們想像成是載著人的嗎？我不確定。不過看著它們沉沒的樣子，卻很有滿足感。

冬天到了。天空灰濛濛的，太陽低垂，顏色是蒼白的粉紅，就像魚血。屋頂和窗櫺上都懸垂著冰柱，重而透明，有手腕粗細。我們把一些冰柱折斷，吮吸它們的尾端。蕾妮說過，如果我們這樣做，舌頭就會變黑，然後掉下來。但我知道她是唬我的，因為我以前就這樣幹過，卻什麼事也沒有。

當時，阿維翁有一間船屋和一間冰屋，就位於碼頭旁邊。船屋裡停著的是祖父的老帆船「女水妖號」，每逢冬天，它就會被拖到船屋，擦乾並架高。冰屋裡放著的是從尤格斯河切割下來的冰塊，它們都是一大塊一大塊用馬拖來這裡的。等到夏天，這些冰塊就會變得很稀罕。

我和蘿拉有時會到滑溜溜的碼頭上蹓躂，這原是禁止的事。蕾妮說過，如果我們掉到水裡，不會挨得住超過一秒鐘，因為河水冷得要死。水會馬上灌滿我們的靴子，讓我們像石頭一樣往下沉。我們呼出的氣息形成一團團白煙，雪在我們的靴底下喳喳作響。因為走路時我們是手握著手走，所以我們的連指手套竟然冷得黏在了一起。脫下手套以後，我們彷彿看到兩隻藍色互握著的羊毛手。

在羅浮多河急流段的河邊，有參差的大冰塊互相堆疊在一起。冰在中午時是白色的，在昏光中則是淡綠色；小塊的冰塊會撞出叮叮噹的聲音，就像鈴聲。在河的中央，水會變寬，而且是黑色的。在對岸的山坡上，有時會有些小孩躲在樹後面，大聲吆喊，聲音在冷空氣中顯得高而薄而快樂。他們都穿著平底雪橇，而那是我和蘿拉不被允許從事的運動。我很想走下結著參差冰塊的河面，看看它有多堅固。

春天到了。柳樹枝變成了黃色，山茱萸樹枝變成了紅色。羅浮多河水位猛漲，把沿岸的灌木叢和樹木連根拔起，捲入滔滔河水之中。有一個女的從歡慶橋上跳河自殺，屍體兩天後才在下游被找到，早已面目全非：這沒有什麼好奇怪的，因為在這一段急流裡沖刷過，就跟穿過絞肉機無異。蕾妮說，從橋上跳河可不是尋死的好方法，特別是如果你是個愛美的人的話。

這些年來的投河者之中，希爾科特太太認識其中六、七個。你可以在報紙看到相關的報導。其中有個姑娘，曾與希爾科特太太一起上學，後來嫁給了鐵路工人。「她老公常年在外，又怎能指望老婆耐得住寂寞？」希爾科特太太說。「她懷上了野種，又無法推給老公。」蕾妮點頭表示同意，認為這個理由足以解釋一切。

「不管她老公多笨，至少是懂得數手指算日子的。我猜他應該狠狠揍了她一頓。不過馬都跑了，再關馬棚的門又有什麼用。」

「什麼馬？」蘿拉問。

「她一定還有什麼其他麻煩，」希爾科特太太說，「人一旦遇上一件麻煩，就十之八九會接二連三。」

「什麼是野種？」蘿拉低聲問我。但我也不知道。

蕾妮又說，女人除了會從橋上跳河，還會走到河的上游，走入河水裡，讓衣服濕透，再被沖走，這樣，即使後悔，衣服的重量也會讓她們沒有氣力游回淺水處。男人自殺則更加處心積慮。他們會在穀倉裡懸梁自盡，或是用手槍轟自己的頭；要是選擇投水，他們會給自己繫上石頭或其他重物，如斧頭或一袋釘子之類。他們可不想在這麼重要的事情上有任何差錯。但女人則只會走到水中，任由水把自己沖走。從蕾妮的口氣，你很難斷定她是比較贊成男人還是女人的做法。

我在六月滿十歲。蕾妮烤了蛋糕。她說，媽媽才過世，慶祝我的生日可能有所不宜，但生活總是要過下去，也許蛋糕不會造成傷害。有什麼會被傷害？蘿拉問。媽媽的感覺，我說。媽媽是從天堂看著我們的囉？我因為覺得這是個蠢問題，不肯回答。但蘿拉卻堅持我不回答，她就不吃蛋糕。結果我把她的份也吃了。

這個時候的我，要回憶起媽媽過世時的細節已經相當吃力，儘管當時的氛圍我仍然記憶猶新。媽媽過世那天，我在做什麼呢？我記不得了。至於她當時的樣子，我也記不得了：現在我記憶中的媽媽，就是她照片裡的樣子。不過我倒是清楚記得看到她空下來的床鋪時的異樣感：好空。當時，下午的陽光無聲斜曳在地板上，微塵像霧一樣懸浮在空氣中。房間裡有家具打過蠟的味道、凋謝菊花的味道，還有床上便盆和消毒藥水徘徊不去的氣息。可以說，我現在對媽媽的「缺席」的記憶，要比對她「在場」的記憶鮮明。

蕾妮對希爾科特太太說，雖然查斯太太的位置是無可取代的，但自己卻盡最大的努力，堆起笑容，讓我們姊妹倆儘快從喪母之痛中恢復過來。她說雖然我屬於悶不吭聲的類型，但恢復正常是遲早的事。但蘿拉卻比較難說，因為她一向都是個奇怪的小孩。

蕾妮又說我們姊妹倆待在一起的時間太多了，這會讓蘿拉太早熟而讓我太晚熟。我們應該跟同年齡的小孩玩在一塊，問題是跟我們同齡的小孩都上學去了；她不明白查斯上尉為什麼不為我們多設想，不過可能是因為太多事情同時發生在一起，讓他無暇兼顧。像我這樣的老油條，固然可以，但蘿拉卻太小了，也太神經質了：她就像個慌慌張張的人一樣，哪怕只是掉入六英寸深的淺水，也可以讓她淹死。

蘿拉和我坐在後樓梯微開的廚房門旁邊，以手摀嘴，以防笑出來。我們樂在這種刺探活動之中。不過，偷聽到這種有關我們的談話，對我倆其實都沒有多大好處。

疲憊的士兵

今天我走路到銀行去。我早早就出門，一方面是為了避開酷熱，再則是想趕在銀行關門前到達。因為只有這樣，行員才不能不搭理我。我需要到銀行，是因為我收到的月結單又出了錯。「我還懂得加減乘除，」我對他們說，「不像你們那些蹩腳的機器。」他們總是微笑著恭聽，像個準備待會兒給你的湯偷偷吐口口水的侍者。我每一次都會要求見經理，但每一次得到的答覆都是「經理在開會」。最後，我會被丟給一個皮笑肉不笑的小毛頭行員，他神氣活現的樣子就像認定自己未來一定是個百萬富翁。

我在銀行是個受鄙夷的人，這不只因為我現在的存款是那麼的少，也是因為我過去的存款是那麼的多。事實上，那些錢從來沒有真正屬於我過。它們起初是屬於爸爸的，後來則屬於理查。但它們卻歸在我的名下，就像人們會把罪名歸在某個剛好出現在犯罪現場的人。

銀行大門外有幾根羅馬式柱子，意在提醒人們，凱撒的東西該還給凱撒。從他們高得荒謬的服務費，可知他們確有此意。雖然我在家裡床墊下藏著頂多不過幾十塊錢以供零用，但我知道，人們一定會預期，在我這個古怪孤僻的老太婆死後，一定可以在我家裡發現幾百個貓罐頭的空罐子，和藏在發黃舊報紙堆中的幾百萬鈔票。

回家途中，我行經鎮政府辦公大樓：義大利式的塔樓、佛羅倫斯式的雙色調磚砌建築、有需要重漆的旗桿、在索默河服勤過的野戰砲。當然還有那兩座由查斯家族斥資製作的銅像。右手邊的一座是我祖母艾達麗出的錢。那是帕克曼上校的銅像。他是英國軍官，曾參與美國革命最後一場關鍵性戰役。戰役的戰場是紐約州的泰孔德羅加堡。三不五時就會有一些搞不清楚狀況的德國人、英國人甚至美國人會在鎮上東張西望，想要尋找古戰場。你們找錯城鎮了，人們會這樣告訴他們，也找錯國家啦。

帕克曼上校戰敗後率兵退到加拿大，而為了紀念他打輸的那場仗（許多人都喜歡保存自己的傷疤），他把我們這個城鎮的命名為泰孔德羅加，這也是人們會把這裡誤為古戰場的原因。銅像上帕克曼上校騎在馬背上，手中揮舞著劍，看樣子是要衝入旁邊的牽牛花花壇去。他的臉飽歷風霜，眼神銳利，蓄著山羊鬍，反正就是任何雕塑家認定的騎兵隊長形象。沒有人知道帕克曼上校的尊容，因為他沒有留下照片畫像，而銅像製作的時間又是一八八五年，不過，現在大家都認定，他就是銅像上的長相。這就是藝術的專橫。

在草坪的右手邊（同樣帶有牽牛花花壇），是同樣謎樣的銅像：疲憊的士兵。他最上面的三顆鈕釦是鬆開的，頸項彎得像把印第安酋長的斧頭，軍服皺巴巴，鋼盔歪斜，身體向著手中不靈光的來福槍傾斜。他永遠年輕，永遠筋疲力竭，皮膚在太陽光中燃燒著綠色。鴿糞常常落在他臉上，讓他看起來像是流淚。

「疲憊的士兵」是爸爸的主意。負責雕塑它的是個女雕塑家，名叫卡莉絲塔・菲茨西蒙斯。她是安大略藝術家協會的陣亡戰士紀念碑籌委會召集人洛林太太向爸爸大力推薦的。本地人對於由女性來執行這項計畫有若干反對聲浪，但爸爸卻在贊助人會議上力排眾議。洛林太太不也是女的嗎？他說。這種獨斷的作風引來了一些閒言閒語：你敢說他跟那女的是完全清白嗎？爸爸私底下則說：誰吹笛就該誰來定調[2]，既然其他贊助者都是小氣鬼，所以他們最好閉嘴。

卡莉絲塔·菲茨西蒙斯小姐不但是個女的，而且才二十八歲，有一頭紅髮。她常到阿維翁作客，跟爸爸討論銅像的設計事宜。他們的討論都是在圖書室裡進行，起初都敞著門討論，後來則變成閉著門討論。她被招待在客房裡，起初是次好的客房，後來則是最好的客房。未幾，她幾乎每個週末都會來，她住的客房也變成她專屬的。

爸爸看起來要比從前快樂，酒喝得比從前少。他重整了花園，重鋪了車道，也把「女水妖號」重新油漆和整理了一遍。有時候，家裡會舉行非正式的家庭派對，客人都是卡莉絲塔來自多倫多的藝術家朋友。這些不知名的藝術家來用晚餐，都不會穿著禮服，甚至不會穿西裝，而只穿V字領的毛線衣。他們在草坪上用手抓東西吃、喝酒、抽菸和爭辯。每次派對，那些年輕的女藝術家都會用掉我們浴室不少浴巾，而據蕾妮的理論，這是因為他們從來沒有在高尚的浴室裡洗過澡。

沒有家庭派對的週末，爸爸和卡莉絲塔就會帶著蕾妮不情不願為他們準備的野餐籃子，開車出外野餐，不然他們就會駕帆船去兜風：卡莉絲塔穿著寬鬆長褲，兩手插口袋站在帆船上的神氣，活像香奈兒。有時，他們會一路開到溫莎，住在路邊旅館。這些旅館的特色是雞尾酒、瘋狂的鋼琴音樂和粗俗的舞蹈表現。走私酒類的黑幫分子也經常光顧這類旅館，因為，為了跟合法酒商買酒，他們會從芝加哥或底特律遠道前來加拿大。（當時的美國實行禁酒，私酒貴如黃金，為搶奪私酒引起的火拼事件時有所聞。那些被砍去手指、掏空口袋的死屍會被拋入底特律河，最後漂到伊利湖的岸上，而這就引起了該由哪個城市出錢掩埋死屍的爭論。）每一次出遊，爸爸和卡莉絲塔都會外宿一整夜，有時甚至是幾夜。有一次，他們甚至去了尼加拉瓜大瀑布（讓蕾妮很嫉妒），還去過一次水牛城（坐火車去）。

這些細節，都是卡莉絲塔告訴我們的，她是個從來不吝於講述細節的人。她告訴我們爸爸需要這種「提振精神」的活動，需要振作起來，更融入生活；又說爸爸和她是「最佳拍檔」。她習慣叫我們「小孩兒」，又叫我們喊她作「卡妮」。

（蘿拉想知道爸爸是不是也跳舞：有鑑於爸爸有一條壞腿，這很難想像。卡莉絲塔說爸爸沒有跳舞，但會興致高昂地看別人跳舞。但我慢慢懷疑這說法，因為親身經驗告訴我：如果你不會跳舞，就不會有興致看別人跳舞。）

我對卡莉絲塔又敬又畏，因為她是個藝術家，因為她可以像個男人跟爸爸討論事情，因為

---

2 這句俚語的意思是「誰出的錢誰就有支配權」。

她會用黑菸嘴抽菸，也因為她知道不少有關香奈兒的事。她有一雙尖尖的耳朵，一頭紅髮（我現在已了解那是染上去的），總裹著頭巾。她穿的是飄逸的長袍式衣服，上面有顏色大膽的迴旋形圖案。她告訴我，這種服裝是巴黎的時尚，是白俄移民帶動的風潮。她又向我解釋什麼是白俄移民。她這個人，什麼都可以解釋給你聽。

「不過是他另一個野女人，」蕾妮對希爾科特太太說，「一長串中的又一個。你本來會以為，再怎麼說，他都不會好意思在太太屍骨未寒就把一個女的帶到家裡來。」

「什麼是野女人？」蘿拉問。

「別管閒事。」蕾妮說。如果我和蘿拉都在廚房，而蕾妮還是口沒遮攔，那就表示她正在氣頭上。（事後我告訴蘿拉，野女人就是嚼口香糖的女孩。但讓我奇怪的是，卡莉絲塔並沒有嚼口香糖的習慣。）

「人小耳朵大。」希爾科特太太提醒蕾妮，但她並沒有理會。

「妳看她穿的那些是什麼奇裝異服。我敢說她會穿緊身裙上教堂。背著光，你可以把她身上的星星月亮太陽都看得一清二楚。但她實在沒有什麼好秀的，平坦得就像個男生。」

「我就沒這個膽量。」希爾科特太太說。

「這不叫膽量，叫目中無人。妳知道她還幹過什麼嗎？光著身子在百合池塘裡跟所有青蛙金魚一起游泳。我在草坪遇見過她，身上除了裹著條毛巾，就只有上帝賜給夏娃的東西。她看到我，只是點頭和微笑，半點害臊的表情都沒有。」

「我聽說過這件事，」希爾科特太太說，「還以為只是謠言。因為聽起來太誇張了。」

「她是個淘金女，」蕾妮說，「只是想把他釣到手，然後把他搾乾。」

「什麼是淘金女？」蘿拉問，「什麼叫釣到手？」

陣亡戰士紀念碑的造型招來了一些抨擊，而這不完全是跟爸爸與卡莉絲塔的緋聞有關。有些人嫌「疲憊的士兵」看起來太沮喪，另外也太不修邊幅。他們寧願要英姿颯颯的勝利女神像。我們附近兩個城鎮立的就是勝利女神像：她有一雙天使翅膀，長袍飄逸，手上拿著根像烤肉叉子的東西。他們也希望在雕像的前面鐫上一行銘文：「謹以此獻給那些志願作出無上犧牲的人」。

爸爸並沒有讓步。他公開表示，他願意讓銅像有兩隻手、兩條腿，甚至有個頭，鎮上的人就該心滿意足，至於銘文，爸爸說他不認為有哪一個陣亡戰士是自願炸掉自己的身體以迎接地上王國來臨的。他自己中意的銘文是「以防我們遺忘」。爸爸很少在公開場合說冒瀆的話，所以他這番話讓在場的人很震撼。不過既然造銅像的錢是他出的，別人只好順著他的意思。

商會勉為其難掏錢樹立了四塊銅匾，用來鐫刻死難者的名字。商會的人希望自己的名字能被刻在銅匾的最下面，但爸爸卻說，陣亡戰士紀念碑是為死人而立，而非為活人而立，更遑論那些從戰爭中得到好處的人。他這一類的話引起了一些人的仇視。

陣亡戰士紀念碑在一九二八年的十一月「榮軍紀念日」當天揭幕。雖然下著冷颼颼的毛毛雨，但參加的人仍然相當踴躍。「疲憊的士兵」被安放在一個四角形金字塔的頂端。金字塔四周圍繞著圓形卵石。四塊銅匾的四周被環繞以百合、罌粟和楓葉。卡莉絲塔對這些花花草草很不滿意，認為那是一種維多利亞式的設計，過時而陳腐。但鎮上的人卻喜歡這種裝飾，而爸爸說，人有時不得不作出妥協。

典禮上先是風笛演奏，之後是由長老教牧師主持的講道。當他講到那些自願作出無上犧牲的人們那句話時，全場的人都偷偷瞄了爸爸一眼，意思似乎是雖然錢是他出的，但他卻別想隻手遮天。接下來是更多的祈禱和講道，因為鎮上所有的教會都有代表出席。籌委會雖然沒有天主教成員，但典禮上照樣有天主教神父講話。那是爸爸爭取的，理由是陣亡的天主教士兵何嘗不是陣亡戰士。

蕾妮說，這是看事情的一個角度。

「另一個角度是什麼？」蘿拉問。

爸爸在紀念碑前獻上第一個花環。我和蘿拉手挽著手看著，蕾妮在一旁哭泣。皇家加拿大軍團派來的代表是第二個獻花環的人。接下來，幾乎你想得出來的團體都各獻上一個花環：全國退伍軍人協會、獅子會、兄弟會、扶輪社、祕密共濟會、橙帶黨、哥倫布騎士團等等。最後獻花環的是「陣亡戰士母親協會」的代表沙利文太太，她有三個兒子在戰爭中陣亡。接下來眾人合唱〈與我同在〉，然後是童子軍樂隊的號手吹奏〈最後的驛站〉，聲音有一點顫抖。然後是兩分鐘的默哀和由民兵鳴槍禮敬。最後是〈起床號〉的號聲。

一路下來爸爸都低垂著頭，明顯看得出來他在發抖，至於是出於傷心還是憤怒，則不得而知。他一身軍服，外面披著長大衣，兩隻戴著皮手套的手拄在枴杖上。

卡妮也在場，但是站在不起眼的位置。她對我說過，這不是個藝術家應該站在前頭、接受鼓掌的場合。她沒有穿長袍，而是穿了件端莊的黑大衣和規矩的裙子。頭上的帽子遮去了大半邊臉。儘管這樣低調，很多人還是對她指指點點，竊竊私語。

回家後，蕾妮在廚房裡給我們泡了熱可可，因為我們被毛毛雨給冷著了。她也給希爾科特太太泡了一杯。

「為什麼那東西會稱為紀念碑？」蘿拉問。

「因為那是紀念死掉的人用的。」

「為什麼要紀念他們？他們喜歡它嗎？」

「那不是為他們而設的，主要是為我們而設。」蕾妮說，「等妳長大自然會明白。」這是蕾妮常常對蘿拉說的話，但蘿拉總是置之不理。她想馬上就得到答案。她仰頭把可可一飲而盡。

「我可以再喝一杯嗎？什麼叫無上的犧牲？」

「指那些士兵為了我們獻出了自己的生命。但願妳的眼睛不會比胃大。如果再泡一杯可可，我可不希望看到妳沒把它喝完。」
「為什麼他們要為我們獻出生命呢？這是他們願意的嗎？」
「不是，但他們畢竟這樣做了。這就是那為什麼稱為犧牲。」蕾妮說，「好了，問夠了。這是妳的可可，拿去吧。」
「他們把生命獻給了上帝，因為那是上帝想要的。就像耶穌一樣，他為我們所有人的罪而死。」希爾科特太太說。她是個浸信會信徒，總認為自己是解釋上帝意旨的最高權威。

一星期後，我和蘿拉沿著羅浮多河邊的小徑散步。那天起了霧，霧從河面升起，像脫脂牛奶一樣繚繞在空氣中。灌木叢的禿樹枝上掛著水滴，路上的石頭又濕又滑。

我們走著走著，突然間，不知道怎麼搞的，蘿拉掉到了河裡。幸好這裡不是急流，蘿拉沒有馬上被沖走。我尖叫著，往前跑出幾步，抓住她的大衣。她的大衣當時還沒有被水濕透，但仍然很重，讓我差點也被拖到水裡。我勉力把她拖到一個平坦的地點，把她從河中拉了起來。她濕得就像隻濕綿羊，而我自己也沒有好到哪裡去。然後我搖晃她，她正在顫抖和哭泣。

「妳是故意的！」我說，「我看得清清楚楚！妳知不知道這樣會讓妳淹死！」蘿拉大口大口喘氣和抽泣。我緊緊摟著她。「妳為什麼要這麼做？」

「好叫上帝讓媽媽活過來。」她大哭著說。

「上帝不希望妳去死，」我說，「妳這樣做，會讓祂氣瘋的。如果祂要讓媽媽活過來，自然會那樣做，用不著妳去淹死自己。」這是蘿拉在鑽牛角尖時唯一可以跟她溝通的方式。你必須假裝自己知道一些關於上帝的事情，是她所不知道的。

她用手背擦拭鼻子。「妳是怎麼知道的？」

「從我把妳救了起來就可以知道！明白了嗎？如果祂希望妳死，我就會跟妳一塊掉到水裡。我們會一塊兒死掉！好了，趕快跟我回家，妳得把身體弄乾。我不會告訴蕾妮的。我會說這是個意外，是妳滑了一跤的結果。但不要再做這樣的傻事了，好嗎？」

蘿拉沒有回答，但卻任由我牽著她回家。家裡的人不免一陣恐慌、緊張和責罵。他們給蘿拉喝了牛肉湯，洗了個熱水澡。但大人都把這件事情歸因於蘿拉出了名的笨手笨腳，叮嚀她以後走路務必千萬當心。爸爸誇了我一句做得好，但我好奇，如果我沒能救起蘿拉，他會說些什麼。蕾妮說我們姊妹倆懂得要走在一塊，至少是有半點大腦，但我們跑去哪裡又是幹什麼呢？

晚上我好幾小時都睡不著，雙手把自己抱得緊緊的。我的腳冷得像石頭，牙齒不斷打顫。我忘不了蘿拉掉在羅浮多河冰冷黑水裡的景象：忘不了她那一頭被風吹得飛散的頭髮，忘不了她濕臉上泛出的銀光，忘不了我抓住她大衣時她瞪著我的眼神。要抓住她是多麼的費力啊。我又多麼接近要鬆手的邊緣啊。

暴力小姐

爸爸沒有讓我們上學校，只是找來家庭教師在家裡上課。我們的家庭教師前後加起來有一長串，有男的也有女的。但我們不認為我們需要上課，所以千方百計讓他們打退堂鼓。裝聾扮蠢是一招，不正眼看他們是另一招。不過，他們堅持的時間總是比我們預期的要久，那是因為他們需要這份薪水過生活的緣故。我們對他們個人並無惡感，只是不願意加重他們的負擔罷了。

大人都以為，如果我們不是在上課，就一定是在阿維翁裡，不是在屋裡就是在花園裡。不過，又有誰看得住我們呢？要躲過家教老師的監視易如反掌，因為我們曉得他們所不曉得的密道，而蕾妮也無法每一分鐘都盯住我們。只要一有機會，我們就會溜出阿維翁，到鎮上蹓躂，儘管蕾妮一再警告我們，鎮上到處都是罪犯、無政府主義者和邪惡的東方人（都是抽鴉片，蓄八字鬍和留著鳥爪狀指甲的），還有等著綁架我們、向爸爸勒取贖金的女性販子。

蕾妮有個弟弟在派送不登大雅之堂的雜誌。他會把一些過期雜誌送給蕾妮看，而蕾妮雖然千方百計藏好它們，但總會被我們找到。這些雜誌之中，蕾妮最熱中的是愛情故事，但我和蘿拉卻興趣缺缺。我們最喜歡的是有關其他地方甚至其他星球的故事（至少是我喜歡，而蘿拉則跟著起鬨）：來自未來的太空船，會說話的植物，有巨眼和犬牙的怪獸，戴著漏斗狀金屬胸罩的戰士美少女，還有身穿粗糙衣服、頭戴有翅鋼盔的英雄。

愚蠢，一點都不像地球上的事情。這是蕾妮的評論，但卻正是我愛讀這些故事的原因。

有關犯罪和女性販子的故事，可以在偵探雜誌裡找到（它們的封面常常都是血流成河的樣子）。這些雜誌，常常會有一些富家小姐被綁架的故事：她們被人用乙醚迷昏，被過多的曬衣繩綁住，藏在帆船船艙、廢棄教堂地下室或城堡的潮濕地窖裡。蘿拉和我都相信有這樣的壞人存在，卻不太害怕，因為我們對他們是什麼模樣瞭若指掌：開著黑色的大轎車，穿著風衣、厚手套和黑色軟呢帽。因此一看到這樣的人，我們只要拔腿逃跑就得了。

但我們從未碰過。唯一對我們真正有敵意的是工廠工人的小孩——比較小的幾個，他們還不曉得我們碰不得。他們會三三兩兩跟在我們後面，有時默不作聲，有時口出惡言。偶爾，他們也會向我們扔石子，但從不會真的瞄準。

我們喜歡在艾瑞街上躑躅，在商店櫥窗外探頭探腦。不然，我們就會在小學的圍籬外張望。那小學是給工人的小孩念的，有鋪煤渣的操場。休息時間可以聽得見此起彼落的尖叫聲。那些孩子都是髒髒的，特別是在打過架或被人推倒在操場的煤渣地面之後。我們很慶幸自己不用上這家小學（我們真的慶幸嗎？還是有被排除在外的感覺？事實上是兩者皆有）。

我們出遊都會戴帽子。我們認為帽子有保護作用，可以讓我們或多或少像隱形人。淑女出門是從來不會不戴帽子的，蕾妮這樣說過。手套也是她認為淑女應有的基本配備，但我們卻懶得這樣費事。我記得我們當時戴的是草帽，不是淺色的，而是鮮豔的顏色。我也記得那個六月的濕熱，那花粉瀰漫的空氣，那蔚藍刺目的晴空，也懷念那份慵懶，那份遊手好閒。

我多麼盼望可以回到從前那些平淡無奇的下午時光——無聊、沒有目的，充滿各種可能性。某個意義下，它們也真的回來了：只不過現在再也不會帶來什麼意料之外的新鮮事。

我們這個時候的家教老師是待得最久的一個。她是個四十歲的女人，有一衣櫥褪色的喀什米爾開襟羊毛衣，而這意味著，她有一段比現在要富裕的早年生活。她有一頭像老鼠毛的頭髮，用髮夾夾在頭後。她名叫薇爾特莉．戈雷翰姆，我則在背後謔稱她為暴力小姐[3]，因為我覺得把「暴力」與「小姐」兩個矛盾的詞兒合在一塊很好玩。自此以後，每次我看著她的時候，就很難忍住不吃吃笑。我把這個稱呼教給蘿拉，而蕾妮後來也知道了。她說，我們這樣開戈雷翰姆小姐玩笑很不應該，況且她是個老姑娘，本來就夠可憐的。什麼是老姑娘？我們問。老姑娘就是嫁不出去的女人。戈雷翰姆小姐是個注定有獨身恩賜的女人，蕾妮說，語氣中有一絲絲不屑。

「但妳也沒有嫁人啊。」蘿拉說。

「那不一樣，」蕾妮說，「我還沒碰過我願意紆尊降貴的男人，我只是自己不要罷了。有人向我求過婚。」

「說不定也有人向暴力小姐求過婚。」我說，純粹是為反駁而反駁。我已接近反叛的年齡。

「不，」蕾妮說，「不會。」

「妳怎麼知道的？」蘿拉問。

「單看她的長相就可以知道，」蕾妮說，「如果真有人向她求婚的話，哪怕對方有三個頭和一條尾巴，她一定會像條蛇一樣巴著他不放。」

暴力小姐能夠在我們家待那麼久，是因為我們愛怎樣，她都由得我們。她很早就了解自己沒有管得住我們的能耐，因此乾脆不作嘗試。我們每天早上會在圖書室裡上課。書架裡放滿了厚厚的皮面書，書名都是燙金的。但我很懷疑祖父讀過它們任何一本：那都是祖母認為他應該讀而買來的書。

我會挑一些感興趣的書來看，像《雙城記》和有插圖的《征服墨西哥》與《征服祕魯》。我也讀詩，暴力小姐偶爾會半認真地教我該怎樣朗誦詩。忽必烈汗建立上都，修起富麗的歡樂宮，那兒有神河阿爾浮，流經深不可測的洞窟，注入不見太陽的海中。[4]

「別拖泥帶水，」暴力小姐說，「念詩的時候要流暢，親愛的，把妳自己想像成一口噴泉。」雖然她自己身材臃腫，舉手投足也毫無優雅可言，但對優雅卻有很高的標準，而且常常

---

3 英語中「暴力」（violence）與「薇爾特莉」（Violet）諧音。

4 這是十八世紀英國詩人柯律爾治的詩作〈忽必烈汗〉的首段。

要我們把自己想像為各式各樣的東西：開花的樹、蝴蝶或清風之類的。不過，她絕不會要我們想像自己是個挖鼻孔的小孩：對於個人衛生，她可是很挑剔。

「親愛的，不要咬妳的色鉛筆，」暴力小姐對蘿拉說，「妳可不是囓齒目動物。看，妳的嘴巴全綠了。那對妳的牙齒不好。」

我朗誦了朗費羅的〈伊凡吉林〉，也朗誦了伊麗莎白．白朗寧的〈來自葡萄牙的十四行詩〉。我有多麼愛你？讓我數算看看。「真美的詩句。」暴力小姐嘆息著說。她是個動輒就會感動的人。她也會為「莫霍克族公主」寶琳．強森的詩感動：

啊，潭水湍急地流著，
漩渦在我船頭起起伏伏。
旋轉，旋轉！
在這險象環生的水潭裡
但見片片漣漪！

「太激動人心了，親愛的。」暴力小姐說。

有時我也會念誦丁尼生的詩。據暴力小姐認為，丁尼生的莊嚴僅次於上帝。

最黑的苔蘚，一下子
厚厚覆蓋了所有的花田。
固定長矛用的生鏽釘子
從山牆上掉了下來。
她只是說：「他不來，
我的人生只是一片陰鬱」；
她說：「我好累、好累，
寧願死掉！」

「她為什麼會有那樣的願望？」蘿拉問，平常，她對我朗誦的詩都不會太感興趣。

「是因為愛，親愛的，」暴力小姐說，「她付出了無限的愛，但卻沒有得到回報。」

「為什麼？」

暴力小姐嘆了口氣。「那是詩。」她說，「詩是丁尼生爵士寫的，只有他最清楚。一首詩是不會問為什麼的。『美即是真，真即是美——這包括了你們所能知和所應知的一切。』[5]」

蘿拉鄙夷地看了她一眼，然後就低下頭，用色鉛筆塗色。我剛剛已經把整首詩瀏覽了一

5 這是濟慈的〈古希臘甕頌〉一詩的詩句。

遍，並沒有發現蘿拉問題的答案。接著我朗誦下一首：

破碎，破碎，破碎[6]
啊大海，在冷灰的岩石上破碎。
但願吾舌能道出
心中升起的愁緒。

「念得真好，親愛的，」暴力小姐說。她固然對無限的愛感興趣，但對絕望的憂鬱也一樣懷抱熱忱。

書架上有一本薄薄的詩集，是艾達麗祖母所有，書名是《魯拜集》，作者是菲茨傑拉德。（這詩集事實上並不是菲茨傑拉德寫的，但人們卻又說他是作者。這到底要怎樣解釋呢？我並沒有深究。）[7]暴力小姐有時候會拿出這本書來讀，教我讀詩的時候應該怎樣咬字。

一卷詩伴酒一壺，
麵包一塊樹為廬。
荒原聽汝歌清曲，
便是天堂下凡圖。[8]

她念「汝」這個字時，就像是有人踢了她的胸口一下。我覺得，為野餐寫一首詩，未免有點小題大作，而我也好奇，他們吃的麵包夾了什麼。「詩中說的酒當然不是真的酒，」暴力小姐說，「那只是比喻聖餐禮。」

古野猶生春草綠，
茫茫大漠何寥哉。
行人遠道淒涼甚，
可有清泉慰客來。

夢遊昨夜到天池，
欲借神明劍一支。
斬碎三千愁世界，

6 丁尼生悼亡友的詩，借海水在岩石上的破碎喻自己的心碎。

7 此詩集的作者原是中世紀波斯詩人歐瑪爾．海亞姆，菲茨傑拉德只是英譯者，但一般認為，菲茨傑拉德的翻譯相當隨意，幾近創作。

8 中譯文引自辜正坤《中西詩鑑賞與翻譯》，湖南人民出版社。

從頭收拾舊須彌。

「說得對極了。」暴力小姐輕嘆一口氣說。幾乎任何事情都會讓她輕嘆一口氣。她很適應阿維翁的生活：適應它維多利亞式的過氣華麗、腐朽的美、褪去的優雅和憂鬱的惆悵。她的人生觀甚至她的褪色克什米爾羊毛衫都與阿維翁的壁紙相適相襯。

蘿拉不太看書。她喜歡塗顏色，要不就是翻開圖書室裡那些厚重的書本，用色筆給它們的黑白插圖上色（暴力小姐沒有禁止她這樣做，因為她認為不會有人發現）。蘿拉對什麼東西該塗什麼顏色有著古怪卻非常明確的想法：樹是藍色或紅色，天空是粉紅色或綠色。如果圖片裡有她不喜歡的人，她就會把他的臉塗成紫色或深灰色，讓五官看不見。

她喜歡給金字塔和埃及人的神著色，也喜歡給亞述人的神像（帶翅膀的獅身人首像或獅身鷹首像）塗色。後者見於一本萊亞德爵士所寫的書，他在尼尼微的廢墟發現這些神像，然後運回英國；有人說《舊約聖經．以西結書》裡的天使就是長得像這些神像。暴力小姐不太喜歡這些神像，因為他們都是異教神祇，而且看起來有點嗜血。但蘿拉是拘束不住的。面對批評，她會把身體在桌上伏得更低，不斷地塗色，就彷彿她的生命賴此維繫。

「背要挺直，親愛的，」有一次暴力小姐對蘿拉說，「想像妳們是樹，正迎向陽光生長。」但蘿拉不喜歡這一類假裝。

「我不想當棵樹。」

「當樹總比當駝子好，親愛的。」暴力小姐嘆了口氣說，「如果妳不注意身體的姿勢，就會成為駝子。」

暴力小姐有許多時候都坐在窗子旁，讀從圖書館借來的愛情小說。她也喜歡翻我祖母那些皮革封面裝訂的剪貼簿。裡面收藏著字體凸印的精美請柬、委託報社精印的菜單，以及報導這些聚會的報紙剪報。從這些剪報，你可以知道阿維翁經常舉行活動，而且許多都是由某某人用幻燈片輔助進行的講演。他們有些是去過巴黎、希臘甚至印度的旅行家，有些是斯韋登柏格派信徒、費邊社成員或素食社成員，反正全都是某種類自我提升方法的鼓吹者。每過一段時間，就會有個貨真價實的怪胎（例如到過非洲、撒哈拉沙漠或新幾內亞的傳教士）來阿維翁作客，他們會講述土著怎樣作法施巫，怎樣用紅漆彩繪祖先的頭骨，並鑲上貝殼。所有這些泛黃的剪報都見證著一段已經消失的奢華歲月、一段賣力進取的歲月。但暴力小姐卻一個字一個字的讀它們，像是回憶往事，臉上露出滿足的微笑。

暴力小姐有一袋子的金箔小星星，如果她對我們所做的東西表示嘉許，就會貼上一顆。有時候她會帶我們到花園去採集野花，我們會把採來的野花夾在兩張紙之間，再用一本重重的書壓在上頭。我們慢慢喜歡上她。儘管如此，她走的時候我們並沒有哭。她卻哭了，哭得涕泗縱橫，一點都不優雅，就像她做的每件事情一樣。

我滿十三歲了。我在發育，這當然不是我的錯，但爸爸看來卻不高興，就像我該為此負責任似的。他開始注意我的姿勢和言談舉止。他要求我的衣服要簡單樸素：平常是白色女裝襯衫和深色百褶裙，上教堂則是深紫色的天鵝絨連衣裙。他要求我的站姿一定要直挺，不容許彎腰駝背。

我不可以嚼口香糖、在椅子上動來動去和吱吱喳喳。總之，他要的是軍隊的紀律：整齊、服從、沉默，而且不容許有任何跟性有關的東西。雖然他從沒有提到「性」這個字，但他想把它捏死在花苞裡的意圖顯而易見。他放我當脫韁野馬已經太久了，現在決心要把韁繩收緊。

雖然蘿拉還沒到達我的年紀，但受我所累，也受到了若干類似的管束。

「你對她們太嚴了，」卡莉絲坦說，「她們不是男生。」

「可惜不是。」爸爸說。

當我發現自己得了一種恐怖疾病的時候，第一個找的人就是卡莉絲坦。我告訴她，有血從我的大腿之間源源滲出，我顯然是快要死了！但她聽了以後只是笑。她告訴我，以後碰到這種事，就應該說「我的好朋友來了」。但蕾妮的看法卻要更長老教一些。「那是詛咒。」她說，只差沒說這是上帝的又一古怪安排，是為了讓人不好過而設。至於我流的血，她則只叫我用碎布抹乾就行（事實上她沒有說「血」這個字，而是說「穢物」）。她泡了一杯味道像腐壞萵苣的黃春菊茶給我喝，又給了我一瓶熱水，讓我在腹絞痛的時候喝。但兩者對我都沒幫助。

蘿拉看到我床單上有一灘血的時候，就哭了起來。她認為我快要死了。她啜泣著說，我就像媽媽一樣，會沒有通知她就死掉。又說我會生下一頭像小貓一樣的小寶寶，然後才死。

我告訴她別傻了，說我的血跟生小寶寶一點關係都沒有。

「有朝一日妳也會這樣，」我說，「到了這樣的年紀就會。每一個女生都會碰到這樣的事。」

蘿拉感到生氣，拒絕相信這是事實。就有如對待大部分事情一樣，她深信自己是個例外。

有一張我和蘿拉這個時期的合照。我穿著一板一眼的深色天鵝絨連衣裙，腳上是及膝白襪和有鈕帶的漆皮女鞋，蘿拉坐我旁邊，穿的是一模一樣的裝束。我們雙腿交疊，這個坐姿，是出於大人的指示。我一手輕抱著蘿拉的腰，就像是要讓她坐好不亂動。蘿拉的雙手交疊在大腿上。我們倆的淡髮都是中分，緊緊向後束。我們都面露微笑：一種生怕大人不悅而保持的微笑。我們都害怕爸爸不悅。我們都怕他，但又不知道要怎樣躲開他。

奧維德的《變形記》

爸爸最後認定，我們的教育一直以來都被疏忽了（完全正確）。現在，他不但希望我們學習法文，也希望我們學習數學和拉丁文，因為這些要命的腦力訓練將可以矯正我們的過度夢幻。雖然沒注意過暴力小姐怎樣施教，但他最後斷定她的教學法鬆懈、陳舊和帶有玫瑰色彩，必須摒棄。他把我們看成萵苣，要把我們花稍、參差的葉邊修剪乾淨，只剩下整齊、有條理的菜心。他想把我們改造得像個男孩子。唉，你能怪他嗎？他可沒有姊妹。

他找來取代暴力小姐的家教老師名叫埃爾斯金先生。埃爾斯金先生原在英國的一所男校任教，後來卻突然辭職，移民到加拿大來，據說是因為健康上的理由。但他卻一點都不像有病的人，例如我就從未看他咳嗽過。他身材粗壯，穿著粗花呢服裝，三十或三十五歲左右，有一頭淡紅色頭髮、豐滿濕潤的雙唇和小山羊鬍。他說話刻薄，脾氣暴躁，聞起來有一股像潮濕洗衣籃籃底的味道。

我們很快就明白，不專心和瞪著埃爾斯金先生的額頭是趕不走他的。他一來就給我們來了個考試，想知道我們懂多少東西。他告訴爸爸，從我們的考試成績看來，我們的知識不會比昆蟲或土撥鼠多。我們已經養成了怠惰的心理習慣——而這是被縱容出來的，他語帶責備地補充了一句。幸而，亡羊補牢，猶未為晚。於是，爸爸就交代埃爾斯金先生把我們好好整頓一番。

這位新來的家庭教師對我們說：我們的慵懶、傲慢、愛鬧蕩和做白日夢的習性只會毀了我們的生活。沒有人指望我們成為天才，我們成了天才也不會對誰有好處；但哪怕我們是女孩，仍然有底線：除非洗心革面，否則再蠢的男人也不會娶我們這種笨瓜。

他訂來了一大疊廉價作業簿和一批鉛筆、橡皮。他說它們都是仙女棒，有這些東西，加上他從旁協助，將可讓我們脫胎換骨。

說到從旁協助幾個字的時候，他露出不懷好意的笑容。

他把暴力小姐的金箔小星星統統扔掉。

他覺得在圖書室上課會讓我們分心，所以就把上課地點改在一間多出來的臥室裡。他把床和所有家具挪走，只放入兩張學生上課用的桌子，讓偌大一個房間顯得空空蕩蕩。

埃爾斯金先生的教學方法很直接，你不聽話，他就會扯你頭髮或扭你耳朵。有時他會拿起直尺，啪噠一聲打我們的桌子，甚至是手指，有時則會掌摑我們的後腦勺。他最後一招是拿書扔我們或用尺打我們小腿肚。他的諷刺很有殺傷力，至少對我而言是這樣。但蘿拉卻總是聽不懂他的譏諷，這讓他更加冒火。他從來不為眼淚所動，我甚至相信他喜歡看我們哭。

當然，他並不是每天都是這個樣子的。有時我們會相安無事一整個星期。他也會表現出耐性，甚至某種仁慈。然後，他的脾氣又會突如其來發作，狂性大發，暴跳如雷。不知道他什麼時候會發作才是最要命的。

我們無法向爸爸告狀，因為他的做法不是爸爸授權的嗎？（至少他自己是這樣說的。）但我們當然會向蕾妮訴苦。她很生氣，說我已經不是小孩子，而蘿拉又那麼神經質，不應該受到這樣的對待。她說那些在貧民區長大而後來不得不移民來加拿大的英國佬都是這樣的德性，一副高高在上的樣子；又說如果埃爾斯金先生一個月有洗上一次澡的話，就把頭切給我。但當蕾妮拉著手掌被打得紅通通的蘿拉去找埃爾斯金先生理論時，後者只是叫她少管閒事，說我們就是被她寵壞的，現在他是在收拾她的爛攤子。

蘿拉對蕾妮說，不是埃爾斯金先生走，就是她走。她會不惜從窗子往下跳。

「別這樣做，小寶貝，」蕾妮說，「我們該做的是動腦筋，想個法子把他的車子給修理好。」[9]

「他哪來的車子？」蘿拉啜泣著說。

卡莉絲塔本來也許幫得上忙，但她卻知道利害關係。畢竟我們不是她的女兒，而是爸爸的女兒。爸爸已經決定了方向，如果她插手，就是犯了戰略上的錯誤。

埃爾斯金先生認為我們該學的數學不多：只要懂得怎樣記帳就好，那意味我們需要學的只是加減法，還有複式的家庭簿記。

法文課教的是動詞時態變化外加著名法國作家的名言警句：「我最害怕之事莫過於害怕。」（蒙田）；「理性不理解感性的道理。」（帕斯卡）；「歷史，這性興奮而又假惺惺的老太太。」（莫泊桑）；「不要觸摸假神，否則金漆會沾滿你的雙手。」（福婁拜）；「如果男人是上帝的化身，女人就是魔鬼的化身。」（雨果），諸如此類。

地理課教的無非是歐洲的首都城市，拉丁文課教的是從維吉爾的《埃涅阿斯紀》和奧維德的《變形記》選取的片段。他對強暴的情節似乎情有獨鍾，因為他從《變形記》選取的，不少都是年輕女子被不同神祇強暴的描寫。他說，這些情節至少可以讓我們的注意力集中一些（這一點他倒是沒說錯）。

「rapio，rapere，rapui，raptum（強暴），原意是攫住和帶走，」[10]埃爾斯金先生說，「英文裡的rapture（狂喜）也是出自同一個字根。」說完，直尺就啪噠一聲打在桌面上。「下課。」

我們努力學習，懷揣的是復仇的心態：他最渴望的就是可以找到藉口，在我們的脖子上各踩一腳，我們偏不要讓他得逞，好讓他難過。但我們真正從他那裡學到的卻是作弊。想在數學課上作弊是很難的，但要在拉丁文課作弊就容易得多。為了做埃爾斯金先生給我們的翻譯作業，我們在祖父的圖書室裡花了很多的時間翻書。例如，我們會翻《變形記》的維多利亞時代英譯本。這些老舊譯本用的都是很複雜的字眼，而字體都是小小的。我們從譯本得知一句句子的意思後，就會用簡單一點的字代替，有時還故意弄出一些錯誤，讓翻譯看起來像出自我們自

9 「把某人的車子修理好」是一句俚語，意指「收拾某人」、「讓某人完蛋」。

10 這是拉丁文動詞「強暴」一詞的各種時態變化。

己手筆。不過，我們翻譯得再好，他還是會用紅筆大砍大刪，又在頁邊上寫上不堪入目的評語。我們沒學到多少拉丁文，但作假的門道可學了不少。我們還學會了面無表情，像是上了漿一樣。上上策是不要在埃爾斯金先生面前有任何可能被察覺到的反應，特別是不要畏縮。

蘿拉有一陣子被埃爾斯金先生嚇到了，但她不會長時間屈服於肉體的痛楚。慢慢的，她變得對埃爾斯金先生的威嚇無動於衷。即使在他對著她咆哮的時候，她仍然有可能會心不在焉。她培養出可以從別人的凝視中抽離的能力：前一分鐘她可能注意著你，但下一分鐘心思卻會飛到別的地方。也許更精確地說，會飛到別的地方去的是你而不是她。你會覺得，她就像手揮一根看不見的仙女棒一樣，讓你突然消失了。

埃爾斯金先生無法忍受蘿拉對他的這種否定。碰到這種情況，他會抓住蘿拉雙肩，猛烈搖晃她，說是要把她搖醒。妳可不是什麼睡美人，他吼道。有時，他會把蘿拉甩向牆壁，或是掐著她的脖子搖她。當他搖她的時候，蘿拉只會閉上眼睛，默默承受，這讓埃爾斯金先生怒上加怒。起初我曾試圖干涉，卻一點用都沒有，只會被他有異味的臭手猛力推開。

「不要惹惱他了。」我對蘿拉說。

「我惹不惹惱他都沒有分別，」她說，「畢竟，他並不是真的生氣，只是想摸我的襯衫罷了。」

「我從未看他這樣做過，」我說，「為什麼他想這樣做呢？」

「妳沒看著的時候他就會那樣，」蘿拉說，「要不就是把手伸到我的裙下。他喜歡摸我的內褲。」她的聲音很平靜，所以我想那一定是虛構的，不然就是出於誤解。誤解了埃爾斯金先生的手，誤解了他的動機。她的形容很沒有說服力。蘿拉不是還只是個小女孩嗎？我想不出來為什麼像埃爾斯金先生這樣的大人會做或有興趣做這種事。

「我們要把這事告訴蕾妮嗎？」我試探性地問。

「她大概不會相信，」蘿拉說，「像妳就不相信。」

但蕾妮卻相信她，或者說故意選擇相信她，而埃爾斯金先生的末日也因此到了。蕾妮知道找他對質是不智的，因為他一定會說那是蘿拉惡意中傷，而事情只會更形惡化。四天後，蕾妮大步走到工廠的辦公室去找爸爸，手上拿著一疊違禁照片。照片裡是一些穿著黑絲襪的女人，她們布丁狀的乳房幾乎要從碩大的胸罩裡擠出來；還有一些照片裡的女人一絲不掛，叉開著兩條大腿。這種照片擺在今天，頂多會讓人皺一下眉頭，但在那時代可不是這樣。蕾妮告訴爸爸，這些照片是她打掃埃爾斯金先生房間時，在床底下發現的；又說像這樣的人，查斯上尉該把兩個女兒交託給他管教嗎？

當時爸爸旁邊還有其他人，包括一些工廠裡的工人、爸爸的律師和蕾妮未來的丈夫朗恩·欣克斯。欣克斯一看到蕾妮就一見鍾情，從那天起，就對蕾妮展開猛烈追求，而且最後成功了。不過那是題外話了。

爸爸的律師用建議的語氣表示，如果泰孔德加羅港這個地方的人有一件事絕不能容忍的話，那就是為人師表者竟然會看這種淫穢的東西。爸爸明白，如果他繼續讓埃爾斯金先生留在家裡，一定會被全鎮的人視為怪物。

（長久以來，我都疑心那些照片是蕾妮栽的贓，是她向她那個送雜誌的弟弟要來的。埃爾斯金先生應該是清白的，再怎麼說，他的興趣都在小孩，而不在大奶的女人。）

埃爾斯金先生因此去職，離開時還力稱自己清白。他雖然憤怒，卻也害怕。蘿拉說她的禱告獲得了上帝的垂聽，因為她曾求上帝把埃爾斯金先生趕走。她認為，蕾妮會找到那些淫穢的照片，就是上帝的旨意。但我卻懷疑，假使上帝存在的話（這是我愈來愈懷疑的），會有興趣管這件事。

不過，蘿拉在埃爾斯金先生任教期間，信仰反而愈來愈堅定。這不代表她已經不害怕上帝。她仍然害怕，只不過，在易怒和反覆無常的暴君與上帝之間，她寧願選擇較大的、離她較遙遠的一個。

一旦作出了選擇，她就把她對信仰的執著推到了極端（這是她的一貫作風）。有一天，當我們在廚房吃午餐的三明治時，她用平靜的聲音宣布說：「我打算以後要當修女。」

「妳無法這樣做，」蕾妮說，「他們不會要妳的。妳不是天主教徒。」

「我可以加入天主教。」蘿拉說。

「那妳就得把頭髮剃掉，」蕾妮說，「在每個修女的面紗之後，都是個雞蛋般的大光頭。」

蕾妮這一招相當高明。蘿拉以前從來沒聽過這件事，而如果她有什麼虛榮心的話，那就是她的頭髮了。「為什麼她們要這樣做？」

「她們認為上帝希望她們那樣。她們相信上帝希望她們把頭髮奉獻給祂。這反映出她們有多無知。上帝要她們的頭髮幹嘛！」

「她們剃下來的頭髮會被怎樣處理？」

蕾妮正在剝豆子：劈啪、劈啪、劈啪。「會被製成假髮，賣給有錢的女人戴。」蕾妮說，她從來不會放過得分的機會。但我知道她是瞎掰的，就像以前她說小嬰兒是由生麵團做出來的一樣。「妳會樂於看到某個又肥又笨的闊太太戴著妳的漂亮頭髮晃來晃去嗎？」

蘿拉因此打消了當修女的念頭。但天曉得她下一次會有什麼古怪志向？她具有輕易相信別人的能力。她毫不設防，敞開心扉，任人擺布。其實，一點點懷疑心理應該是做人的起碼防線。

埃爾斯金先生浪費了我們好幾年的時間。也許我不應該用浪費兩個字的，因為我著實從他那裡學到不少東西。除說謊和作弊以外，我還學會了半隱藏的傲慢和沉默的抵抗。我學到了報仇是一盤冷掉再吃味道會更好的菜。我也學會了怎樣才不會被逮到。

這段時間，大蕭條也開始了。爸爸並沒有在股市崩盤中損失太多，但還是損失了一些。他也沒有掌握及時把損失減到最低的時機。他應該因應需求的縮減關閉部分工廠，把更多的現金留在銀行裡。這是合情合理的事。但他卻沒這樣做。他受不了，受不了裁員的主意。他覺得，工人都是他的部下，對他們的忠誠有所虧欠。

阿維翁開始節衣縮食。我們的床在冬天變得冰冷，因為我們用的都是睡舊睡薄了的床單。蕾妮會把它們從中間剪開，兩片疊成一片，再把邊緣縫起。大部分傭人都被遣走。園丁也裁掉了，花園裡開始野草蔓生。爸爸說他需要我們的配合，以度過這段困難時期。他說我們既然討厭拉丁文和數學，那乾脆就不要再念書了，改為幫忙蕾妮做家事。又說我們應該學一學怎樣省下一塊錢。那表示，我們的晚餐得改為吃豆子、鹹鱈魚或兔肉，並自己補襪子。

蘿拉不肯吃兔肉，說那像剝了皮的小嬰兒；要她吃兔肉，等於要她當食人族。

蕾妮說爸爸太不懂得為自己打算了，也太驕傲了。男人在逆境時就應該面對現實。她說不知道接下來會發生什麼，但最有可能的就是走向衰敗毀滅。

我十六歲了，而我的正式教育至此也壽終正寢。我終日無所事事。接下來，我會成為什麼樣的人呢？

蕾妮喜歡看《名流雜誌》和報紙的社交版，讀有關上流社會的活動報導，諸如婚禮、慈善舞會和奢侈的度假。她記得一長串的名字：名流名媛、豪華客輪和一流大飯店的名字。她說，爸爸應該為我辦個公開亮相儀式的，另外也應該舉行一些茶會（讓我有機會與上流社會的母親茶聚）和正式的舞會（讓我有機會與夠資格的丈夫候選人接觸）。屆時，阿維翁將會再一次衣香雲鬢，會再一次響起弦樂四重奏，而草坪上也會再一次點燃火把。蕾妮說，單單為了這個原因，爸爸就應該把多一些現金留在銀行裡，又說如果我媽媽還在，肯定會把一切打點得妥妥當當。

但我卻懷疑這一點。從我聽來的媽媽的為人，我猜她也許會堅持把我送到學校念書，但她送我去的，一定是家枯燥乏味的女子學院，而要我學的，也一定是同樣枯燥的實用學科。至於公開亮相儀式，她應該不會贊成，因為她會覺得那太虛榮了。況且，她自己也沒有經歷過這樣的儀式。

但祖母卻不一樣。我猜她一定會為我煞費苦心，而且不吝在我身上花錢。我在圖書室裡閒晃時，有時候會端詳牆上她那幅畫於一九〇〇年的肖像畫。畫中，她臉帶詭祕的微笑，身穿一件顏色像乾燥紅玫瑰的洋裝，驟降的領口讓她的脖子顯得分外長。圖書室裡還掛著一些她的照片，有獨照的，也有跟今日已無人記得名字的不同顯要名流合照的。我想，如果她尚在人世，一定會要我在她對面的椅子坐下，告訴我一切必須的忠告：怎樣穿衣服、怎樣說話、什麼樣的場合該有什麼樣的舉止，還有怎樣避免讓自己出洋相。這些，都是蕾妮讀再多的社交版都不會透徹了解的。

鈕釦工廠野餐大會

勞動節來了又走了，只留下一些在河流漩渦裡打滾的塑膠杯、空瓶子和扁掉的氣球。九月已經確定到來。雖然太陽在中午的熱力未見消褪，但升起的時間卻一天比一天晚，而在比較涼爽的傍晚，蟋蟀會吱吱鳴叫。野紫菀簇生在花園裡，紮根已經有好一段時間。在半熱心於園藝的那段日子，我會把它們歸類為野草，加以拔除。我已不再做這樣的分類。

如今的天氣更適合散步，陽光沒那麼刺眼。遊客漸漸稀少，留下來那些起碼穿著得要像話些：不再看見燈籠樣子的短褲或緊身馬甲裙，也看不見曬得紅通通的大腿。

今天我決定要一路散步到「營會曠地」。只走到半路，就被開車經過的蜜拉給遇上，堅持要載我過去。我厚顏地說我勉為其難接受她的好意。其實我已經上氣不接下氣，也明白這段路對我來說太遠。蜜拉想知道我要去哪裡，為什麼去。她顯然已經繼承了她媽媽蕾妮那種牧羊犬的本能。我告訴她我要去「營會曠地」，而理由只是為了懷懷舊。太危險了，她說，你永遠不會預知在那些叢生的低矮樹木之間會有什麼突然冒出來。她要我答應只能坐在一個露天處，等她回來。她會在一小時後開車回來接我。

我愈來愈覺得自己像一封信：投在此地，然後在彼地被取走。只差我這封信是沒有收信者地址。

「營會曠地」沒有太多可看的東西。那只是尤格斯河與公路邊的一片土地，面積一到兩英畝，長著樹木和低矮灌木叢，中間有一片澤地，每到春天，澤地就會飛出蚊子。鷺會在澤地裡覓食，有時可以聽到牠們粗厲的叫聲。三不五時都會有些賞鳥人在草叢裡緩緩移動，像是找尋遺失的東西。

在樹蔭下會有反光，那是來自丟棄的香菸盒、保險套和沾了雨水的可麗舒衛生紙。樹叢是貓與狗愛撒尿的地方，也常有熱烈的情侶在其中蠢動（只不過數目遠比過去少，因為現在有太多地點可供選擇了）。夏天的時候，這裡會有醉漢睡在灌木的濃蔭下，而少年則會到這裡吸毒，留下蠟燭蒂、燒焦的湯匙和用過即扔的注射針筒（這些都是蜜拉告訴我的）。

一、二十年前，當局試圖把這裡弄得像個樣子。他們豎起牌子（寫著「帕克曼上校公園」——有夠不知所謂），設立三張塑膠野餐桌子、一個塑膠垃圾桶、兩間流動廁所，以供來自城市的遊客野餐。不過，城裡人寧可選擇在視野更開闊的河岸段落喝啤酒和亂扔垃圾。結果，那塊牌子被幾個愛射擊的小夥子當作練習靶子，桌子和流動廁所也被省政府移走（聽說和縮減預算有關），只留下垃圾桶。雖然有浣熊不斷翻撿，那垃圾桶始終都是滿滿的，於是最後也被搬走了，如今，整個地方又恢復原貌。

這地方被稱為「營會曠地」，是因為過去人們喜歡在這裡舉行宗教營會。他們搭起像馬戲團的大帳棚，從外地請來狂熱的牧師，講道傳教。那時候，這地方維護得比較好，或者說受到較多的踐踏。這裡還舉行小型的流動集市：商販們設立起貨攤，闢出馬路，將小馬和驢子用繩拴住；一批批的遊人在裡面轉來轉去，最後分散到林中野餐。這是一個適合各種大型戶外活動的地方。

這裡過去也是查斯父子公司舉行勞動節野餐大會的地點。它總是在勞動節前的星期六舉行，會上有熱情演講、樂隊步操演奏、旗幟、氣球、旋轉木馬和無傷大雅的愚蠢遊戲（如套袋比賽、匙蛋賽跑和用紅蘿蔔當接力棒的接力賽跑）。會場搭起木頭平台，讓工人或他們的子女在上面進行各種表演。台上也會舉行諸如「最漂亮寵物」或「最漂亮小寶寶」之類的競賽。野餐大會提供的食物有玉米棒、馬鈴薯沙拉和熱狗。還有「婦女援助會」設立的攤位，義賣糕餅、果醬、印度酸辣醬、醃泡菜之類的東西，每瓶都貼有製作者名字的標籤：「羅達什錦醬菜」、「珀爾糖水李子」等等。義賣所得用作這個那個慈善用途。

野餐大會只提供檸檬汽水，不過男人會把廉價酒帶進來，等到薄暮時分開始痛飲，那時候，樹叢間就會傳出扭打聲或咆哮聲或粗嘎的笑聲，接下來還會有啪噠啪噠的落水聲：有人被鬧著玩的扔到河裡。但流經這個地段的尤格斯河河水相當淺，所以從來沒有人真的溺過水。入夜後會有煙火表演。在野餐大會的黃金歲月，還會舉行小提琴伴奏下的方塊舞。不過到了一九三四年，這些額外節目都被刪去了。

每次野餐大會舉行到下午三點，爸爸都會站在平台上發表演講。那總是一番很短的演講，向來只有女工人和年紀較大的男工人會專心聆聽。不過，隨著經濟愈來愈不景氣，年輕的男工人也開始注意爸爸的講話了。爸爸從來不會談到實質的事情，但你仍然可以從字裡行間聽出一些什麼來。比如，如果他說「好徵兆已經在望」，就代表好，如果說「沒有悲觀的必要」，則代表不好。

一九三四年那一次野餐大會的天氣炎熱乾燥，而這樣的天氣，已經持續了相當一段時間。會場上既看不到像從前一樣多的氣球，也看不到旋轉木馬。玉米棒都很老，核仁硬得像指關節，檸檬汽水都淡淡的，而熱狗則早早就被拿光。儘管如此，查斯企業還沒有裁員，只是放慢生產步伐。

演講中，爸爸好幾次提到「沒有悲觀的必要」，卻一次也沒有說「好徵兆已經在望」。台下的人眼神裡充滿焦慮。

我和蘿拉小時候很喜歡參加這場野餐大會，現在雖然已失去興趣，出席仍是我們的義務。我們得去亮亮相。這是我們從很小就耳濡目染：媽媽身體不管有多麼不舒服，也從不缺席。

自媽媽過世後，蕾妮一直很在意我們參加野餐大會時該穿什麼衣服：不能太隨便，因為那代表我們不把野餐大會當一回事，但也不能太盛裝，因為那會讓我們顯得高高在上。如今，我們都已長大得夠資格自己挑衣服（我剛滿十八歲，蘿拉十四歲半），只不過，我們能有的選擇不再那麼多。炫耀固然是我們家的忌諱，而最近，炫耀的定義又收窄了許多：只要是新衣服，都會被歸為炫耀之列。這一次野餐大會，我們穿的是上一個夏天買的藍色阿爾卑斯村姑裙和白色女裝襯衫。蘿拉戴的是我三年前買的帽子，而我戴的則是去年買的帽子，只是換了一條絲帶而已。

蘿拉一點都不介意，我卻介意。當我告訴她這一點的時候，她說我庸俗。爸爸演講時，我們都有專心聆聽（至少我有專心，因為雖然蘿拉一臉專心的樣子，但你可說不準她是不是真的專心）。過去，爸爸哪怕是喝了酒，總是能夠即席發表一番講話，但今天他卻一反常態，改為照稿宣科。他把講稿時而湊近眼睛，時而拿遠，眼神困惑，彷彿手上拿著的是一張他沒有買的東西的帳單。他耳邊的頭髮參差不齊，有修剪的必要。他的神情煩惱，甚至凶惡，像個被逼到死角的攔路強盜。

演講過後，有一些男工人三五成群，低聲竊竊私語。其他人則坐在樹下，或躺著打盹。當媽媽的會把小孩帶到河邊戲水。在會場的其中一邊，有一場塵土飛揚的棒球比賽開打。

我跑去糕餅的義賣攤位幫蕾妮的忙。義賣得到的錢是要幫助誰的呢？我不記得了。但每一年我都會在義賣攤位上幫忙。我告訴蘿拉她也應該幫忙，但她卻裝作沒聽到我說話似的，獨自走開。

我由得她。我被認為應該看住她。蕾妮從不用在我身上費任何心，但卻認為蘿拉不同，她容易推心置腹，太容易與陌生人打成一片。女性販子總是虎視眈眈，而蘿拉是他們的最佳獵物。她是不設防線的。妳警告她也沒有用，因為她根本不會放在心上。並不是她存心推翻守則，而是她壓根兒不會記得。

我已經厭倦了看顧她，何況她並不感激。我也厭倦了要對她的行為負責。我渴望去歐洲，去紐約，甚至哪怕只是蒙特婁也好。我想上夜總會、參加社交聚會和任何蕾妮那些雜誌提到的刺激地方。但我卻哪裡都去不成，因為家裡需要我，家裡需要我聽起來就像無期徒刑的宣判詞，甚至輓歌的歌詞。我被困在泰孔德羅加港。繼續這樣下去，我最後準會落得像暴力小姐一樣，成為可憐兮兮而飽受嘲弄的老姑娘。這是我內心深處的恐懼。我渴望到別的地方，任何地方都可以，但卻看不到路。雖然不相信有女性販子存在，但每隔一段時間，我就會暗暗期望有女性販子把我擄走，因為那起碼會帶來改變。

我站在義賣的桌子後面幫忙的時候，蕾妮低聲告訴我最新的八卦。她說，雖然還是大白天，但已經有四個男的被拋到河裡，而且不單是出於嬉鬧。有爭執發生，是關於政治的。還發生了一些扭打。艾爾伍德．默里被揍了。他是本地一份週報的總編輯，報紙的大部分內容都是由他撰文，照片也是他自己拍的。幸而他沒有被扔到水裡，否則他的照相機就要報銷，而即使是買一部二手的，也得要花上相當的錢。他的鼻子流血了，現在正坐在樹下，手上拿著檸檬汽水，兩個女的忙著用濕手帕為他擦拭鼻血。我可以從我站著的地方看得到他。

默里挨揍和政治有關嗎？我問。蕾妮說她不知道，但人們不喜歡他湊近聽他們說話。在景氣好的時候，別人只會把他視為蠢才或同性戀（這把年紀還沒結婚，不是同性戀是什麼？），一笑置之。但現在可不是景氣好的時候，沒人會喜歡自己的大小事都被別人記下來，登在報上。

這時我看到爸爸一跛一跛地走過野餐的工人之間，不時對這個人或那個人點點頭。他的黑眼罩隨著頭部的轉動，遠看就像他臉上有個窟窿。

走在爸爸旁邊的是個年輕的男人，比爸爸要高一點。但他跟爸爸最大的不同，是沒有半點皺褶、沒有半點稜角，看到他，你想到的是光滑兩個字。他頭戴一頂漂亮的巴拿馬帽，身穿一件像會放光的亞麻布西裝，簇新而乾淨。很顯然，他是外地人。

「跟爸爸走在一塊的是誰？」我問蕾妮。

蕾妮似看非看望了一眼，然後嗤地一笑。「皇家經典先生。哼，居然有膽子到這裡來。」

「我也猜是他。」我說。

所謂的「皇家經典先生」，指的是理查．葛里芬，也就是多倫多的皇家經典針織公司的老闆。我們的工人都謔稱這公司為「皇家狗屎公司」，因為葛里芬先生不但是爸爸的主要競爭對手，甚至可以說是敵人。他曾經在報上攻擊爸爸的賑災之舉，又批評他對失業者和左傾分子的態度太軟弱。但不知出於什麼理由，爸爸卻邀葛里芬先生到阿維翁來用晚餐。爸爸四天前才通知蕾妮這件事。

蕾妮覺得自己被葛里芬擺了一道。因為眾所周知，人在敵人面前比在朋友面前更需要講究排場，但四天的時間卻不夠蕾妮去營造出足夠的排場。畢竟，自從艾達麗祖母過世以後，阿維翁從來就沒有舉行過隆重的晚宴。沒錯，卡莉絲塔有時是會邀朋友到阿維翁度週末，但他們都是些藝術家，並不講究，你給他們吃什麼，他們就吃什麼。有時，蕾妮會發現他們偷溜到廚房，找剩菜做三明治吃。都是些無底洞，蕾妮這樣說他們。

「他是個暴發戶，」蕾妮打量著理查・葛里芬，語帶不屑地說，「看看他那條俗氣的褲子。」她不能原諒任何批評過爸爸的人（她自己除外），而且瞧不起那些突然致富而又大搖大擺的人。蕾妮又告訴我，葛里芬家族本來一貧如洗（至少他們的祖父是這樣），後來是透過欺騙猶太人才致富的。至於理查・葛里芬怎樣欺騙猶太人，她卻沒說。（平心而論，蕾妮這些含糊的話有可能是瞎掰的。她喜歡給她不喜歡的人虛構一些她認為他們該有的歷史。）

有兩個女的走在爸爸和葛里芬先生身後，一個是卡莉絲塔，另一個我猜是葛里芬太太。她年輕、瘦削、時髦，拖著透明的淡橘色印花布，就像是從一碗番茄湯升起的蒸氣。她的闊邊花飾女帽是綠色的，跟她的露跟高跟鞋和脖子上的絲巾是同一個顏色。對野餐這種場合來說，她太盛裝了。這時，她停下步來，抬起鞋子，看看是不是有什麼東西黏在了鞋跟上。我希望有。不過，我仍然羨慕她這一身漂亮的衣裳。

「蘿拉在哪兒？」蕾妮突然驚覺地問。

「我可不知道。」我說。我已養成了頂撞蕾妮的習慣，特別是她想把我差來遣去的時候。妳又不是我媽媽是我最有殺傷力的還擊。

「妳應該看好妳妹妹的。」她說，「這種地方什麼人都會有。」什麼人是她嚇唬我的伎倆之一。

我去找蘿拉，發現她坐在一棵樹下面，正跟一個男的聊天。對方皮膚黝黑，戴頂淺色帽子。從他的衣著外貌，你很難斷定他是什麼人：固然不是個工廠工人，但也不是別的，反正就是讓人捉摸不定。他沒打領帶，但因為這是個野餐大會，所以沒有什麼特別的。穿著藍襯衫，袖口處已經有一點磨損。有點無產階級的調調。好些年輕人當時都受到了無產階級思想的影響，特別是大學生。

「嗨，」蘿拉說，「這位是亞歷斯。這位是我姊姊艾莉絲。」

「您貴姓？」我說，納悶蘿拉怎麼會這麼快就直稱對方的名字。

「亞歷斯．湯馬斯。」那年輕人說，有禮但謹慎。他向前移動了一點，伸出手來。握過手後，我就在他身旁坐下。這在我看來是保護蘿拉的最好方法。

「你是外地來的嗎，湯馬斯先生？」

「對，我是來這裡探望朋友的。」他說。聽起來，他是蕾妮口中那種尚可的男人，也就是並不窮，但也不太有錢。

「他是卡莉絲塔的朋友，」蘿拉說，「她剛才還在這裡。是她介紹亞歷斯給我認識的。他們坐同一班火車來。」蘿拉解釋得有點過分詳細。

「妳有看到理查．葛里芬嗎？」我問蘿拉，「就是要來我們家用晚餐那一位。他跟爸爸在一塊。」

「理查．葛里芬？就是那個紡織界的大亨？」

「亞歷斯……湯馬斯先生對古埃及很有研究，」蘿拉說，「他剛才正談到埃及的象形文字。」說完就望向他。我從未看過蘿拉以這種眼神看任何人。這種眼神該怎樣形容？是詫異，還是崇拜？很難找到貼切的形容詞。

「聽來很有趣。」我說，聽到自己的聲音就像在嘲笑。我得想辦法婉轉告訴他蘿拉只有十四歲，但又想不出來任何不會讓蘿拉生氣的說詞。

亞歷斯．湯馬斯從襯衫口袋裡掏出一包香菸，抽出一根，叼到嘴裡，然後又遞向我，眼神很堅定，就像知道那是我想要的。他會抽包裝香菸，讓我微感驚訝，因為這和他的襯衫不相稱。包裝香菸在當時是奢侈品，工廠裡的工人都只抽自己捲的菸。

「謝謝。」我接受了。我以前偷偷抽過幾次菸，都是從爸爸放在鋼琴上的銀菸盒裡偷來的。

亞歷斯．湯馬斯拿出一根火柴，在拇指指甲上劃過，點燃，把火遞給我。

「你不應該這樣點火柴，」蘿拉說，「你可能會燒著自己。」

這時默里出現在我們面前，已經恢復他一貫喜洋洋的樣子。他的襯衫前襟仍然濕濕的，沾著一片粉紅色的汙斑，那是先前別人用濕手帕幫他擦血時弄到的。他的鼻腔裡看得見深紅色的血塊。

「哈囉，默里先生，」蘿拉說，「你還好吧？」

「有幾個小夥子玩過頭了，」他說，「不過都是鬧著玩，無傷大雅。我想為三位拍張照，可以嗎？」說罷就拿起相機，按下快門。每次他想拍誰都會先問一聲可以嗎，但卻不會等待回答。

亞歷斯．湯馬斯舉起手，彷彿要把他擋開。

「兩位可愛的小姐我早就認識，」默里問他，「但您的大名是？」

這時，蕾妮突然出現了。她的帽子是歪斜的，臉頰通紅而氣喘吁吁。「妳們父親四處找妳們。」

我知道這不是真的。但我和蘿拉還是得從樹蔭中站起來，理理裙子，像兩隻小鴨一樣跟著她走開。

亞歷斯．湯馬斯向我們揮手道別。那是帶有諷刺意味的揮手，至少我這樣覺得。

「妳們難道沒有大腦？」蕾妮說，「跟一個天知道什麼來路的男人坐在草地上，這像話嗎？看在老天爺的份上，艾莉絲，把菸扔掉。要是給妳父親看到還得了？」

「他自己抽菸還不是凶得像個火爐。」我說。

「他是他，妳是妳。」

「湯馬斯先生是神學院的學生，」蘿拉說，「或者應該說直到前不久還是。但他現在失去信仰了。他說他的良知不容他繼續有信仰。」

亞歷斯．湯馬斯的良知顯然給了蘿拉很深的印象，但卻對蕾妮一點作用都沒有。「那他現在幹些什麼？」她說，「他一臉狡猾相。」

「他哪裡不對勁啦？」我問蕾妮。我是不喜歡他，但蕾妮這樣未審先判卻讓我不以為然。

「妳倒不如問我他有哪裡是對勁的。」蕾妮說，「這樣眾目睽睽在草地上滾來滾去，成何體統！」她這話主要是對蘿拉說。「幸虧妳有把裙子攏著。」她常告訴我們，女生單獨與男人在一起的時候，兩膝蓋的距離不應超過一個硬幣的寬度。她害怕我們的腿（膝蓋以上的部分）被男人看到。對於那些任由這種事發生的女生，她的評論是：她就等著出事吧。

「我們沒有在打滾，」蘿拉說，「那裡並沒有坡度。」

「有滾也好，沒滾也好，反正妳知道我的意思。」

「我們並沒有做什麼，」我說，「只是聊天。」

「那不是重點，」她說，「別人會看見你們的。」

「下次我們沒幹什麼的時候，會躲在灌木叢後面。」我說。

「他到底是什麼人？」蕾妮說。她通常都不會理會我的正面頂撞，因為她沒能拿我怎樣。而當她問他到底是什麼人的時候，要問的事實上是他父母是誰。

「他是個孤兒，」蘿拉說。「本來住在孤兒院，後來被長老教會的牧師夫婦收養。」看來她在短時間內就挖出不少亞歷斯．湯馬斯的底細。

「孤兒！」蕾妮說，「那他是什麼人都有可能！」

「孤兒有什麼不妥的？」我問。問歸問，我早知道在蕾妮的字典裡孤兒有什麼不對的：他們不知道自己的父親是誰，而這一點，即使沒有讓他們向下沉淪，也會讓他們變得不可信賴。生在溝渠是蕾妮對孤兒的一貫形容。生在溝渠，留在門邊。

「這種人信不過，」蕾妮說，「他們會千方百計博取你好感，而且不會知道分寸。」

「不管怎麼說，我都已經邀了他今天晚上來我們家吃飯。」蘿拉說。

完美的主婦

花園後方籬笆的另一邊，長著一棵野梅樹。它年紀已經很大，樹身多瘤，樹枝長滿黑色的結節。華特說應該把它砍下來，但我卻技巧地說，樹畢竟不是屬於我的。這樹讓我很感興趣。你不用要求它，不用照顧它，它每年春天自會開花，到了夏末，又會把梅子掉到我的花園裡。真是慷慨。我今天早上撿起被風吹落的梅子（松鼠和浣熊撿剩的），大快朵頤了一番，瘀色的果肉沾得我滿嘴鮮紅。要不是蜜拉來找我，我還沒有發現這一點。老天爺，她笑著說，妳跟誰打了一架？

我記得勞動節那頓晚餐的每一個細節，因為那是唯一一次所有人聚在同一個屋頂下。我們用晚餐的時候，「營會曠地」的狂歡還在持續著，而且正值工人們痛飲廉價酒的最高潮時刻。我和蘿拉因為要幫蕾妮準備晚餐，早早就離開了。

蕾妮已為這晚宴準備了好幾天。一知道有這個任務，蕾妮就把她唯一一本烹飪指南挖出來：范麗．法默寫的《波士頓廚藝學校食譜》。這書原是艾達麗祖母所有，每當準備她那十二道菜的晚餐，就會拿來參考（當然還參考其他食譜）。蕾妮接收了這書，但平常做飯卻不會拿來用。她自己的說法是整本食譜她都記在腦子裡，但真正理由大概是裡頭的稀奇食材不易買到。

在我對祖母想像連翩那段日子，曾經讀過這食譜，或者說瞄過。（我現在已不會對祖母有什麼浪漫想像，因為我知道，如果她尚在人世，只會千方百計壓抑我——就像蕾妮那樣，就像爸爸和媽媽那樣。所有大人都以壓抑我作為人生目的。）

食譜的封面簡樸，裡頭也是一些平實的菜式。法默女士是個徹頭徹尾的實用派，直接了當，枯燥無味，帶有新英格蘭風格的簡潔。她假定你一無所知，所以從頭講起：「飲料是任何可喝的東西。水是大自然為人提供的飲料。所有飲料都包含大比例的水分，所以，它們的用處可以歸結如下：一、止渴；二、讓水分進入人體循環系統；三、調節體溫；四、幫助排泄；五、滋養身體；六、刺激神經系統與各器官；七、醫療功能，等等。」

由此可見，法默女士並不太著重滋味與享受。奇怪的是，她在卷首卻引用了藝術評論家羅斯金的這番話：

烹飪是一門集美狄亞、海倫、錫西和希巴女王之知識於一身的學問。它需要你認識所有的香草、水果、香脂和辛香料，認識田裡所產的一切和所有肉類的風味。它需要你有你祖母的精打細算，有現代化學家的科學知識；需要你有實驗精神和不浪費的原則。它需要你有英國人的徹底，有法國人和阿拉伯人的好客。終歸一句，它需要你永遠當個負責任的完美主婦。

我很難想像穿起圍裙、捲起袖子、臉頰沾著麵粉的特洛伊海倫會是什麼樣子。而就我所知，錫西和美狄亞唯一調製過的只有魔液，用它來毒殺繼承人或把男人變成豬。至於希巴女王，我懷疑她有給自己烤過一片吐司。我好奇羅斯金先生有關主婦和烹飪的怪異見解是打哪來的。儘管如此，對我祖母時代的許多中產階級婦女而言，他揭櫫的意象仍然充滿吸引力。她們外表莊重、不可侵犯，甚至高貴，但又渴望擁有一本魔法般的食譜，可以激起男人最強烈的情慾。更重要的是，她們夢想當完美的主婦。

可會有人把羅斯金先生的話當真？我祖母就會。從她的畫像——狡獪的微笑、低垂的眼瞼——你就可以看出這一點。她以為自己是誰？毫無疑問是希巴女王。

我們從野餐大會回到家之後，看到蕾妮正在廚房裡忙得團團轉。她怎麼看怎麼不像特洛伊的海倫。雖然有做事前準備工夫，她仍然忙得雞飛狗跳，脾氣很不好。她汗流浹背，頭髮全散了開來。她對我們說，既然她不懂法術，一切只好順其自然，更何況在最後一刻鐘還要為一個叫亞歷斯XX的人多加一份菜。

「他用名字稱呼自己沒有什麼不妥的，」蘿拉說，「每個人都是這樣的。」

「他沒有跟哪個人是相同的，」蕾妮說，「這一點一眼就可以看出來。他最像的是半混血的印第安人，或是吉卜賽人。他肯定不是跟我們其他人從同一塊豆子田裡長出來的。」

蘿拉沒說什麼。她這個人從不會對自己做的事感到後悔。儘管如此，她對於這一次自己出於一時衝動的邀約，仍然有一點點心虛。爸爸知道這件事情後也有點不悅，認為蘿拉不應該未經他同意就擅作主張。他也擔心，她接下來會邀請每一個孤兒、流浪漢或倒楣蛋來家裡吃飯。她的善良衝動應該有所節制，她老爸可不是開濟貧院的。

卡妮試圖安撫爸爸的情緒：亞歷斯並不是什麼倒楣蛋。沒有錯，這個年輕人目前是沒有工作，但他看來卻是有收入來源的，至少她從未聽說過他向誰伸手借錢。他的收入是打哪來的，爸爸問。我哪裡知道，卡妮說，亞歷斯對這件事一向守口如瓶。也許是從銀行搶來的吧，爸爸語帶極大的挖苦說。絕不會，卡妮說，而且，她另外有幾個朋友也認識他。爸爸回答說：認識不等於他是好人。在當時，爸爸已經對藝術家起了反感，因為有很多藝術家都信仰了馬克思主義，而且指控他剝削工人。

「亞歷斯這個人沒問題，」卡妮說，「他不過是來玩玩，只是我的普通朋友。」她不想爸爸誤會，以為亞歷斯．湯馬斯會是自己情場上的對手。

「有什麼是我能幫忙的？」蘿拉問蕾妮。

「我唯一需要妳幫忙的就是不要碰翻任何東西，」蕾妮說，「有艾莉絲幫我就夠。至少她不會笨手笨腳。」蕾妮認為，蘿拉想幫忙，是討好她的表示，而這時候她還在氣蘿拉，不想領她的情。但這種懲罰對蘿拉一點用都沒有。聽見蕾妮不要她幫忙，她就只管戴上闊邊遮陽帽，到花園閒晃。

我分派到的工作之一是鋪排餐桌上的花朵和安排座位。我從花壇裡摘來一些百日菊，插在餐桌上。至於座位，我把亞歷斯．湯馬斯的座位安排在我旁邊，面對著卡妮，而讓蘿拉坐在最後頭。我想這個安排可以孤立亞歷斯．湯馬斯，不然至少也可以孤立蘿拉。

我和蘿拉並沒有像樣的晚餐洋裝。我們當然有洋裝，但那都是尋常的深藍色天鵝絨洋裝，而且是舊的。兩件洋裝都嫌太緊了（至少我那一件是）。以蘿拉的年紀，本來是沒有資格參加今天的晚宴，但卡妮說晚餐時要蘿拉一個人待在房間裡太殘忍了，何況其中一位客人還是她邀請的。爸爸同意這個見解，然後又說，雖然蘿拉年紀還小，卻長高得那麼快，看起來已經和我的年紀不相上下。但我卻懷疑爸爸真的知道我的年紀，因為他從來不會去記我們的生日。

客人依約定的時間來到，先是被招待到客廳啜飲雪莉酒。為我們端酒的是蕾妮的未婚表姊。爸爸不准我們姊妹倆喝雪莉酒（晚餐時也不准我們喝葡萄酒）。蘿拉沒有為此不高興，但我卻有。在這件事上，蕾妮和爸爸站在同一陣線，「碰過酒可別想碰我。」她在把酒杯裡的殘酒倒到水槽的時候這樣說。（她錯了，因為在這頓晚餐後不到一年，她就嫁給我們鎮上出名的酒鬼欣克斯。蜜拉，妳現在知道了，妳爸爸在沒有被蕾妮打造成社區的棟梁以前，可是個大酒鬼。）

蕾妮做的餐前小點包括了橄欖片、醃小菜、水煮蛋和酥皮起司球，全都插著牙籤，鋪排在我祖母最好的大淺盤裡。那是手繪的德國瓷器，畫著帶金葉子和花柄的深紅色牡丹花。每個大淺盤都鋪著裝飾墊布，中間放著一小碟鹽醃堅果。

我看到溫妮薇德．葛里芬．普里歐通情達理地拿起酥皮起司球，優雅地送進嘴巴裡：她的嘴唇向外張開，形成類似漏斗的形狀。那時候的女人，如果不想口紅脫落，都是這個吃法。但蕾妮的表姊忘了為客人準備餐巾，這使得溫妮薇德油油的手指不知道該抹在哪裡。我很好奇她是會把手指上的油用嘴巴舔掉，還是擦在衣服上，還是揩在我家的沙發上。不過，我眼睛才轉開一下子，她手指上的油不見了。要我猜，我會猜她是揩在沙發上。

我這時候已經知道，溫妮薇德並不是理查．葛里芬的太太，而是他姊姊。（她已婚？孀居？還是離了婚？我從來不知道。雖然她有冠夫姓，但她卻很少提他，而我也從未見過他。後來，當我們勢同水火以後，常常想像她丈夫被她和她的司機情夫謀殺後，再藏在一堵牆後面。）

那個晚上，溫妮薇德穿了一襲黑洋裝，剪裁簡單卻裝飾得很精緻，上面鑲著三行珍珠。她的耳環也是珍珠鑲成，但卻有金葉子。相反的，卡莉絲塔當晚的衣著卻顯得寒傖（她已經有兩、三年時間沒有穿袍狀的衣服和使用菸嘴吸菸。現在，她白天都是穿寬鬆長褲和V字領的毛線衣，頭髮也剪短了）。

她已經不再雕塑陣亡戰士紀念碑了，因為這方面的需求不再那麼多。她現在的作品都是一些淺浮雕，刻劃的是工人、農人、漁人或抱著小嬰兒的媽媽的形象。唯一買得起這些雕塑的客戶只有保險公司和銀行，它們為了顯示自己與時代同步，當然會希望把這一類的雕塑品擺設在門外。卡妮說，受雇於庸俗的資本家固然讓人洩氣，但重點是這一類的淺浮雕可以傳達出信息，而每一個從銀行門口路過的人都可以免費看到它們。那是屬於人民的藝術，她說。

卡妮曾經希望爸爸介紹更多銀行給她當客戶，但爸爸只是冷冷地說，他跟銀行已經不是親密戰友了。

今天晚上，她穿的是一套灰褐色的針織洋裝。換成任何人穿著像這樣的衣服，都會像穿了有袖子和衣帶的袋子，但卡妮卻能夠讓它顯得平常卻又尖銳，就像可以用來殺人的尋常廚房用具。與其說那是一件衣服，不如說是拳頭，不過是靜悄悄地舉起的。

爸爸和理查．葛里芬穿的都是晚禮服，但看得出來，爸爸穿的需要燙一燙。亞歷斯．湯馬斯穿的是棕色的西裝和灰色的法蘭絨褲子，這種天氣穿這個，稍嫌熱了一點。他也打了領帶，襯衫是白色的，領口有點大。總之，他的衣服就像是從別人那裡借來的。但這沒有什麼好奇怪的，因為他不可能預期自己會應邀參加這種晚宴。

「好迷人的房子。」溫妮薇德走進飯廳的時候說，臉上掛著像是預先準備好的微笑。「真是……真是保養得好。多麼讓人驚異的彩色玻璃窗——多麼世紀末的情調！住在這裡，一定就像住在博物館！」

她的話等於是說我們的房子過時。我覺得受到羞辱。我一直認為我們家的窗戶相當棒。但我也明白，溫妮薇德的判斷，其實正是外頭世界的判斷。這個外頭的世界，是我當時夢寐以求想加入的，但如今我已明白自己跟它有多麼格格不入。

「它們是某個時期的建築的傑出榜樣，」理查．葛里芬說，「玻璃的鑲工非常精緻。」雖然賣弄學問而語氣屈尊俯就，我仍然覺得感激他。當時我壓根兒不曉得，他是在進行估價，知道搖搖欲墜的王朝行將清盤拍賣。

「博物館，妳是指這裡髒兮兮的？」亞歷斯．湯馬斯說，「還是指陳舊？」

爸爸的臉沉了下來，溫妮薇德的臉則紅了起來。

「你可不能欺負弱者。」卡妮說，語氣中帶著微微笑意。

「為什麼不能？」亞歷斯說，「每個人都是這樣做的。」

蕾妮做了她所能做的最多道菜。海味濃湯、普羅旺斯式鱸魚、天意雞，菜一道接一道上場，就像源源不絕的波浪，也像源源不絕的厄運：濃湯嘗起來有鐵皮的味道，雞肉有麵粉的味道，也炸得太老了。不過，那麼多人齊聚一堂，聚精會神地默默咀嚼，還真是難得一見的景觀（沒錯，大家與其說是在進食，不如說是在咀嚼）。

溫妮薇德每道菜都是嘗一口就推到餐盤旁邊，像在疊骨牌。我感到生氣，決定要把所有東西吃掉，包括骨頭在內。我不要讓蕾妮失望。我猜，過去她從沒有這麼狼狽、這麼糗過（也連帶讓我們出醜）。過去，我們總是請得起最好的廚師。

亞歷斯也努力克盡他的義務。他用刀子奮力切鋸雞肉，就像能不能把雞肉吃完對他來說生死攸關。雞肉在他的切割下發出嘎嘎的聲音。（但蕾妮並沒有感激他的賣力。那個亞歷斯ＸＸ的胃口這麼大，一定是在地窖裡肚子餓了很久。）

在這種情況下，談話只能斷斷續續的進行。一直等到乳酪上桌，大家才有機會鬆一口氣，環顧四周。

爸爸把他唯一的一隻藍眼睛轉向亞歷斯。「說說看，年輕人，」他說，用的是他認為友善的口氣，「是什麼風把你吹到我們這個漂亮的城市來的？」這種大家長式的問話讓我窘得低頭看桌子。

「我是來看朋友的，先生。」亞歷斯說，態度和語氣都非常彬彬有禮。（對於他的有禮，蕾妮事後也有所評論。她說，孤兒都是很有禮貌的，因為孤兒院會用藤鞭教他們學會有禮貌，不過孤兒雖然在表面上有禮，但骨子裡卻是仇恨所有人的。大部分無政府主義者與綁架犯都是孤兒。）

「我女兒告訴我你準備要當牧師。」爸爸說。（事實上，我和蘿拉都沒有跟他提過這一點。毫無疑問，那是蕾妮說的，而她會歪曲一點事實則是可以預料的。）

「曾經有過這個打算，先生，」亞歷斯說，「但已經放棄了。我和他們分道揚鑣了。」

「現在呢？你現在幹些什麼？」爸爸喜歡別人給他具體的答案。

「現在我靠我的腦筋維生。」亞歷斯微笑著說。

「那你的生活一定很艱難。」理查．葛里芬喃喃地說，而溫妮薇德則笑了出來。我有點意外，因為我從沒想過他也會有這種急智。

「他一定是說他是個新聞記者，」溫妮薇德說，「他是來當間諜的！」

亞歷斯再次微笑，沒有說什麼。爸爸蹙起了眉。他一向認為新聞記者都是害蟲，認為他們不只會撒謊，而且是利用別人的不幸賺錢。屍蠅是他對新聞記者的形容。但他對默里先生例外，因為他們家與我們家相熟。他頂多會叫默里為流言販子。

接下來，談話轉到一般性的事情上，也就是政治、經濟這些當時的熱門話題。爸爸的意見是情勢愈來愈糟，理查的意見是快要否極泰來了，溫妮薇德則說「難說」，又說她只希望當局能鎮得住。

「鎮得住什麼？」蘿拉說。一直以來她都沒有說話，她這一開腔，讓人覺得是椅子在說話。

「鎮得住不讓社會爆發動亂。」爸爸說，帶著責備的語氣，意味著要她不要再說話。

亞歷斯對這一點表示懷疑，又說他前不久才去過一趟營地。

「營地？」爸爸困惑地說，「什麼營地？」

「賑濟營，先生，」亞歷斯說，「班奈德勞工營，是政府為以工代賑而設立的。一天工作十小時換取微薄的工資。我感覺那裡的年輕人愈來愈蠢動不安。」

「乞丐還有什麼挑三揀四的資格？」理查說，「總比攀火車穿州過省找零工強吧？他們不只有一日三餐，而且伙食聽說還不錯呢。但你可別指望這一類人會心存感激。」

「他們並不是『某一類』人。」

「老天，真是個坐在搖搖椅裡空想的左傾分子。」理查說。亞歷斯低頭看著餐盤。

「如果他是左傾分子，那我也算是。」卡妮說，「不過，我並不認為是左傾分子才會明白……」

「你到賑濟營去幹什麼？」爸爸問，把卡妮的話打斷。（他和卡妮最近常常爭吵。卡妮遊說他去支持工會運動，而爸爸則說她不如希望二加二等於五。）

這時，冰淇淋上桌了。我們家當時已經買了大冰箱，是股市大崩盤不久前買的。雖然蕾妮不信任它的冷凍庫，今天晚上卻作了很好利用。冰淇淋的形狀像足球，吸引了我們所有人的目光好一陣子。它的顏色鮮綠，卻硬得像燧石。

咖啡上桌時，正好是「營會曠地」施放煙火的時候。我們全走到堤岸上去觀看。那是一個可愛的景觀，因為你不但可以看到天空上的煙火，還可以看到煙火在尤格斯河面的倒影。黃色的、藍色的、紅色的噴泉在空中流瀉而下，有些像星星，有些像菊花，有些像楊柳樹。

「火藥是中國人發明的，」亞歷斯說，「但他們從沒有把它用在槍砲上，只拿來當煙火。但我還是不能說我喜歡煙火，它們太像重砲的砲轟。」

「你是和平主義者？」我問。他看來像是這一類的人。如果他回答是，我就會故意跟他唱反調。我想引起他的注意，因為一路下來，他大部分時間都只跟蘿拉談話。

「我不是和平主義者，」他說，「但我父母死在戰火中，至少我是這樣認定。」

「你不確定？」蘿拉問。

「不確定，」亞歷斯說，「他們告訴我，我是在一堆燒焦的瓦礫堆中被發現的。屋裡的其他人都死了。顯然是因為有個洗衣盆或鍋子之類的金屬器皿把我蓋住，我才得以逃過一劫。」

「你是在哪裡被發現的？誰發現你的？」

「不太清楚，」亞歷斯說，「告訴我上述事情的人也不太知道。只知道不是法國或德國，應該是在歐洲更東部的小國家。我一定被轉過幾次手，最後落到紅十字會。」

「你還記得當時的情形嗎？」我問。

「不太記得。最後一對傳教士夫婦收養了我，而他們認為遺忘一切對我來說是最好的事。為防我長頭蝨，他們把我的頭髮給剃光。我還記得頭髮忽然被剃光的感覺：好冷。那是我有記憶的開始。」

雖然我開始有點喜歡他，但對於他的這番話，我還是有點半信半疑，因為裡面包含了太多巧合的成分，而當時我還年輕以至於不相信太多的巧合。而且，他說這個，是不是想讓蘿拉留下深刻印象呢？如果是，那就沒有更高明的方法了。

「不知道自己的真實身分，感覺一定很可怕。」我說。

「我過去也是這樣覺得，」亞歷斯說，「但後來我卻悟到，我是誰的問題並不是那麼重要。畢竟，父母親是誰真的是那麼重要的嗎？人們會提到自己的家庭背景，主要是開釋自己的勢利或缺點。但我卻不用接受這種試探。我沒有羈絆，沒有繩子綁著我。」他還說了些別的什麼，但剛好這時天空的爆炸聲讓我聽不見。不過蘿拉卻聽見了，她凝重地點了點頭。

（他說了些什麼？後來我問出來了。他說：至少你不會有思鄉病。）

我們全都抬起了頭。在那個時候，你很難不會抬起頭，很難不會嘴巴張得大大的。

那個晚上，在阿維翁的堤岸上，在煙火炫然的夜空下，是不是就是事情的開始呢？這很難作判斷。開始總是突然的，而且是隱伏著的。它會潛藏在暗處，慢慢爬向你，然後在你猝不及防的時候突然跳出來。

手工染色

雁飛向南方，振翅發出嘎嘎鳴聲，就像生了鏽的鉸鏈。沿著河岸邊，槭樹像一根根燃燒著紅色暗光的蠟燭。現在是十月的第一個星期。這是個人們會把充滿樟腦氣味的羊毛衫從箱子裡翻出來的季節，是個夜霧瀰漫、晨露濃濃的季節，會讓前台階濕濕滑滑。金魚草已經是強弩之末，但別的季節看不到的甘藍花卻開得到處都是，帶縐褶的花葉紅紫相間。

這也是菊花的季節。白色的菊花，掃墓用的花。死人肯定已經對它們厭膩了。

今天早上的天氣清爽晴朗，我從前花園摘了一小紮黃色和粉紅色的金魚草，帶到墓園去，想給長眠在那裡的親人換點新鮮口味。獻過花後，我再一次舉行我個人性的小小儀式：環繞墓碑一周，念出刻在上面的每一個名字。我本以為我只是在心中默默念誦，卻三不五時都會聽見自己喃喃自語的聲音，聽起來就像是個耶穌會教士在念祈禱書。

古埃及人認為，念誦死者的名字可以讓死者再活過來。只不過，人並不總是會希望死者復活。

當我在紀念碑繞完一圈後，才發現有個女孩跪在蘿拉的墳前。她低著頭，一身黑色的穿著：黑色牛仔褲、黑色T恤和夾克，一個小小的黑色霹靂包。她留著一頭深色的長髮，就像薩賓娜一樣。一想到這裡，我的心就猛跳了一下。她是薩賓娜。她回來了，從印度或諸如此類的地方回來了。沒有事先知會我一聲就回來了。她一定是改變了對我的看法，想給我驚喜。

但我再定睛一看，才發現對方只是個陌生人：毫無疑問是個研究所的學生。起初我以為她是在禱告，卻不是，她是在把一朵花獻到墳前。一朵白色康乃馨，花柄用錫箔紙裹著。她站起來的時候，我看到她在哭。

蘿拉是個能觸動別人的人，而我不是。

鈕釦工廠野餐大會的第二天，《先驅報》照例會刊出有關的報導：誰家的小嬰兒贏得「最漂亮小嬰兒比賽」，誰家的狗又是「最漂亮的狗狗」。爸爸的談話也刊登了出來，但經過刪節。默里喜歡在所有事情加上一片樂觀的毛玻璃，讓人有種一切如常的感覺。報導附有若干照片，包括爸爸在講台上講話的照片。但那照片拍得並不好：爸爸的嘴半張開，就像在打呵欠。

還有一張亞歷斯・湯馬斯和我們姊妹倆的合照。照片中，我和蘿拉分別坐在他左右兩邊，我和蘿拉都看著他微笑，他也在微笑，但卻舉起一隻手，就像那些在被捕時想擋開鎂光燈的黑社會分子。不過他只成功地遮住了半張臉。圖說是「查斯家兩位小姐招待外地來賓」。

野餐大會的那天下午，默里並沒能打聽出亞歷斯的名字，所以事後就打電話來我家打聽。接電話的是蕾妮。蕾妮認為我和蘿拉的名字不應該跟一個來路不明的人放在一起，所以拒絕告訴他。但默里還是把照片登了出來，而蕾妮為此有被冒犯的感覺——被默里以及我們姊妹倆冒犯。她認為這張照片不莊重，儘管我們的腿沒有暴露。她覺得照片裡的我們像兩個大送秋波的女花癡，像兩隻單相思的天鵝：嘴巴張大，一副口水快流出來的樣子。我們大大出了自己的醜，讓鎮上的人可以背地裡笑我們：堂堂千金小姐竟然會迷戀來路不明的印第安人（又或是猶太人，這更糟）；而從那小子捲起袖子這調調看來，八成是個共產黨。

「該賞這個艾德伍德．默里一記耳光。」蕾妮說。為了不讓爸爸看到，她把報紙撕得稀爛，塞到火爐裡。不過爸爸在工廠裡就有報紙，當然還是看到了，只是沒有表示任何意見。

蘿拉打了一通電話給默里，但並不是要罵他或轉述蕾妮的話，而只是告訴他，她想學攝影，成為像他一樣的攝影師。不，這一定不是真的，而只是默里的片面之詞。蘿拉實際說的是，她想學沖洗底片。某個意義上，這是真話。

默里是個諂上欺下的人，因此對來自阿維翁的榮寵感到受寵若驚。他答應讓蘿拉一星期在暗房裡幫忙三個下午。她可以看著他沖洗那些他從婚禮或畢業典禮之類的場合拍回來的照片。

他還建議蘿拉跟他學習照片染色的技術，說這是一種新興的趨勢，將會蔚為潮流。有些人會帶著老舊的黑白照片去找他，請他染成彩色。在染色之前，得先用一枝畫筆把照片中最黑的部分漂白，然後再塗上深褐色的調色劑，讓照片蒙上一層粉紅色的底光。接下來是染色。顏料被裝在一些小瓶子裡。上色的時候要用細畫筆小心翼翼進行。默里說，做這件事情的人需要對顏色具有品味，而且要有調色的本領，稍有偏差，就可能會讓人臉的兩頰看起來像塗了一圈圈胭脂，或讓膚色變得像斜紋布。另外，還需要有很好的眼力和一雙穩定的手。那是一種藝術，默里說。他對自己能夠駕馭這種技術感到自豪。他在報社的玻璃窗外輪流選貼一些經過手工染色的照片作為廣告，以廣招徠。照片下面寫著幾個字：讓回憶生色。

最常看到他張貼的，是一些穿著第一次世界大戰過時軍服的士兵的照片。此外是結婚照、畢業照、貓狗、烏龜、金剛鸚鵡的照片。偶爾一見的是躺在棺材裡的嬰兒照，他們臉色如蠟，被包圍在縐褶狀的綢緞裡。

染色的照片從來不清晰，看起來朦朦朧朧，像是隔著一層乳酪包布。它們沒有讓相片中人看起來更真實，只讓他們變成超現實，蒼白而沉默，像是奇異國度的居民。

當蘿拉告訴我她準備去為默里工作的時候，我預期她會遭到蕾妮的反對：誰又知道一男一女獨處在一間關了燈的暗房裡會幹些什麼？不過出乎我意料之外，蕾妮竟然沒有表示反對，因為她認為，大家都認定默里是個同性戀，所以蘿拉跟他共處在一間暗房裡，沒有什麼要緊的。不過，除了這個理由以外，我猜想蕾妮會贊成蘿拉去幫默里沖洗照片，是因為她樂見蘿拉對上帝之外的事情感興趣。

慢慢地，蘿拉對照片染色產生了興趣，但一如往常的，只要她迷上什麼，都會迷過頭。她把默里手工染色使用的一些材料偷了回家。這件事，我是偶然發現的。有一次，我在圖書室裡隨意翻書的時候，無意中發現祖父與幾個總理的合照，竟然被人染了色。三個總理的臉，一個被染成淡紫色，一個被染成黃疸綠色，一個被染成淺橘色的。至於祖父的鬍子和腮鬚則被染成了淡猩紅色。

有一個晚上，我當場把她逮個正著。在她的梳妝台上，我看到裝染料的小瓶子和細畫筆，還有那張我和她穿著天鵝絨裙子合拍的正式肖像照。「蘿拉，」我說，「妳到底在搞什麼鬼？妳為什麼要給圖書室裡的那些照片染色呢？爸爸知道了一定會火冒三丈。」

「我不過是在練習罷了，」蘿拉說，「何況照片裡那些人有需要增飾。我覺得他們染色以後要比原來好看。」

「我只覺得他們現在看起來怪里怪氣，」我說，「就像生病似的。沒有人的臉會是綠色或淡紫色的！」

蘿拉沒有半點緊張的樣子。「那是靈魂的顏色，」她說，「是他們應有的顏色。」

「妳會為自己惹來大麻煩的！他們會知道是妳幹的好事。」

「從來沒有誰會正眼瞧這些照片。」她說。

「妳最好不要打兩個叔叔和祖母照片的主意。爸爸知道會剝了妳的皮！」

「我本來打算把叔叔們染成金色，以表示他們身在天堂的榮光中，」她說，「只可惜沒有金色的染料。至於祖母，我想把她染成鐵灰色。」

「妳瘋了！爸爸根本不相信什麼天堂的榮光。另外，你最好在別人指控妳是賊以前，先把染料送回去。」

「我沒用多少，」蘿拉說，「再說，我送了一罐果醬給默里。這是公平交易。」

「我猜，妳送給默里的，是蕾妮做的果醬吧？」我問，「是從凍窖裡拿的，對吧？妳有事前問過她嗎？妳知道她常常會點數的。」

我把我們的合照拿起來看。「為什麼我是藍色的？」

「因為妳在打瞌睡。」

染色的材料並不是蘿拉從默里那兒偷回家的唯一東西。默里喜歡他的辦公室整整齊齊的，包括暗房在內。他的底片都是放在玻璃紙封套裡，按拍攝日期先後歸檔，所以，蘿拉要找到那張他在野餐大會當天拍我們的照片，一點都不難。有一天，當默里外出，報社只剩下她的時候，她把底片找了出來，沖洗出兩張照片。然後，她又把底片放到手提包，帶回家裡。她並不認為此舉是偷竊，因為默里是在沒有獲得我們的同意下拍攝的，所以拿走底片，只是拿走從不屬於他擁有的東西。

達成最終目的以後，蘿拉就沒有再到默里的報社去工作。她既沒有說明理由，也未事先告知。我覺得這種做法很笨拙，因為那會讓默里覺得自己受到輕視，而他也果然是如此。他試著從蕾妮那裡打聽蘿拉是不是病了，但蕾妮只告訴他，蘿拉對攝影失去了興趣。她說蘿拉這個女孩子一下子會迷上這個，一下子會迷上那個，所以現在她一定不知道又迷上別的什麼了。

這話引起了默里的好奇。他開始注意蘿拉的舉動。我不會用監視二字形容默里的行為，因為他並沒有躲在樹叢裡窺伺蘿拉一舉一動。他只是比從前多注意她一點而已。（他並沒有發現底片失竊一事，也未想到蘿拉找他學沖洗底片是另有目的。事實上，蘿拉那毫不閃爍的眼神、寬闊白皙的額頭，很難會讓人把她跟小偷聯想在一塊。）

起初，默里並未發現蘿拉有什麼特別的舉動。每個星期天早上，她都會沿著主大街走到教會去（她在教會裡給五歲的小孩子上主日學）。另外，一個星期有三天早上，她會在聯合教會辦的施粥所裡幫忙。這個施粥所設在火車站的旁邊，目的是提供那些攀火車找工作的人一些包心菜湯果腹。這本是一種高尚的努力，但鎮上每一個人對施粥所都投以不苟同的目光。有些鎮民認為那些流浪漢都別有居心，甚至是共產黨。有些鎮民則認為，人應該自食其力。不時會聽到有人對在施粥所輪候的人龍喊道：「找份工作吧！」（這種辱罵當然不會是單向的，不過流浪漢採取的方式會沉默些。他們內心當然仇視蘿拉和她一類的好心人，而且會表現出來：一句諷刺話、一聲冷笑、一下推擠、陰沉的一瞥。沒有比被迫感恩更讓人難以承受的了。）

本地的警察會在旁邊監視著，以確保那些流浪漢不會打什麼壞主意，例如打算留在泰孔德羅加港這裡之類的。他們必須繼續前進，到別的地方去。但他們又不被允許直接從火車站爬上火車，因為鐵路公司無法容忍這樣的事。也因此，扭打的事件時有所聞，從默里所拍的照片裡，常常可以看到警棍揮舞的情景。

因此，這些人只能沿著鐵路，走到較遠的位置，等著火車開過來。不過，因為這時火車已經加速，所以要跳上車會更加困難。發生過幾起意外，曾有一個十六歲的孩子被捲入車輪，切成兩截。（事情發生後，蘿拉把自己鎖在房間裡，三天不肯吃任何東西：因為她曾經給這個小夥子一碗湯。）默里在社論中表示，這件不幸令人遺憾，但那既不是鐵路公司的錯，更不是鎮政府的錯，因為如果有人甘冒愚蠢的危險，後果當然要自行負責。

為了幫施粥所熬湯，蘿拉不時會求蕾妮給她一些骨頭。但蕾妮卻說，她不是骨頭造的，而骨頭也不會從樹上長出來。她要把大部分的骨頭留下來，既是為了阿維翁，也是為了我們。她說，能多省一毛錢，就等於多賺一毛錢，又指責蘿拉，說她難道不明白在現在的艱難局面，爸爸會用得著所有能省下來的一毛錢。但蕾妮卻總是抵不過蘿拉的苦苦哀求，給她兩三塊骨頭。蘿拉不想碰那些骨頭，甚至不想看到它們（她在這方面有點神經質），所以蕾妮會事先用舊報紙把骨頭給包起來。「拿去吧。那些流浪漢早晚會把我們家吃垮的。」她嘆了口氣，然後又補充說：「我在裡面放了洋蔥。」她不贊成蘿拉到施粥所幫忙，認為那裡的工作對蘿拉這樣年紀的女孩來說是粗重活。

「把他們稱為流浪漢是錯的，」蘿拉說，「每個人都排斥他們。他們不過是想要工作，想找一份工作。」

「天曉得。」蕾妮帶著不信任和有怒意的聲音回答。不過，她私底下卻對我說：「她簡直是她老媽的翻版。」

我並沒有跟蘿拉一起到施粥所去幫忙。她沒有要求我去，再說我也沒有那個時間。爸爸認定我必須要學習鈕釦生意。他把我當成查斯父子企業裡的兒子。

我知道我不是做生意的料，但卻沒有勇氣說不。每天早上，我都會陪爸爸一起到工廠去，去看（他說的）這個真實世界是怎樣運轉的。如果我是個男孩，爸爸肯定會要我從生產線開始幹起，因為他認為，軍官不應該要求部下幹自己沒有幹過的事情。就像從前一樣，他要我學習的是存貨的清點和收支的簿記。

但我的表現很差，而這或多或少是蓄意的。我覺得乏味，也覺得膽怯。每天我穿著修女似的裙子和襯衫，像狗一樣跟在爸爸屁股後面，走過一排排的工人。我感到那些女工人在恥笑我，而男工人則瞪著我看。我也知道他們在背後拿我當笑話的材料，女的會笑我的舉止，男的會取笑我的身體，這是一種扯平的方法。基本上我並沒有怪他們，因為易地而處，我相信我也會做同樣的事。儘管如此，我還是感覺受到了冒犯。

她以為自己是希巴女王呢。

操她一頓看她還有沒有這麼威風。

爸爸並沒有注意到這些事情，至少他故意選擇不去注意。

一天下午，默里來到蕾妮的廚房，一副趾高氣揚的樣子。我正在幫忙蕾妮做裝罐的工作：當時是九月下旬，最後一批番茄已經收成，需要裝罐。蕾妮本來就是個很節儉的人，而現在，她更是一絲一毫都不肯浪費。她一定是意識到，跟她的飯碗連在一起的那條細繩，已經愈變愈細。

一進來，默里就表示，有些事我們最好知道。蕾妮看了他一眼，然後從他神氣的樣子，斷定一定是有分量的消息。她甚至給他倒了杯茶，請他坐下來等一等，她把最後一批裝了玻璃罐的番茄從沸水裡撈起。之後，她就在他對面坐下。

默里所帶來的消息就是，他看到蘿拉跟一個年輕人在鎮上各處出雙入對，而對方就是在野餐大會上跟我們一起拍照的年輕人。他們首先是同時出現在施粥所裡，繼而又一起坐在公園的長凳上（不只一次），而且還抽菸。至少那男的有抽，至於蘿拉有沒有抽，默里說他不敢確定。另外，他們也被人看到一起出現在鎮政廳的陣亡戰士紀念碑旁邊（那是情侶愛去的地點）。甚至有人說曾經在「營會曠地」看到過他們（去那裡的男女都被認為是不幹好事），但默里說因為不是他親眼所見，所以不敢斷言。

他說，他來通風報信，別無任何目的，只是認為我們有需要知道。那男的已經是個成年人了，而蘿拉不過才十四歲，他分明是利用她的年幼無知，真是無恥。說完，默里就挨在椅背上，憂愁地搖頭，眼睛裡閃爍著幸災樂禍的光芒。

蕾妮怒不可遏。她恨任何人的小道消息可以凌駕於她之上。「真是十二萬分謝謝你帶來的重要消息，」她用生硬的語氣對默里說，「小洞不補，大洞吃苦。」這是她婉轉維護蘿拉名譽的一個辦法：因為這表示，事情還來得及彌補，也是表示蘿拉迄今還沒有做出任何不名譽的事。

默里離開後，蕾妮對我說：「我不是跟妳說過，他這個人忝不知恥。」她說的「他」，並不是指默里，而是指亞歷斯．湯馬斯。

當蘿拉回到家、遭到蕾妮質問時，出乎意料的是，她除了有關「營會曠地」的部分以外，什麼都沒有否認。至於公園長凳的部分，她說，對，他們是有一起在公園的長凳坐過，但時間並不太長。她奇怪蕾妮為什麼要這樣大驚小怪，要知道，亞歷斯．湯馬斯不是什麼「狂蜂浪蝶」或「登徒子」（這兩個都是蕾妮給他取的雅號）。她否認自己這一輩子有抽過香菸。她說她真不知道自己做過些什麼，竟會引起別人這麼低級的懷疑。

她一共只跟亞歷斯．湯馬斯單獨在一起過三次，而且每次談的都是嚴肅的話題。關於什麼？是關於上帝的。亞歷斯失去了宗教信仰，而她想努力把他拉回來。這是艱鉅的工作，因為他這個人相當虛無，認定自己沒有什麼靈魂，而且不會為死後的事情操心。儘管如此，她仍然會努力把他導回正軌，不管這工作有多難。

我用手掩著嘴巴乾咳，不敢笑出來。蘿拉這一招，我看她用在埃爾斯金先生身上已經太多次了。至於蕾妮，則是兩手扠腰，嘴巴張得大大的，像隻被獵犬圍困的母雞。

「我想知道，為什麼他還待在鎮上，」蕾妮想要轉移戰線，「他不是說他只是來這裡看朋友的嗎？」

「他在這裡還有些事情要處理，」蘿拉溫和地說，「再說，他想待在哪兒就有權待在哪兒。這不是個奴隸制度的國家。當然，領薪水的奴隸另當別論。」雖然她說她想改變亞歷斯的思想，但從她這番話看來，她還沒有改變別人，別人就已先改變了她。如果讓事情繼續發展下去，那我們家裡就會有一個小布爾什維克。

「妳不嫌他太老嗎？」我說。

蘿拉狠狠看了我一眼，警告我不要多事。「靈魂是沒有年齡的。」她說。

「別人會講閒話的。」蕾妮說，這是她最愛用的論證。

「那是他們家的事。」蘿拉說，語氣中帶著不屑。

蕾妮和我都茫然不知所措。我們能做些什麼呢？我們可以告訴爸爸，而他一定會禁止蘿拉與亞歷斯碰面。但蘿拉不會就範的。告訴爸爸只會讓事情更複雜化。而且，我們也不敢說她和亞歷斯．湯馬斯真有怎樣（這件事讓我和蕾妮變成同志，常常為此交換意見）。

隨著日子一天一天過去，我開始覺得蘿拉是在愚弄我，但是怎樣愚弄，我又說不上來。我不認為她是在說謊，但又不認為她道出了全部的實情。後來我好幾次看到她和亞歷斯走在一起（一次在陣亡戰士紀念碑前，一次在歡慶橋，一次在貝蒂快餐店外面），一副嘻嘻哈哈、旁若無人的樣子。他們的態度，根本是對大眾目光的公然挑釁。

「妳應該勸勸她。」蕾妮說。但我沒法勸她，而且變得愈來愈沒法跟她說上話。其實，我勸她會有用嗎？我對她說話猶如對木頭說話。

當我不再需要待在工廠的時候（爸爸已經開始意識到要我繼承父業只是徒勞），就開始隨處遊蕩。有時是在河畔散步，有時是站在歡慶橋上，俯視黑色的河水，回憶那些投河自盡的女人的故事。她們為愛自殺，愛對人就是有這種力量。它會偷偷摸摸逼近你，在你意識到以前攫住你，接下來，你就只能任它支配。一旦你身陷其中，你就會無怨無悔地被它捲走。至少愛情小說裡都是這樣寫的。

有時，我會沿著大街蹓躂，認真地打量商店櫥窗裡的陳列品：襪子鞋子、帽子手套、螺絲起子和扳手。我也會在電影院外頭端詳玻璃櫥窗裡的女明星海報，比較她們和我自己的長相，或想像自己梳她們的髮型、穿她們的衣服會是什麼樣子。家裡從來不准我們到電影院看電影。蕾妮說那是一個格調很低的地方，只有不知檢點的年輕女孩才會想要進去。而會到那兒去的男人，都是些思想齷齪、心懷鬼胎的男人。他們會挑妳的旁邊坐下，然後伸出像捕蠅紙般的手，把妳黏住，並在妳來得及察覺以前，整個人趴在妳身上。

據蕾妮的形容，一個女人一旦被男人趴在身上，她尖叫或掙扎的能力就會莫名其妙消失。她會因為震驚或憤怒或羞慚而變得不能動彈，變得癱瘓，變得毫無抵抗能力。

凍窖

空氣寒冷刺骨，雲高而風急。一捆捆曬乾的甜玉米已經懸掛在部分人家的家門前，而帶笑容的南瓜燈也開始在守夜。再過一個星期，一心只想著糖果的小孩就會裝扮成各種模樣（芭蕾舞女舞者、殭屍、外星人、骷髏、吉卜賽算命師或死掉的搖滾歌星），占滿街道。這些時候，我都會把燈關掉，假裝不在家裡。我不是不喜歡他們，只是為了自保，因為如果萬一有哪一個小孩失蹤，人們準會認為是我這個老巫婆幹的：說我用糖果把小孩哄騙到屋裡，再把他吃掉。

我就是這樣對蜜拉說的。當時她正在忙，忙著賣橘黃色的矮胖蠟燭、黑色的陶貓、緞子縫的蝙蝠，還有穿著漂亮衣服的巫婆（頭是曬乾蘋果做的）。她聽了我的話只是笑，認為我是在說笑話。

昨天我過了呆滯的一天——我的心臟不舒服，幾乎離不開沙發。但今天早上，吃過藥丸以後，我卻覺得出奇的有活力。我以相當快的步伐散步到甜甜圈店。看過廁所塗鴉以後，我買了杯咖啡和一個巧克力甜甜圈，走到設在門外的長凳上坐著吃。我沐浴在仍然溫暖的陽光裡，就像隻曬太陽的烏龜。有各色人等從我前面經過：兩個推著嬰兒車的媽媽、一個穿黑皮衣的瘦女人、三個穿風雪衣的怪老頭。我感覺他們經過時都瞄我一眼。我仍然是那樣的惡名昭彰嗎？仍然被認為是那樣的偏執古怪嗎？還是說我一直在大聲自言自語，而自己沒有注意到？我無從得知。

但幹嘛要管別人怎麼想呢，我告訴自己。如果他們想聽我自言自語些什麼，儘管聽吧。誰介意，誰介意。少年人永遠都是這種回應。但我卻介意。我介意別人怎樣想我。我一直都介意。我不像蘿拉，我從來都不是個有勇氣執著自己信念的人。

一隻狗走到我面前，我給了牠半個甜甜圈。「請慢用。」我說。每逢蕾妮逮到你偷聽她講話，就會這樣說。

整個十月——一九三四年十月——人們都對發生在鈕釦工廠的事情議論紛紛。他們說有外地來的煽動者在工人（特別是年輕工人）之間攪和，鼓吹什麼集體協商、勞工權利、工會之類的。

搞煽動的都是一些惡棍和有前科的人，是別人雇他們這樣做的（這是希爾科特太太的說法）。這些煽動者不但是外地來的，而且更是從外國來的，因此聽起來更恐怖。他們都是一些留著八字鬍、身材矮小、皮膚黝黑的人，曾經歃血誓死對組織效忠。他們會搞暴亂、放炸彈，並在晚上潛入我們的住處，割我們喉嚨（這是蕾妮的說法）。這些布爾什維克或工會組織者是無所不用其極，而且在本質上是一樣的（這是默里先生的說法）。他們主張自由戀愛，想要摧毀家庭制度，並把任何擁有錢財的人（哪怕只是擁有手錶或結婚戒指），交付給行刑隊槍決。

這樣的事情已經在俄國發生了。

也有傳言說爸爸的工廠已陷入財務危機。所有這些傳言都被公開否定了。儘管如此，人們仍然相信是真的。

爸爸在九月的時候就已經裁去了部分工人——都是年輕人。至於未被裁員的人，爸爸則要求他們接受縮短工時的做法。他解釋說，根本沒有足夠的訂單可以讓工廠的產能全力開動。顧客現在都不買鈕釦了，至少不是查斯父子企業生產的鈕釦，而是要靠薄利多銷才能有利潤。雖然爸爸工廠生產的內衣很廉價，但人們仍然不願購買：他們寧願把穿舊穿破的內衣補起來繼續穿。當然，這個國家裡並不是每一個人都失業，但有工作的人都有不安全感，不知道什麼時候輪到自己失業。這樣，他們很自然會想把錢存起來而不是花掉。你不能怪他們。易地而處，你也會是一樣做法。

數學進入了我的生活，讓我每天都得面對它的許多條腿、許多脊椎、許多個頭和無情的眼睛（由數字零構成）。二加二當然是等於四，但你沒有兩個二的話，又要怎樣把它們加起來呢？我就無法把它們加起來，也無法把帳本裡的紅字轉為黑字。這讓我感到恐慌，就像是我的過錯。當晚上在床上闔起眼睛的時候，就會看見帳本上的數字出現在面前，在鈕釦工廠的寫字桌上排成一列。這一排排的紅色數字就像毛毛蟲一樣在蠶食著爸爸剩餘的錢。如果一間工廠總是用低於成本的價格銷售產品（這樣的事在查斯父子企業已實行了一段時間），它要怎樣維持呢？數字是沒有愛、沒有正義、沒有同情心的。但你又能怎樣呢？數字就是數字，它們也身不由己。

十二月的第一個星期，爸爸宣布關廠。他說這只是暫時性的，至少他希望是這樣。他說撤退只是為了重組。他要求台下的工人諒解和忍耐。作出宣布後，他就回到阿維翁，把自己關在角樓裡，喝到酩酊大醉。我們又聽到有東西摔破的聲音——毫無疑問是酒瓶。蘿拉和我一道坐在我的臥室裡，四隻手握得緊緊的，聆聽忿懣與哀傷在我們頭頂上大肆宣洩。爸爸沒有在角樓裡幹這樣的事已經有相當一段時間。

他一定是覺得自己讓部下失望了。覺得自己失敗了。

「我會為他禱告。」蘿拉說。

「上帝會在意嗎？」我說，「我不認為祂會。何況我根本不認為祂存在。」

「不到那個之後，」蘿拉說，「妳很難說得準。」

哪個之後？我知道，是我們死了之後。因為我和蘿拉像這樣的談話已經不是第一次。

爸爸宣布關廠幾天後，工會就發揮了它的威力。它本來就有一群核心成員，而現在更是號召每個人加入。會議在大門深鎖的鈕釦工廠外面舉行，有人呼籲全部工人聯手一起抗爭。這些人說，爸爸之所以暫時關閉工廠，不過是為了摜壓工資，說他就像其他大老闆一樣，在這樣的艱難歲月，把現金存在銀行裡，然後袖手旁觀，坐看工人們一個個走投無路，再重開工廠，讓他們不得不接受更低的工資。又說他和他兩個妖嬈的女兒都是靠著勞工汗水過活的寄生蟲。

你一望而知那些搞工會的人是外地來的，蕾妮在我們在廚房裡吃早餐的時候說。（我們不再在飯廳裡用餐，因為爸爸已不再在那裡用餐。他把自己關在角樓裡，每頓飯都是由蕾妮用托盤送上去。）她說那些把我們兩個扯進這件事去的人都是下三濫，因為誰都知道，我們和工廠的事八竿子打不在一塊。她又叫我們別把這些人的話放在心上。但說比做來得容易。

卡莉絲塔來看爸爸。她為爸爸的情況擔心，但嚴格來說，她是為他的人格擔心。她指責爸爸不應該用這種吝嗇鬼的態度來對待工人。爸爸則叫她要面對現實，還說：是誰讓妳有這種思想的呢，是妳那些左傾分子朋友嗎？她回答說，她會有這種思想，是出於愛；一直以來，她都認為爸爸雖然是個資本家，卻是高尚的人，沒想到現在卻變成個沒心肝的財閥。爸爸回答說一個人要是破了產就當不成財閥。那你可以變賣資產維持工廠的營運，卡妮說。爸爸說他的資產還比不上她的私處值錢，而就他所知，她會不收分文向任何人提供。她罵他是布爾喬亞的反動分子，他則回罵她「屍蠅」。接著，他們就互相咆哮了起來。跟著門砰一聲關上，一輛車子駛離我們家的車道，而爸爸與卡妮的關係，就從此結束了。

蕾妮是高興還是難過？難說。蕾妮是不喜歡卡妮，但卻習慣了，再說她也曾經讓爸爸平靜下來了好一段時間。現在她走了，誰會取代她的位置呢？不過是一些其他的野女人。況且，你不熟悉的惡魔總比你熟悉的可怕。

第二個星期，工會呼籲大罷工，以展現查斯父子公司工人團結一致的力量。有一份通告要求所有商店在罷工當天停止營業，也要求所有公共服務都要暫停，包括電話、電報。

蘿拉為亞歷斯擔心。她怕他會捲進去。她知道他一定會這樣做的。

同一天下午稍早，理查．葛里芬開車來到阿維翁，有另外兩輛車跟在他後面，都是大型的、低車身的轎車。連葛里芬在內，下車的一共有六個人，其中四個相當魁梧，一律穿著深色風衣和戴著灰色軟呢帽。葛里芬和其中一個壯漢走進了爸爸的書房。兩個壯漢分別守在房子的前門和後門，另外兩個則開著車不知道到哪兒去。我們從蘿拉臥室的窗戶看著車子來來去去。爸爸先前吩咐我們離書房遠一點。我們問蕾妮到底怎麼回事，她說她知道的不會比我們多，但會豎起一隻耳朵。

葛里芬沒有留下來吃晚餐。他離開的時候，隨從的兩輛汽車有一輛跟他一道離開，另一輛留了下來，裡面坐著三個大漢。

蕾妮說他們是偵探。一定是這樣，這也是他們為什麼要穿著風衣的原因：好把掛在腋下的左輪手槍遮住（有關左輪手槍和手槍會掛在腋下這些事，是蕾妮從雜誌上讀來的）。她猜他們是來保護我們的，又說如果我們晚上看到花園附近有什麼不尋常的動靜，一定要放聲尖叫。

第二天是暴動日，暴動沿著主大街向外蔓延。很多參與罷工的人都是生面孔，沒有人記得他們長得怎樣。因為他們都是流浪漢，誰又會記得流浪漢長什麼樣子呢？但事實上，據說他們並不是流浪漢，而是偽裝成流浪漢的國際煽動家。他們怎麼會來得這麼快？是攀扶著火車頂過來的，人們說。他們都是這樣到處去的。

暴動從鎮政府旁邊舉行的集會開始。會上，有人慷慨陳詞，然後有人拿出厚紙板做成的人像（代表我爸爸），加以焚燒。接著，又有人把兩個碎布洋娃娃沾上煤油，扔到火裡燒。蕾妮告訴我們，兩個洋娃娃象徵的是我們。人們還開玩笑說，它們是兩個火熱熱的小辣妹（這跟蘿拉和亞歷斯不避嫌在鎮上到處蹓躂有關）。

主大街上那些不肯在罷工當天暫停營業的店鋪櫥窗都被砸碎。稍後，即使沒有開門的店鋪也遭到同一命運。再下來，搶掠就開始了，局面變得一發不可收拾。默里的報社也遭侵入，辦公室一片狼藉。他本人被毆打，位於報社後面的印刷機器被搗毀。他的暗房逃過了一劫，但他的照相機卻沒有這樣幸運。

那個晚上鈕釦工廠失了火。火舌從一樓的窗戶竄出。從我臥室的窗戶看不到工廠失火的情形，但卻看得見前去救火的消防車。我又沮喪又害怕，不過我得承認，我也有一點類似刺激的感覺。當我聽著消防車的鈴聲和從同一個方向傳來的呼喊聲時，忽然聽到有人從後樓梯走上來。我本來以為是蕾妮，但不是。是蘿拉，她身上穿著外出的大衣。

「妳到哪兒去了？」我問，「我們不是應該留在家裡的嗎？爸爸要煩的事情還不夠多嗎？」

「我只是到溫室去罷了，」她說，「我到那裡去禱告。我需要安靜的環境禱告。」

最後火被撲滅了，不過建築物受損情況不輕。這是我們第一個得到的消息。跟著希爾科特太太來了，手上拿著洗乾淨的衣物，一副上氣不接下氣的樣子。她是經過守衛的盤問才進來的。她告訴我們，在火災現場發現了汽油桶，所以可以斷定是人為縱火。工廠的守夜人戴維森被發現躺在地板上，已經死了，頭上有個大傷口。

有人看見火災初起時有兩個男的倉皇逃跑。認得出來他們的長相嗎？還不完全確定，但有謠言說，其中一個是蘿拉小姐的男朋友。但蕾妮馬上說那不是蘿拉的男朋友，而蘿拉也沒有什麼男朋友，他只是蘿拉的一個相識。好吧，希爾科特太太說，不管他是什麼人，這位先生很可能就是放火燒工廠和殺死可憐的戴維森先生的人，而如果他夠聰明的話，可別要再在鎮上露面了。

晚餐時蘿拉說她不餓，想晚一點再吃，說完，就把晚餐放在托盤裡：兔肉、南瓜、蒸馬鈴薯，而且什麼都拿雙份。看著她拿著托盤走上後樓梯時，我好奇她是從什麼時候培養出這樣的好胃口。

第二天，皇家加拿大軍團的部隊就開抵平亂。這軍團是爸爸戰時服役的部隊，看到自己的工人被自己過去所屬的部隊鎮壓，讓他很難接受。不過，看到工人不再站在自己一邊，他一樣很難接受。他們從前會愛戴他，會不會只是看在錢的份上？看來是這樣。

等市面秩序恢復之後，皇家騎警就來了。他們其中三個出現在我們的大門前。他們有禮貌地敲了敲大開著的門，走入門廳，閃亮的皮靴在打過蠟的木條地板上踩出吱吱聲響，繼而站定，脫下硬挺的棕色帽子，拿在手上。他們想跟蘿拉談談。

「艾莉絲，求妳跟我一起去，」蘿拉輕聲要求我，「我無法一個人面對他們。」她看來很小，很蒼白。

我們坐在晨間起居室的長靠椅上，老舊的留聲機就在旁邊。三個騎警各坐一把椅子。他們和我想像中的皇家騎警不太相同：太老了，腰圍也太粗了。他們其中一個比較年輕，但不是主事者。負責說話的是坐在中間的一個。他首先表示，他們在處於不安的時刻來打擾我們，是因為事態緊急，不得不爾。他們想談的是亞歷斯．湯馬斯。他問蘿拉知不知道這個人是個顛覆分子，而且曾經去過賑濟營，在那裡散播謠言，製造仇恨？

蘿拉回答說，就她所知，亞歷斯．湯馬斯到賑濟營為的只是教那裡的工人讀書識字。

那只是看事情的一種方式，那騎警說。而如果亞歷斯．湯馬斯是清白的，那他有什麼必要躲起來呢？妳說是不是？這些日子以來，他都有可能藏身在哪裡呢？

蘿拉說她不知道。

騎警把同一個問題以不同的方式重複了幾遍。他說，這個人是個嫌疑犯，難道蘿拉不想幫助警方找到這個有可能放火燒我們家工廠和殺死我們一個忠心員工的人嗎？因為如果目擊證人的話可靠，那這兩件事都是亞歷斯．湯馬斯幹的。

這時我插嘴說，目擊證人不一定可靠，因為他們只可能看見縱火者的背影，更何況當時天色很暗。

「蘿拉小姐？」那個騎警說，沒有理我。

蘿拉說即使她知道亞歷斯．湯馬斯人在那裡，也不會透露，因為任何人在未被定罪以前，都應該假定他是清白的，何況把一個人扔入虎口，有違她秉持的基督教原則。她又說她對那個守夜人之死深感遺憾，但那並不是亞歷斯．湯馬斯的錯，因為他不會做那樣的事。

她握住我的手臂，我可以感覺得到她在微微顫抖。

為首的騎警這時說了句有「妨礙司法公正」字眼的話。

我再次開口。我說蘿拉才十五歲，不應該要求她負大人的責任；另外，他們也應該把蘿拉今天所說的一切視為機密，如果她說的話走漏了一字一句，我爸爸就會知道找誰負責。

聽了我的話，為首的騎警微微一笑，神色溫和地站了起來，示意其他兩個騎警跟他一起離開。他們大概已經知道，把蘿拉列為調查的線索是不妥當的，因為我爸爸雖然時運不濟，仍不乏一些有影響力的朋友。

「好啦，」一等幾個騎警離開，我就對蘿拉說，「我知道妳把他藏在家裡。現在妳最好老老實實告訴我。」

「我把他藏在凍窖裡。」蘿拉說，下唇抖個不停。

「凍窖！」我說，「真是餿主意！妳怎會想到把他藏在那裡？」

「這樣，在遇到緊急狀況時就不怕沒東西可吃。」蘿拉說，放聲大哭起來。我把她摟在懷裡，她抵住我的肩膀抽噎。

「不怕沒東西可吃？」我說，「妳是說不怕沒有果醬、果凍和酸泡菜可吃嗎？沒有比妳想得更周到的了。」我們同時笑了起來。等我們都笑完而蘿拉拭過眼淚之後，我說：「我們必須把他弄到別的地方去。想想看如果蕾妮不巧到凍窖拿果醬時碰上他會有什麼後果？她準會嚇出心臟病來。」

我們又笑了一陣。然後我說閣樓應該是個更安全的地方，因為從來沒有人會上那兒去。我說我會安排一切，叫她最好上床睡覺去。看得出來，她精神緊繃了一整天，已經疲累不堪。她像疲倦小孩那樣輕嘆了一聲，然後照我的吩咐去做。

我是不是相信，這樣做只是為了幫她、照顧她，就像我一貫所做的那樣？對，當時我是這樣以為的。

我一直等到蕾妮打掃好廚房並就寢後才行動。我走下通往地窖的樓梯，進入陰冷潮濕的地窖裡。經過煤窖和酒窖的門以後，就是凍窖的門。我敲了敲門，把門閂扳起，走了進去。我聽見匆匆忙忙的腳步聲。凍窖裡一片漆黑，只有從走道射進來的微光。一個橡木桶頂端放著蘿拉晚餐剩下來的兔骨頭；這讓橡木桶看起來像個原始人的祭壇。

起初我並沒有看見他：他躲在橡木桶的後面。之後我看到他隱約露出在橡木桶外的膝蓋。

「不用怕，」我輕聲說，「是我。」

「哦，」他用他正常的聲音說，「原來是那位熱愛妹妹的姊姊。」

「噓。」我說。我拉了拉燈繩，點亮天花板上的燈泡。亞歷斯從橡木桶後面慢慢爬出來，蹲著，神情有點怯生，像是被人發現褲子沒拉拉鍊。

「你應該感到羞愧。」
「妳是來踢我走的嗎？還是要把我交給某些維持紀律的人士？」他微笑著說。
「別蠢了，」我說，「我才不會希望你在這裡被發現。爸爸承受不了這種醜聞。」
「是『千金小姐暗助布爾什維克殺人凶手』或『果凍之間的愛巢被發現』之類的醜聞嗎？」
我對著他皺眉。那不是應該拿來開玩笑的事情。
「放輕鬆。我和蘿拉什麼事都沒做。」他說，「她是個很棒的小女孩，不過她正在練習成為聖人，而我又沒有戀童癖。」他站了起來，拍拭身上的灰塵。
「那她有什麼理由要窩藏你？」
「原則問題。一旦我提出要求，她就不得不答應。我符合她正確的範疇。」
「什麼範疇？」
「按耶穌的話來說，就是『兄弟中最小的一個』。[11]」
我覺得他這種說法相當滑頭。但他繼而又說，他會碰到蘿拉純屬偶然，他是在溫室裡撞上她的。那你來我家的溫室又是幹什麼？當然是躲藏，他說，另外是希望有機會碰到我，和我談一談。
「我？」我說，「怎麼會是我？」
「我認為妳會知道怎樣幫助我。妳看來是個務實的類型，而妳妹妹則比較……」

「我看蘿拉處理這件事處理得滿好的。」我打斷他的話。我不喜歡別人批評蘿拉：她的搞不清楚狀況，她的單純，她的沒有效率。批評她的權利只許我有。「她是怎樣幫你躲過守在門外那些人的耳目的？就是穿風衣的那些。」我問。

「即使穿風衣的人也有需要撒泡尿的時候。」

他的粗俗讓我訝異，因為這跟他在那天晚宴時的彬彬有禮大異其趣。說不定蕾妮說的是對的，他的禮貌只是孤兒憤世嫉俗的偽裝。「我想你一定會說，那把火不是你放的吧。」我說，蓄意讓語氣帶有挖苦的味道。

「我沒有那麼笨，」他說，「我不會無緣無故去縱火。」

「每個人都認為是你幹的。」

「事實卻不是，」他說，「但這倒是省了某些人的事。」

「什麼某些人？他們為什麼要這樣想？」我問，只感到困惑。

「用用妳的大腦嘛。」他說，但沒有多做解釋。

---

11 意指最徬徨無助的人。語出《馬太福音》中耶穌的一段話。耶穌認為，幫助這種人是義人的本分。

閣樓

我從廚房拿了一根為停電準備的蠟燭，點亮，帶著亞歷斯．湯馬斯走出地窖，穿過廚房，走上後樓梯，然後再從一條窄窄的樓梯上到閣樓。我安排他睡在三個空皮箱的後面，又從杉木箱子裡拿出幾條舊被子，供他當床鋪。

「沒有人會來這裡的，」我說，「要是有人來，你躺在被子下面不要動就是。平常不要踱來踱去，以防別人聽到腳步聲。也不要開燈。」（閣樓就像凍窖，天花板上裝著一顆光禿燈泡，靠拉繩子開關。）「早上我們會帶吃的東西給你。」我補充說，但沒有把握可以遵守承諾。

我下了樓，然後又拿了一個夜壺，走上閣樓，不發一語地放下。在蕾妮講給我們聽的那些富家小姐被綁架的故事裡，我常耿耿於懷一個未被提及的細節：她們被鎖在地下室裡的時候要怎樣「方便」。難不成是撩起裙子蹲在屋子一角？

亞歷斯點點頭說：「好女孩。我就知道妳夠務實。」

到了早上，我和蘿拉在她臥室裡舉行了竊竊私語的會議。討論的事項包括要怎樣取得食物、怎樣把風和怎樣清乾淨夜壺。我們決定輪流負責往閣樓送收東西的任務，而當我們其中一個這樣做的時候，另一個則在我臥室裡假裝看書，實際上是把風（從我臥室的門可以看得見通往閣樓樓梯的門）。我們最大的隱憂將是蕾妮，如果我們行動太鬼祟，她絕對會嗅得出來有異樣。

我們沒有準備東窗事發的應變計畫。我們想不出來，只能走一步是一步。

亞歷斯的第一頓早餐是我們吃剩的麵包皮。我們一向吃烤土司，都是不吃麵包皮的，除非蕾妮念我們（她到現在還習慣說那句「毋忘饑荒的亞美尼亞人」），但這一次，當她望向桌子的時候，卻發現麵包皮都不見了。事實上，它們全都到了蘿拉藏青色裙子的口袋裡。

「亞歷斯一定就是饑荒的亞美尼亞人。」我們匆匆走上樓的時候，我低聲說。但蘿拉卻不覺得有什麼好笑的，而認為事實就是如此。

早上和晚上我們會各上閣樓一次。我們會突襲廚房，搜刮剩飯剩菜。我們會走私生的紅蘿蔔、培根屑、吃剩一半的蛋。有一次，我們還大膽地拿走了一隻雞腿。另外還有水、牛奶和涼掉的咖啡。等亞歷斯．湯馬斯吃光食物，我們會把空盤子藏在床底下，等到確定附近沒有人，再拿到浴室裡清洗乾淨，才放回原位（這件事都由我來做，因為蘿拉太笨手笨腳）。我們沒用高級瓷器盛食物：摔破了還得了！但就連尋常碗碟蕾妮也常常點算，所以我們必須非常小心謹慎。

蕾妮有起疑心嗎？我猜應該有。通常我們搞什麼怪，她都能察覺出來。不過她這個人曉得什麼時候該知道少一點，這樣，萬一我們東窗事發，她就可以說不知情。有若干跡象反映出她是知情的，例如有一次，她就叫我們別偷葡萄乾，說她另有用途，又說最近我們的胃口大得像無底洞，不知道我們是突然哪來的食慾。另一次，她做的南瓜派有四分之一個不翼而飛，讓她大為光火。蘿拉自首，說是自己一時肚子餓，把南瓜派吃掉一部分。

「連派皮也吃掉？」蕾妮尖銳問道。蘿拉從不吃南瓜派派皮。事實上，包括亞歷斯．湯馬斯在內，沒有人會想吃蕾妮做的南瓜派的派皮。

「我拿去餵小鳥了。」蘿拉回答。這是真話。

亞歷斯起初很感激我們為他所做的事。他說我們是他的好搭檔，要不是有我們，他早就完蛋了。不過，他的要求愈來愈多。首先是說他想抽菸想得要命。我們從放在鋼琴上的銀盒子裡拿了一些給他，但警告他一天只能抽一根，否則菸味有可能會被人聞到（他沒有照做）。

稍後，他說待在閣樓最難過的事是無法盥洗，而他的嘴巴臭得就像臭水溝。我們把蕾妮用來刷銀器那把舊牙刷偷來，使勁刷洗了一番，再拿去給他用。有一天，我們又給他送去臉盆、毛巾和一水瓶的溫水。他用過後，等到四下無人，把髒水從閣樓窗戶倒到下面。那天在下雨，而地本來就是濕的，所以沒有留下痕跡。再後來，我們會趁家裡的人全出去之後，讓他走下閣樓，到我們的浴室洗澡。（我們對蕾妮說，為了減輕她的工作，此後浴室由我們自己負責清潔。對這件事，蕾妮的評論是：這世界還是奇蹟不斷的。）

當亞歷斯洗澡的時候，我和蘿拉坐在各自的房間裡，守衛浴室兩邊的門（浴室是兩個房間共用）。我盡力不去想正在浴室裡發生著的事情，因為一想到他脫光衣服的樣子，我就會覺得難為情。

他成了報紙社論裡的主角。他被形容為縱火犯和殺人犯，而且是最糟糕的一類殺人犯：出於冷血和狂想而殺人。他們說他來泰孔德羅加港，目的是要滲透到工人之間，散播仇恨的種子，而他也成功了，因為大罷工和暴動就是最好的證明。又說他是大學教育反效果的好例子：明明是個聰明人，卻因為交了壞朋友和讀了壞書而誤入歧途。記者訪問了亞歷斯・湯馬斯從前的養父。這位長老教會牧師表示，自己每天都會為亞歷斯的靈魂禱告，雖然明知為這種毒蛇般的青年禱告是徒勞。是他把亞歷斯從戰火中救回來的，但戰爭的陰影卻扭曲了這個年輕人。所以說，把陌生人帶回家總是要冒風險——言下之意是最好不要冒這種險。

警方印製了懸賞捉拿亞歷斯的海報，貼在郵局以及其他公共場所。幸而，海報中的照片並不是十分清楚：亞歷斯舉起了一隻手，半遮住了臉。沒有錯，就是默里在野餐大會上擅自為我們三個人拍的那一張。海報上的照片是從舊報紙轉拷過來的（我和蘿拉的部分當然被裁掉），因為默里找不到原來的底片。但他並沒有疑心到蘿拉，因為大罷工當日，他報社裡丟掉的東西本來就不少。

我們把剪報和一張懸賞海報拿去給亞歷斯看（海報是蘿拉從一根電線桿上扯下來的）。看罷，他忿忿而沮喪地說：「他們想把我的頭切下來放在大盤子上。」

幾天後，他要求我們給他一些紙張。我們就把埃爾斯金先生留下來的廉價作業簿帶給他，外加一枝鉛筆。

「妳想他會寫些什麼？」蘿拉問我。是囚徒的日記嗎？還是一篇自我辯白？又或許是寫給某個能幫助他的人的信。但他並沒有要求我們幫他寄任何東西，所以他寫的應該不是信。

照顧亞歷斯．湯馬斯讓我和蘿拉比從前走得更近。他是我們共享的祕密，窩藏他既讓我們問心有愧，也讓我們有做了好事的得意感。雖然不致把亞歷斯．湯馬斯看成耶穌，但我們伺候他的樣子卻有幾分像馬大和馬利亞姊妹[12]，至於我倆誰扮演誰，則清楚不過：我是馬大，忙於為客人準備飯菜，而蘿拉則是馬利亞，只管坐在亞歷斯腳前殷殷聽他說話。（男人會更喜歡何者？培根煎蛋還是崇拜眼神？大概是看情形而定，看他有多餓而定。）

蘿拉把食物端到閣樓去的神情，就像是端著獻祭品，而她把夜壺提下閣樓的表情，則像是提著聖骨匣。

到了晚上，讓亞歷斯．湯馬斯吃喝和盥洗過後，我和蘿拉就會私下給他品頭論足一番：他那天氣色如何？有沒有變瘦了？有沒有咳嗽？（我們可不願看到他生病）。然後我們會討論他可能會需要些什麼，第二天應該幫他偷些什麼。上床以後，我會想像亞歷斯在閣樓裡做些什麼。我會想像他就像我一樣在睡覺，身體裹在有霉味的被子裡扭來扭去，然後睡著，然後做夢：一些長長的夢，有關戰爭與火災的，有關村莊解體和遍地瓦礫的。

接下來，不知道怎麼搞的，我發現自己成為他夢境中的角色，看到我和他手牽著手，在薄暮時分跑出一棟陷入火海中的建築物，跑過滿布犁溝和霜雪的十二月田畝，跑向迤邐著樹林的遙遠黑色地平線。

但我知道這事實上不是他做的夢，而是我做的夢。陷入火海的建築物就是阿維翁，各種物件的碎片散落一地：高級瓷器、繪有玫瑰花瓣的塞夫勒陶碗、鋼琴上的銀菸盒、鋼琴本身，還有飯廳的彩色玻璃窗，全都分崩離析。沒有錯，這一切都是我一直渴望逃離的，但卻沒有期望它們會毀滅。我想離開家裡，但卻希望我離家的這段時間，一切會保持原樣，等著哪一天我會自願再回來。

有一天蘿拉外出後，我臨時起意單獨到閣樓一趟，給亞歷斯送零嘴（是一把乾果和無花果乾，偷自做聖誕布丁的配料）。偵察過蕾妮和希爾科特太太正在廚房裡聊天聊得起勁，我就走到閣樓的樓梯門，先敲一下，再連續敲三下（這是我們約好的暗號），然後推開門，躡足走上去。

他顯然沒有聽到敲門聲，因為當我走到閣樓時，他還背對著我，肩上裹著條被子，蹲在橢圓形小窗子旁邊。他看來正在寫東西。我聞到香菸的味道——對，他正在抽菸，指間夾著一根香菸。我覺得他非常不應該在被子邊幹這事。

12 馬大和馬利亞是《新約聖經》記載的一對姊妹，曾把耶穌招待得無微不至。

我不太知道應該怎樣宣布我的出現。「我在這裡。」我說。他嚇了一跳，把菸扔掉。菸就掉在被子上。我喘了一口大氣，馬上跪下來把香菸撲熄：連日夢見阿維翁失火讓我對火分外敏感。「不要慌。」他說，隨即也跪了下來，跟我一起搜索還有沒有餘燼。但接下來，我卻發現自己躺在地板上，亞歷斯壓在我身上，親吻著我嘴唇。

我沒有預期會發生這樣的事。

我真的是沒有預期嗎？這真的是突如其來的嗎？還是我事先已經給了他暗示：一個眼神或一下碰觸之類的？我已經不記得了。

我覺得發生在我身上的事和蕾妮形容發生在看電影女生身上的事如出一轍，唯一不同是我沒有感到憤怒。但其餘的部分則跟她說的一模一樣：我變得不能動彈，變得癱瘓，變得毫無抵抗能力。我的骨頭變成了融化的蠟。在我能夠推開他，爬起來逃走時，身上的鈕釦已被解開得差不多。

整個過程我都未發一語。慌忙走下閣樓樓梯、整理頭髮和衣裙時，我有一種感覺：他正在背後笑我。

我不確知如果讓同樣的事情重演一次，會有什麼後果。不過我卻肯定那是危險的，至少對我是如此。我不敢再一個人跟亞歷斯單獨待在閣樓上，但也不敢對蘿拉明言原因，因為她知道以後，一定會大受傷害：這是一件她永遠也不會理解的事。（但還有另一個可能：亞歷斯對蘿拉做過同樣的事。不，這是不可能的，因為蘿拉絕不會容許這樣的事發生。她會嗎？）

「我們必須把他弄出鎮外，」我對蘿拉說，「他再繼續待在這裡，遲早會被人發現。」

「還不行。」蘿拉說，「警察還監視著火車站。」蘿拉還在火車站旁邊的施粥所裡幫忙，所以對火車站的情形很清楚。

「那我們把他弄到鎮上的其他地方。」

「哪裡？根本沒有別的地方。這裡是最安全的，這是他們唯一不會懷疑的地方。」

但亞歷斯自己卻不想再待下去。他說如果他在閣樓裡待一整個冬天，肯定會發瘋。他打算走到幾英里外的鐵軌處，等火車經過，偷跳上去。他說只要他到得了多倫多，就會有藏身之處，然後他會想辦法偷渡到美國，只要到得了美國，他就安全了。從他在報上讀到的報導判斷，當局懷疑他已經到了美國，既然這樣，他們理應不會繼續在泰孔德羅加港這裡搜尋他的下落。

一月的第一個星期，我們判斷是可以安全離開的時間了。我們拿了一件爸爸的舊大衣給他穿，又為他打包午餐，然後送他上路。（後來爸爸問起舊大衣，蘿拉說把它送給了一個流浪漢——這算是半句真話。因為這種行為完全符合蘿拉作風，爸爸並沒有起疑，只是嘀咕了幾句。）

亞歷斯離開當晚，我們把他帶到後門。他說他虧欠我們許多，永遠不會忘記。他給了我們親人式的擁抱，時間一樣長短。奇怪的是，當時儘管是晚上，我卻有一種他是要上學去的感覺。他離開後，我們就哭了，像兩個母親一樣。但我們也感到鬆了一口氣。

我們給他的其中一本作業簿留在了閣樓裡。我們自然迫不及待想看看裡面寫了些什麼。我們希望看到什麼呢？是一封表示無盡感激的告別信嗎？是某種柔情蜜意的表白嗎？反正是這一類的東西。

但我們在紙頁上只看到這些字：

anchory
berel
carchineal
diamite
ebonort
fulgor
glutz
hortz
iridis
jocynth
kalkil
lazaris
malachont
nenacrod
onyxor
porphyrial
quartzephyr
rhint
sapphyrion
tristok
ulinth
vorver
wotanite
xenor（色諾亞）
yorula
zycron（辛克龍）

「寶石的名字？」蘿拉說。

「不是。拼法不對。」

「是一種外語嗎？」

我不知道，只覺得它們神祕兮兮的，像是密碼。說不定亞歷斯真是別人指控他的那種人：某一類的特工。

「我想我們應該把它扔掉。」

「我來扔，」蘿拉馬上說，「我會拿到我房間的壁爐裡燒掉。」她把作業簿對摺，放入口袋。

亞歷斯離開一星期後，蘿拉來到我房間，遞給我一張照片說：「我想妳應該有一張。」那是默里在野餐大會為我們三人所拍的照片。但蘿拉卻把她的部分裁掉，只有一隻手還看得見。她不剪掉這隻手，是想保持照片的邊邊平整。除這隻手以外，她沒給照片的其他部分染色：她把手染成非常淡的淺黃色。

「老天爺，蘿拉！」我說，「妳是打哪弄來這照片的？」

「我在默里那裡幫忙時沖洗了幾張，」她說，「底片也在我這裡。」

我不知道應該憤怒還是震驚。這樣裁切照片非常奇怪。看著照片中那隻彷彿悄悄爬向亞歷斯的淡黃色的手，讓我背部升起一道寒氣。「妳到底為什麼要這樣做？」

「把妳想回憶的部分留給妳。」

她的話直接大膽得讓我倒抽一口涼氣。她直通通地望著我，換成是任何人這樣望我，都足以構成挑釁。但蘿拉卻不同：她的語氣不帶一絲惱怒或嫉妒。對她而言，她只是在陳述事實。

「沒有關係，」她說，「我還有另一張。是留給我自己的。」

「我在裡面嗎？」

「沒有，」她說，「只有妳的手在裡面。」這是我聽過她最接近承認自己愛亞歷斯的一次，僅次於她死前一天所說的話。但就連那一次，她都沒有用愛這個字。

我本來應該把蘿拉給我的這張殘缺照片扔掉，但卻沒有。

事情又重新恢復往日單調的步調。我和蘿拉之間有一個默契，那就是彼此絕口不再提亞歷斯這個人。畢竟，我們有太多不能告訴對方的部分了。起初，我不時會到閣樓走走（還有微弱的菸味殘留在那裡），但一段時間後就不去了，因為我看不出這樣做有什麼意義。

我們重新忙碌於日常生活。我們現在的環境要寬裕了一些，因為爸爸從鈕釦工廠的火災裡獲得了保險理賠。他說，錢儘管不多，但起碼可以讓我們喘一口氣。

季節正在轉換之交，大地蕩離陽光又更遠了一點。夏天積聚在路旁灌木叢下的紙張碎屑四處飄散，如預言雪將來臨。空氣愈來愈乾燥，讓我們為一個撒哈拉沙漠般的乾燥冬天作好心理準備。我的兩個大拇指指尖已經龜裂，臉部皮膚也更加憔悴。如果我攬鏡時湊得夠近或離得夠遠的話，準會看到自己的臉像貝殼雕刻，大小皺紋縱橫交錯。

昨天夜裡，我夢見自己雙腿蓋滿了毛。不是只有一點點，而是相當多，一簇簇一綹綹深黑色的毛從我的大腿冒出來，就像動物的毛皮。我夢見冬天快來了，所以準備要冬眠。我會先讓自己長滿毛，然後爬到洞穴裡，安然入睡。這看起來完全正常，就像以前經常這樣做。但我忽然記起，我從來就不是個多毛髮的女人，而現在身體更是光禿得像隻蠑螈，顯然，這雙毛腿雖然是連在我身上，卻不可能是我所有。再說，這雙腿是沒有感覺的，所以一定是別人的腿，或別的什麼東西的腿。我能做的只是用手摸索這腿，弄清楚它們是屬誰所有。

一驚之下，我醒了過來，至少是我自以為醒了過來。我夢見理查回來了，聽見他睡在我旁邊的呼吸聲，但我轉過身，卻沒有看見任何人。

然後，我終於真正醒了。我摸索到床邊的電燈，打開燈，拿起手錶，是凌晨兩點。我的心跳得厲害，就像是剛賽跑完。他們常常說，惡夢是可以要人命的。現在想來，這話一點都沒有錯。

一九三五年一、二月。嚴冬。雪不停地下。路上不時會有汽車打滑，陷入溝渠的事故，它們的駕駛一愁莫展，不知道要熄火，最後吸入太多一氧化碳，窒息而死。公園長凳和荒廢的貨倉也會不時發現凍死的流浪漢，他們的屍體硬得像人體模型，就像準備要拿到商店櫥窗，展示何謂貧窮。因為地硬得像鐵，所以屍體無法下葬，只能暫時安放在殯葬工的室外棚屋裡，讓老鼠大快朵頤。找不到工作或付不起房租的媽媽帶著孩子們簇擁在雪地上行乞。小孩在磨坊湖裡溜冰，有兩個掉進了冰水裡，其中一個淹死。

蘿拉和我待在一起的時間愈來愈少。事實上，我很難看得到她：她在幫忙聯合教會的賑災工作，至少她是這樣說的。蕾妮說自下個月開始，她一星期只會來我們家做三天，因為她腳痛得無法長時間工作，但我知道，這只是她用來掩飾我們家再也請不起她當全職女傭的藉口。這是明擺著的事實，明白得就像爸爸臉上的鼻子——這臉愈來愈陰沉。最近，他老待在角樓上。

鈕釦工廠空空蕩蕩，內部裝潢都已經燒焦，支離破碎。我們沒有足夠的錢去修整它：保險公司因為縱火事件有太多疑點，不肯全額理賠。有謠言說這起火警並不像它表面看起來的樣子，有些人甚至暗示火是爸爸自己放的。我家的另兩家工廠也是處於關閉之中，而爸爸絞盡腦汁，想要讓它們恢復生產。爸爸去多倫多的次數愈來愈頻繁，說是洽公。有時他會帶我一起去。我們會住在皇家約克大飯店，那是當時的第一流豪華大飯店，也是當時的公司總裁、醫生和律師最喜歡跟情婦幽會的地點。

飯店的房租是誰為我們付的？我懷疑是理查．葛里芬，因為他常常會出現。他是最後一個和我爸爸有生意可談的人：爸爸想要把工廠賣給他。爸爸之前就嘗試過要把工廠賣掉，但在這樣的時勢，根本找不到買主，況且，爸爸並不是真的想賣掉工廠，而只是想賣掉少數的股權。他想得到資助，讓工廠恢復營運，讓他的「部下」有工作可做，彷彿他們仍然在軍隊裡而他仍然是他們的上尉。他不願為了減低自己的損失而遺棄他們，因為正如人人都知道的（至少是以前都知道），艦長[13]應該與船共存亡。

爸爸告訴我，他帶我一道去談生意，是想我幫他「做紀錄」。但我從來不需要真的做什麼紀錄。我相信，他要我陪在他身邊，只因為他想有個人跟在身邊。他當然有這個需要，因為現在他瘦得像根竹竿，手抖個不停，簽個名都需要費相當大氣力。

爸爸從來不會要蘿拉一道去多倫多。她留在家裡，每天為窮人分發隔三夜的麵包和水汪汪的稀粥。她自己也開始節食，就像感覺自己沒權利吃東西。

「耶穌也吃東西，」蕾妮說，「他什麼都吃，從不節食。」

「對，」蘿拉說，「但我不是耶穌。」

13 英語中艦長和上尉是同一字。

「嗯，感謝主，她總算曉得這個。」蕾妮對我嘀咕說。蘿拉每頓晚餐總會吃剩三分之一食物，而蕾妮會把剩菜做成雜燴鍋——她認為浪費是一種罪。在那段年月，蕾妮幾乎不丟棄任何東西，並以此為傲。

爸爸不再有司機了，也不再敢自己開車。每次我們到多倫多都是坐火車：在聯合火車站下車，再步行到對面的皇家約克大飯店。即使是空閒時間，我也很少逛街。大部分時間我都是待在自己的房間裡，因為我害怕這個城市，也為自己寒酸的衣服感到丟臉：它們讓我看起來比實際年齡要小。我會看《淑女之家》或《名流雜誌》之類打發時間。我大部分看的都是裡面的短篇小說，而它們無一例外都是愛情故事。我對烹飪版和編織版興趣缺缺，倒是美容小祕訣會看得津津有味。我也會讀讀廣告。有一則廣告說，哪怕我抽菸抽得像煙囪，只要嚼了「斯巴德」口香糖，就能保持口氣清爽，不怕被人嫌。

每次談完生意，我們三個——我、爸爸、理查——就會一起到餐廳吃晚飯。這些場合我都不會說話，因為我有什麼好說的呢？他們的話題都是有關經濟和政治：大蕭條、歐洲的局勢、世界共產主義讓人憂慮的節節挺進。理查相當欣賞希特勒，認為從經濟的角度看，希特勒正把德國推向有利方向。但他卻沒有那麼欣賞墨索里尼，認為墨索里尼只是半吊子的極右派。理查一度考慮過投資義大利人研發出來的新布料（用牛奶蛋白製造出來的），後來作罷，因為他發現這種布料一沾到水，就會發出像起司的味道。他認為，遲早會有新的人工布料出現，完全取代絲和棉花。受婦女們歡迎的是不用燙的布料，也會喜歡像床單一樣經久耐用的絲襪。妳認為是不是？他忽然問我，臉上帶著微笑。他有一個習慣：每次談到有關女人的話題，就會問我意見。

我點點頭。我總是點頭。我從未認真聽他們談話，這不只是因為我覺得他們的談話枯燥乏味，也是因為它們會刺痛我：不管理查說什麼，爸爸一律都會附和，不管他是不是真心贊成。

理查說他本應邀我們到他家用晚餐，但因為他是個單身漢，所以怕會怠慢我們。又說他住在空蕩蕩的公寓裡，一點歡樂的色彩都沒有，生活得就像個僧人。「沒有太太的生活算什麼生活？」他微笑著說，聽起來像一句引語。

理查是在皇家約克大飯店的帝國廳向我求婚的。那天，他邀我和爸爸到那兒去用餐，不過，當我們步出房間、往電梯走去的時候，爸爸卻突然說他不能去，我必須一個人去。

他們兩個人當然是事先串通好的。

「理查想請求妳一件事情。」爸爸說，語氣像是道歉。

「我？」我說。我想大概是幫他燙衣服之類的吧，但我並不以為意。

「我想他是請求妳嫁給他。」

當時我們已經走到飯店的大堂裡。我坐了下來。我很想笑，彷彿是落入了惡作劇之中。

另外，我也覺得我的胃消失了。但我的聲音仍然保持平靜。「我該怎樣回答？」

「我已經表示同意，」爸爸說，「現在只看妳。」然後他又補充了一句：「好些事情都繫於妳的答覆。」

「好些事情？」

「我必須要為妳們的未來打算，又特別是蘿拉的未來，因為任何事情都可能發生在我身上。」他等於是說，如果我不嫁給理查，我們家就會變得一文不名。又等於是說，我們姊妹倆（特別是蘿拉）是不可能養得起自己的。「另外，我還得為工廠、為生意打算。雖然目前情況還勉可維持，但銀行已經開始收緊繩索。他們不會等太久的。」他身體的重心支在枴杖上，眼睛凝視著地毯，我看得出他有多慚愧，多落魄。「我不希望看著一切化為烏有，不想看著妳爺爺五、六十年前的努力成果毀於一旦。」

「我明白了。」我已經被逼到牆角。我看不出來自己有權否定求婚。

「他們還會拿走阿維翁，然後賣掉。」

「他們會嗎？」

「我已經把房子抵押到了盡頭。」

「噢。」

「這也許需要某種決心，某種勇氣，需要咬牙忍著點。」

我沒說什麼。

「當然，」他說，「妳的終身幸福還是應該由妳自己決定。」

我沒說什麼。

「我不希望妳去做妳寧死也不願意做的事。」他說，一隻獨眼看著我的背後，眉頭微微蹙起，像是看到什麼意義重大的東西。但我背後除了牆壁以外，什麼也沒有。

我沒說什麼。

「好。那就好。」他看來鬆了一口氣，「他一定會照顧好妳的，也一定會照顧好蘿拉。」

「一定的。」我聲音微弱地說。

「好，那就不要再愁眉苦臉了。」

我有怨他嗎？沒有。至少現在已經沒有。後見之明總是最清晰的，但在當時，他只是做自己認為最恰當的事罷了。

理查剛好就在這個時候出現，就像是劇本預先安排好的。然後兩個男人握了握手。接著，理查抓住我的手，輕握一下，再托住我手肘。那個時代，男人都是這樣托住女人手肘，操控著她們往這去往那去。理查說他本來想帶我到威尼斯咖啡廳，因為那裡要亮一些，也要有節慶氣氛一些，只可惜位子都被預訂一空。

皇家約克大飯店是多倫多最高的建築物（現在回想起這個會讓人覺得怪怪的），而帝國廳則是它最大的餐廳。理查一向對大的東西情有獨鍾。餐廳裡有著一排排巨大的正方形立柱、小塊大理石鑲嵌成的天花板、一長列的枝形吊燈，每盞吊燈底端都垂著穗飾。整間餐廳給人一種堅韌、沉重、大腹便便和紋理斑駁的感覺。斑岩是它最恰當的形容，哪怕餐廳裡大概沒有半塊斑岩。

那是個中午，是陰晴不定的冬日較明亮的一天。白亮的日光從厚重窗簾的縫隙中斜射進來（我猜那窗簾應該是褐紫紅色，天鵝絨則不在話下）。除了飯店餐廳常有的蒸煮蔬菜味和微溫的魚味，帝國廳裡還隱隱有一種灼熱的金屬味和悶燒的布味。理查預訂的桌子位於一個陰暗的角落，遠離日光。花瓶裡插著一朵待開的玫瑰。我凝視著理查，好奇他會怎樣向我求婚。他會握住我的手，輕按它，然後猶豫一下，再結結巴巴地說出求婚的話嗎？我不認為會如此。

我並不討厭他，但也並沒有喜歡他。事實上，我對他沒有太多觀感，因為我極少會想到他。沒有錯，他有時是個愛炫耀的人，但至少他談不上醜，一點都談不上。我有一點點暈眩。我仍然不知道自己該怎麼做。

侍者過來了。理查點了餐。然後他看了看手錶，開始說話，但我沒聽進多少他說的話。他微笑。他從什麼地方掏出小小的黑色天鵝絨盒子，打開它。裡面射出耀眼的碎光。

我一整晚都蜷縮在飯店的大床上發抖。我的腳冷冰冰的，我的腿屈起，我的頭在枕頭上轉來轉去。在我面前的白色床單，彷彿是北極的荒原，向著無限遠處延伸。我知道我是永遠不可能穿過這片荒原，回到溫暖的地方去的。我已經失去了方向感，已經迷路了。我知道，多年以後等我的屍體被發現時，我的五官已經皺縮，手指已經被狼啃掉。

我感到恐懼，但恐懼的並不是理查本人。我感到皇家約克大飯店的圓頂被扭開，我被站在黑暗空曠天空上的某個人所打量。那是上帝。祂正用鐵石般空茫的目光打量我，打量我的困境，打量我對祂的不信任。我感到我的房間是沒有地板的，我懸在半空中，行將墜落，而下面是無底深淵。

不過，這種陰鬱的感覺並不會在早上清朗的陽光中持續，至少在妳還年輕的時候不會。

阿卡狄亞宮

院子暗了下來，窗外下著雪。落在窗玻璃的雪花輕聲細響，像是親吻聲。這雪第二天便會融化，因為現在才十一月。儘管如此，它還是讓人預嘗了大雪降臨的滋味。我不知道自己為什麼會那麼興奮。我知道大雪將會帶來什麼：爛泥巴、昏暗白晝、髒冰、流行性感冒、大風、靴子上的鹽跡。不過，我還是喜歡與大雪對抗的感覺——喜歡走出屋外，面對它，再被它趕回屋裡。話雖如此，我還是希望房子裡有個壁爐。

我和理查同住的房子當然有壁爐，一共有四個。就我記得，我們房間裡有一個壁爐，它的火燒得很旺，感覺上就像可以舔到人的肌膚。

我捋下羊毛衫的袖子，讓袖口蓋住雙手。這讓它們看起來就像是菜販從前愛戴的無指手套。儘管這個秋天不算冷，我還是不能掉以輕心。我應該把煤油爐子找出來，把法蘭絨睡袍翻出來，再儲備些罐裝豆子、蠟燭和火柴。如果來一場去年冬天那樣的暴風雪，一切供應就會被切斷，電會停掉、廁所會無水可沖，要喝水只能自己去融化冰雪。

現在，花園裡只剩下一些殘枝敗葉和幾簇頑強的菊花。太陽逐漸失去高度，很早就天黑。我已經把寫作用的廚桌搬回室內。我懷念急流的聲音。有時，外面會颳起一陣風，颳過光禿禿的樹枝，發出如同急流般的聲音（時有時無就是）。

訂婚一星期後，我被派去和理查的妹妹溫妮薇德吃午餐。邀請是她發出的，但我當時以為是理查所授意。現在回想起來，我可能猜錯了：溫妮薇德這個人一向喜歡擺布事情，那一次，說不定也是出於她的擺布。起碼是他們兄妹兩人一起商量出來。

用餐地點是阿卡狄亞宮。那是當時的名媛貴婦喜歡去的餐廳，位於皇后街的辛普遜百貨公司頂樓。它的空間挑高寬敞，室內設計採取所謂的「拜占庭風格」（即以拱門和盆栽棕櫚樹為特色），以淡紫色和銀色為主色調，燈具和椅子一律都是流線型。餐廳四周有一圈高起的平台，豎著鑄鐵的欄杆扶手，是談生意的男性專用的用餐區。坐在那上面的男人可以像觀賞鳥籠裡的雀鳥一樣，俯視下面戴羽毛帽的女人嘰嘰喳喳。

我穿的是我最好的外出服裝，也是我在這種場合唯一穿得出去的服裝：藏青色外套、百褶裙、一件領上有蝴蝶結的白色女裝襯衫。這身裝扮讓我看起來像個高中女生或是救世軍的勸募者。我的鞋子就更不消提了，就連現在回想起來也會汗顏。我把訂婚鑽戒反著戴，隱藏在手掌心裡，以免別人以為是我偷來的。

餐廳的領班看我的眼神就像我走錯了地方，不然就是走錯了入口——我是來找工作的嗎？我看起來真的很寒酸，而且太年輕，怎麼看都不像是個有資格吃貴婦午餐的人。不過，聽我報出溫妮薇德的名字以後，他就釋然了。

溫妮薇德已經到了，坐在其中一張鋪淺色桌布的桌子邊。我覺得鬆了一口氣，因為這樣子我就不用一個人坐在那裡等她，接受四周貴婦人狐疑目光的打量。溫妮薇德比我記憶中要高，那是她的衣著造成的效果。她一身綠色的裝扮，但不是那種粉蠟筆的綠，而是一種鮮亮甚至刺眼的綠。她穿的也是綠色的鱷魚皮鞋：晶瑩、有彈性而有濕潤感，就像是百合的浮葉。我從未見過這麼名貴、稀罕的鞋子。她的帽子也是同一色調，而帽子上圍著的綠色織物就像有毒的蛋糕。

我看到她的時候，她正做著大人告誡我不要做、做了會有失身分的事：在大庭廣眾對著粉盒照鏡子。更糟的是，她還在自己鼻子上撲粉。我猶豫了一下，不想讓她知道她的粗俗行徑被我撞見。不過，撲過粉以後，她卻啪一聲把粉盒闔上，不當一回事。之後，她緩緩轉動她的粉臉，向四周張望。一看到我，她就展露微笑，伸出一隻歡迎的手。那手上有一個銀手鐲，我一看到就心動。

「喊我小溫妮就好，」我坐下以後她說，「我所有死黨都這樣喊我。我也希望你我能成為死黨。」那種指小形式的稱呼——小比莉、小薇妮、小黛西之類的——在當時像溫妮薇德這一類的女人之間蔚為流行，它可以讓被稱呼的人覺得自己年輕一點。我沒有這樣的暱稱，所以無法禮尚往來。

「啊，這就是訂婚戒指？」她問，「很漂亮，對不對？是我幫理查挑的。他喜歡叫我幫他買東西。男人自己挑東西就會偏頭痛，對不對？他本來認為買顆翡翠的就好，但又有什麼比得上鑽石，對不對？」

她一面說話，一面打量我，想看看我對她這樣貶低我的訂婚戒指，會有什麼反應。她的眼睛出奇的大，眼瞼上塗了綠色的眼影。她把眉畫成滑順的拱形，讓她看起來有點不耐煩和極為驚訝的表情。她的口紅是略帶粉紅色的橘色，那是一種剛引進的色系，正式的名稱是「蝦色」（這個我是從雜誌上得知的）。她的嘴唇一樣有電影效果：上唇兩彎唇肉塗得輪廓分明，讓上唇尖看來像邱比特的箭尖。她的嗓音是人們所說的「威士忌嗓音」——低低的，近乎深沉，又帶著一絲貓叫聲的粗野。

（稍後我得知，她是個愛打撲克的人。但只打橋牌，不打梭哈。以她這麼善於虛張聲勢，打梭哈的話應該會打得不錯。不過她嫌梭哈賭博成分太強、太冒險：她這個人只對有把握的事情下注。她也打高爾夫，但主要是為了交際。網球對她來說太吃力，而她也不願被人看到汗流浹背的樣子。她也喜歡「出海」，但「出海」對她所意味的是端著一杯飲料，挨在遊艇的沙發上。）

溫妮薇德問我想吃什麼，我說什麼都可以。她喊我作「親愛的」，又說這裡的華杜夫沙拉很不錯。我說那我就吃華杜夫沙拉好了。

我不知道自己要怎樣才能把「小溫妮」三個字喊出口，這個稱呼太親熱，也有點不敬。畢竟她是個大人：三十歲，至少也二十九歲。她比理查要小六、七歲，但他們卻顯然是關係緊密的兄妹。「我和理查是最佳拍檔。」她信心滿滿地對我說。這是她對我說這話的第一次，但絕不是最後一次。當然，那事實上是個威嚇，而後來舉凡她用同樣輕鬆而自信的語氣對我說的話都是威嚇。她這話是要暗示我，她的關係要比我和理查的關係深，而如果有朝一日我做了什麼對不起理查的事，將會遭到他們的聯手還擊。

她說理查參加的一切社交聚會，包括雞尾酒會、晚餐等，都是她代為安排的。繼而她說她很高興理查終於願意安定下來，娶像我這樣一個甜美的年輕女孩為妻。沒有錯，理查是有過一些糾纏者，幸而，他現在已把她們全給擺脫了。儘管如此，這並不代表她們已經放棄了，事實上，她們仍然成群結隊地追逐著理查（聽到這個的時候，我想像理查頭髮紛亂、慌慌張張逃跑的樣子，後面追逐著一群叫囂的女人。不，我不相信會有這樣的事，不相信理查會有慌慌張張的時候）。

溫妮薇德說話的時候，我只是點頭和微笑，不知道她認為我應該怎麼想。我也是其中一個糾纏者嗎？也許。她的話中暗示著，理查是身價很高的男人，所以，我應該少管他的閒事。「妳這麼年輕，我知道妳一定處理得來的。」她微笑著說。事實上，如果有什麼理由讓我處理不來的話，那就是我的年輕，而這正是溫妮薇德看準的。她並沒有放棄為理查打點一切的打算。

我們的華杜夫沙拉來了。溫妮薇德看著我拿起刀叉，輕輕地嘆了口氣，彷彿是說：還好，原來我至少是懂得用刀叉吃東西的。又也許她的嘆氣，是預見到她將要花上相當工夫，才能把我調教好。我就像一塊沒有形狀的陶土，而她已經捲起了袖子，準備要好好捏塑一番。

她說她認識我祖母，至少是聽過她，又說蒙特婁的仕女都是以趕在潮流尖端馳名的，只可惜我祖母在我出生前就過世了。言下之意是儘管我有很好的血統，但有關外表儀態之類的事情，我還是得從零學起。

怎樣穿衣服就是我必須學習的其中一項。她說，衣服當然得買最好的，但再好的衣服，如果不經過學習也是穿不出效果來的。「親愛的，妳得讓它們變得就像妳的皮膚一樣。」接下來，她又對我的指甲拐彎抹角評論了一番。「妳可以變得很迷人的，」溫妮薇德說，「絕對可以，只需要一點點努力就行。」

溫妮薇德帶著詭異的微笑看著我吃東西。我知道，她腦子裡現在一定已經裝滿了一籮筐的趣事，迫不及待要跟她的死黨小比莉或小薇妮或小黛西說。*真不知道該怎麼說她，穿得就像個慈善箱。吃相就像從來沒有吃過飯。那雙鞋子更不消提！*

「嗯，」她戳了幾下她那盤沙拉之後說（她從來沒有把一頓飯吃完過），「接下來，就是我們得一起傷腦筋的時候了。」

我不知道她這話是什麼意思。她又輕嘆了一聲。「我們得趕緊籌備婚禮，時間無多了，」她說，「首先是要訂好聖西蒙教堂，然後是皇家約克大飯店的宴會廳，當然是最大的那一間。」

我本來以為，我會像一件包裹一樣被遞交給理查，但現在看來卻不是這樣。看來會有儀式，而且不只一場：雞尾酒會、茶會、新娘送禮會諸如此類的。這和蕾妮所形容我媽媽的婚禮一模一樣，只不過，我媽媽的故事裡那個羅曼蒂克的前奏在哪裡呢？那個跪在我腳前向我求婚的年輕男子又在哪裡呢？

「不必擔心，親愛的，」她說，輕輕拍了拍我的手臂，「我會牽住妳的手的。」我感覺得到自己最後的一絲意志力，正從身體往外滲出。（我現在已經明白，她是個不折不扣的鴇母！）

「老天，都這麼晚啦。」她看著錶說（錶面以小圓點代替數字），「我得先走了。侍者會端茶給妳的。如果妳想要吃點牛奶果醬餅或什麼的，就跟他們說去。妳們小姑娘就是愛吃甜食。」

她笑著站起來，給了我一個蝦色的親吻，但不是在頰上，而是在前額。大人要小孩乖一點的時候，就會吻他們前額。

我目視她遠去。她像滑冰一樣滑過阿卡狄亞宮漣漪般蕩開的粉蠟筆色空間，時而向兩邊微微點頭和揮手。她面前的空間像長草一樣分開；她的雙腿看似不是連接在臀部，而是直接連在腰上：她走路時身體沒有半點搖擺。我為之陶醉，感覺自己的身體正在掙脫皮帶和襪子的束縛，躍躍欲出。我盼望能複製她步姿：滑順、輕飄、毫無破綻。

我出嫁的地點不是阿維翁而是溫妮薇德位於羅斯代爾的住處（一棟半木構的偽都鐸式宅邸）。這一方面是為了方便客人，因為大部分的客人都是來自多倫多。另一方面，如果我在阿維翁出嫁，也會讓爸爸尷尬：他已負擔不起溫妮薇德認為應有的出嫁排場。

他甚至負擔不起我的嫁衣，需要由溫妮薇德一手包辦。我有好幾口塞滿嫁衣的行李箱。在其中一口裡，放著網球裙、泳衣和好幾件舞裙，儘管我既不會打網球，也不會游泳或跳舞。住在阿維翁的時候，我根本沒機會學會這些，因為蕾妮不許我們學。但溫妮薇德卻堅持我非要有這些服裝不可。她說不管我有什麼不擅長的，都不要在別人面前承認。「妳只要說自己頭疼就行，」她教我，「這是個廣被接受的藉口。」

她還教了我其他的事。「妳在別人面前流露妳的厭煩無妨，但千萬別流露妳的恐懼。他們一嗅到妳的恐懼，就會像鯊魚嗅到血腥一樣，一擁而上。妳可以望著桌子的邊緣，但不要望著地板，因為那會讓妳的脖子顯得太脆弱。不要站得直直的，妳可不是個士兵。不要畏縮。如果有人說了句羞辱妳的話，妳就假裝沒有聽到，請對方再說一遍。他們十之八九都不會有這個臉把話重複一遍。不要抬起頭對侍者大聲說話，而是應該讓他們彎身去遷就妳，那是他們的分內事。不要侷促不安地撫弄妳的手套或頭髮。讓妳自己顯得總是有其他的事要做，但不要表現出不耐煩。有疑慮時，就說妳要到化妝間去，但要慢慢地走。優雅是來自無動於衷。」我得承認，雖然痛恨溫妮薇德，但她的這些忠告，後來證明對我相當有價值。

婚禮的前一晚，我住在溫妮薇德最好的其中一間客房裡。「把妳自己打扮得漂漂亮亮。」她說，言下之意是我不漂亮。當我站在浴室裡盥洗的時候，看到我在鏡子裡的臉就像是沒有五官的，就像是塊用過的鵝蛋形肥皂。

蘿拉就住我隔壁的房間，與我共用浴室。她沒敲門就推開浴室的門（她對我從來沒有敲門的習慣），走了進來，坐在馬桶上。她身穿著素白色的棉睡袍，頭髮束在後面，赤著腳。

「妳的拖鞋呢？」我說。她的表情相當鬱悶。這副表情，加上白色睡袍，加上赤腳，讓她看起來像個老油畫裡前赴刑場的異端。她十指互握，留出一個O字形，像是握著一根點燃的蠟燭。

「我忘了穿。」由於個子高，蘿拉穿戴正式的時候，樣子會比實際年紀大，但現在她看起來卻比實際年紀小，就像只有十二歲，身上氣味像個小嬰兒。那是洗頭水：她用的是嬰兒洗頭水。這種洗頭水比較便宜：她最近變得很喜歡省小錢。她環顧了浴室一眼，從馬桶上站起來，坐到瓷磚地板上。「我不要妳結婚。」她說。

「妳不用說也不會有人不知道。」我說。招待會、試婚紗和婚禮彩排一路下來，她都擺張臭臉。「為什麼我不應該結婚？」

「妳太年輕了。」

「媽媽不也十八歲就結婚。而我快十九歲了。」

「但她嫁的是她愛的人。她是心甘情願的。」

「妳怎麼知道我不是心甘情願？」我惱怒地說。

她啞口無言了一下子，然後說：「妳不可能是心甘情願的。」她抬頭直視著我，眼睛是濕濕的，帶點粉紅色：她曾經哭過。這讓我有點火大：她有什麼資格哭？如果有誰有資格哭，那應該是我。

「我是不是心甘情願並不是重點。」我嚴厲地說，「這是唯一明智的做法。難道妳不曉得我們快變成窮光蛋了嗎？妳願意看到我們被人扔到街上嗎？」

「我們可以找工作。」她說。她漫不經心地拿起我放在窗台上的香水，往自己身上噴了噴。那是「麗安」香水，是理查送我的禮物。（溫妮薇德當然不會忘記說，香水是她挑的。男人在賣香水的櫃台前面會頭昏腦脹的，不是嗎？香水味會直衝他們腦門。）

「別傻了，」我說，「我們做得了什麼工作？當心妳手上的香水，打破可不好玩。」

「很多，」她放下香水，帶點猶豫地說，「我們可以當女侍。」

「我們不能靠當女侍維生，那比當窮光蛋強不到哪裡去。女侍得為一點點小費卑躬屈膝，而且站一天下來會把腿站斷。妳根本不知道柴米油鹽的價錢。」我說，覺得自己彷彿在教小鳥算術。「工廠已經關門，阿維翁岌岌可危，很快就會被拍賣；銀行是靠吸血維生的。妳有看到爸爸的樣子嗎？有看到他變得多衰老嗎？」

「那妳是為了他而嫁人囉。」她說，「原來如此。我猜妳認為這叫勇敢吧。」

「我做的是我認為對的事情。」我說，幾乎要哭出來。但我卻強抑住淚水。我一哭出來就完了。

「那是不對的，」她說，「一點都不對。妳可以喊停的，現在還沒有太遲。妳可以留一張字條，然後跑掉。我跟妳一道跑。」

「不要再煩我了。我已經是個大人，知道自己在幹什麼。」

「但他會碰妳的。不只是親吻。他還會把妳……」

「妳不用為我擔心，」我說，「我的眼睛一直都是張得大大的。」

「大得像個夢遊者。」她拿起我的爽身粉罐子，打開，聞了一下，然後把一點爽身粉撒到地上。「不管怎樣，妳從此有漂亮的時裝可穿了。」

我很想揍她。如果有什麼可以讓我獲得慰藉，就是這個了。

她走了之後，地板上留下一串灰白色的腳印。我坐在床沿，瞪著打開的扁行李箱。那是非常時髦的行李箱，外面淡黃色，裡面深藍色，包著鐵邊，釘頭閃亮。箱子裡的東西疊得整整齊齊，裝滿我蜜月旅行期間會用得著的所有東西。但在我看來，那裡面卻是黑色的、空的。

這就是我的trousseau（嫁妝），我想。我突然感到「嫁妝」是個深具威脅性的字眼：好陌生，好無望。它的發音聽起來就像trussed：烤火雞前紮緊火雞的動作。

對，我還需要帶根牙刷。我心裡這樣想，身體卻動也不動。

探戈

這就是登在報紙上的婚禮照片：

一個年輕女子穿著斜紋的白色緞子洋裝，拖曳在她腳下四周扇形張開，像是溢出的糖蜜。她的站姿有一點怪，就像是臀部和腳的位置有哪裡不對勁，就像她的脊椎太直挺了，不適合穿那衣服。她是花了很大力氣才穿上它的。

有一塊白紗垂在她頭的兩側，橫過額上的部分在她的眼睛投下一道深深的陰影。她微笑，卻看不到牙齒。一大束鬆鬆垂下的花束環抱在她戴著手套的雙手中：是大朵的粉紅色和白色玫瑰，夾雜著馬蹄蓮。

照片的圖說是「美麗新娘子」。那個時候的報紙就是喜歡用這種形容。但在她的個案裡，美麗是必然的，因為那是用很多錢堆砌出來的。

（我一直用「她」來稱呼新娘，是因為我不記得自己曾在婚禮上出現過。我和照片中的女孩不再是同一個人。我是她的結果，是一度輕率生活過的生命的結果。而她，如果她存在過的話，只存在於我的記憶裡。大多數時候，我都比她更瞭解她自己。）

理查站在我旁邊，不管就哪方面來說，都是個讓人豔羨的丈夫：年輕、不醜、富有。他看起來很厚實，但同時有些古怪：一道眉抬起，下唇微微突出，似笑非笑，猶如是聽了個祕密的、悄悄的笑話。他的一個鈕釦孔上插著康乃馨，頭髮往後梳，用當時時興的髮油緊緊黏在頭上，光亮得像頂橡皮浴帽。儘管如此，我仍然得承認，他是個英俊的男人，而且一望而知是個見慣世面的人。

報上還登了些團體照：男儐相站在後排（他們穿的服裝一樣可以穿去參加喪禮或當侍者領班），前排是乾淨光鮮的女儐相，手上的花束擠滿鮮花。蘿拉千方百計破壞每一張照片的畫面。在其中一張照片裡，她繃著臉，在另一張則故意搖動頭部，讓她的臉變得模模糊糊。在第三張照片裡，她啃著手指甲，眼睛斜睨，就像把手偷伸進錢箱時被人發現，嚇了一跳。

儀式結束後，蕾妮走到我面前。她穿著一身莊重的深藍色衣服，帽子上插著根羽毛。她緊緊擁抱著我說：「可惜妳媽媽不在這裡。」這話是什麼意思？是說我媽媽在這裡的話，就會大聲歡呼喝采，還是會立刻喊停。從蕾妮的語氣，兩者都有可能。她哭了，但我卻沒有哭。人們會在婚禮的場合哭，是因為他們一方面渴望著一對新人有王子公主般的美滿未來，另一方面又明知那是不可能的。但當時的我卻沒有那麼幼稚。

婚宴上有人在喝香檳，有人在吃東西。有人發表講話，至於講的是什麼，我一概想不起來。我們有跳舞嗎？應該有吧。我不懂跳舞，但卻記得自己有站在舞池上，所以想必曾經跌跌撞撞了一番。

然後我更換了外出的服裝。那是兩件式的套裝，淺綠色，搭配一頂看起來很端莊賢淑的帽子。溫妮薇德告訴過我，這衣服所費不貲。我站在樓梯上，擺出該有的姿勢，把新娘花束扔給蘿拉。但她沒有接，只是冷冷看著我，雙手緊緊互握著，就像是在極力克制自己不要做些什麼似的。花束被一個女儐相（大概是溫妮薇德的表姊妹之類）接住，她就像接到什麼好吃的東西那樣，馬上跑開。

爸爸這時已不見人影。我並不奇怪，因為我最後一次看到他的時候，他已經醉態可掬，現在一定醉得不省人事。

接下來，理查扶住我的臂彎，把我帶到禮車上。沒有人知道我們要去哪裡，但大家都認定，我們是要到城外某家預先訂好房間的羅曼蒂克小旅館。事實上，我們只是繞了個彎，在皇家約克飯店（也就是我們舉行婚禮的地點）的側門下車。理查說既然第二天我們就要坐火車到紐約，而火車站就在對街，又何必多此一舉到別的地方去過夜？

有關我的新婚之夜（更精確地說是我的新婚下午），我不會談太多。當時，太陽還沒有完全落下，房間沐浴在玫瑰色的光暈中。事前我並不知道會發生什麼事。我唯一的資訊來源是蕾妮，而我從她那裡得知的就是那不會是愉快的，而且很可能會有痛楚（果然是事實）。她又暗示，這種不愉快的感覺很正常，每個女性（至少已婚女性）都一定要經歷過，所以我不必大驚小怪。咬牙忍著點是她的忠告。她又說屆時我會流若干血。

我當時還不知道，我的不舒服在我丈夫看來是正常的，而且是他喜歡的。就像當時的許多男人一樣，他認為女人沒有經驗、快感反而是好事，因為這樣她就不會想要到別的地方尋求這種感覺。

理查事先叫了一瓶香檳，吩咐飯店在他預期恰當的時間送上來。同時送來的還有晚餐。當推著餐車的侍者在鋪排一切的時候，我則把自己鎖在浴室裡。我身上穿的是溫妮薇德為我準備的睡袍。我努力想用沾水的毛巾把上面的血跡抹乾淨——明顯得就像一灘鼻血——卻一點都不管用。最後，我只好把它扔到垃圾桶裡。

之後，我用「麗安」香水噴遍全身。這種香水的名字（我現在已經知道）取材自戲劇裡的角色。她是個女奴隸，因為不願出賣愛人而自殺身亡，儘管她愛人已經愛上了別人。我不認為這種香水有多好聞，但我卻不願身上的怪味讓人聞到。我真的有股怪味。那本來屬於理查，但現在也屬於我了。我希望我做這一切的時候，沒有在浴室裡弄出太多聲音。

晚餐是牛排和沙拉。我吃掉大部分的沙拉。

我們坐火車到紐約沿途平淡無奇。一路上，理查讀報，我看雜誌。我們的談話和婚前並無兩樣（稱那為談話可能有點不恰當，因為我沒說多少的話，主要是微笑和點頭，但沒有在聽）。

到紐約之後，我們和理查的兩個朋友在一家餐廳用晚餐。他們是一對夫妻，至於名字，我早已忘了。顯而易見，他們都是新發跡的，新得刺眼。他們的衣服就像一張張黏在身上的百元大鈔。

我發現他們其實跟理查並不真的那麼熟。看來他們受過理查的好處：一些不便明言的好處。他們怕他，態度上有一點點恭順。這一點，從理查每次一掏出菸，他們就會迫不及待遞上打火機就可以知道。理查喜歡他們的奉承。他也喜歡別人為他點燃，連帶喜歡別人為我點。

我懷疑，他想要跟這兩個奉承者用晚餐，是因為不想與我單獨相處。這一點不能怪他：我話太少了。儘管如此，他現在開始對我有一點體貼的表示，像溫柔地給我披上大衣、不時對我投以關愛的一瞥、一隻手輕輕放在我身上的這裡或那裡等。每過一下子，他就會環顧餐廳四周一眼，想看看其他人是不是用嫉妒的眼神看著他（這些當然都是我在回顧往事的時候才意識到的，在當時，我完全沒有察覺他的用意）。

餐廳收費十分昂貴，裝潢也十分摩登。我從未見過這樣的地方。所有東西不只是光亮，還是光閃閃。到處都是漂白過的木料、黃銅邊框和光亮的玻璃。有許多銅製和鋼製的風格化女人塑像，它們滑順得像太妃糖，有眉毛而沒有眼睛，有優美的臀部而沒有腿，手臂則融入了軀幹裡。其他裝飾還包括大理石球和舷窗般的圓鏡子。每張桌子都有鋼製的窄身花瓶，插著單枝的海芋。

跟我們用餐的夫妻年紀要比理查大，而那女的看起來又比她丈夫大。雖然是春天，她卻穿著白色的貂皮外衣。她的晚禮服也是白色的，皺褶匯聚在胸部下方一個交叉形的金繩結四周。

我想，如果我有像她一樣鬆垮垮的胸部，一定不敢穿這樣的晚禮服。她領口上的皮膚粗粗皺皺，跟手臂上的一樣。當她說話的時候，她丈夫會保持沉默，兩手相握，臉上露出像凝固在水泥裡的笑容。原來這種單調乏味就是婚姻，我想。

「理查事先沒警告我們妳會這麼年輕。」那女的說。

她丈夫說：「不用擔心，那會慢慢褪去的。」她笑了。

我玩味她的用字：警告。我有這麼危險嗎？現在回顧起來，我的危險性相當於綿羊。綿羊都笨得要命，常常會讓自己陷入險境，困在懸崖邊或被狼逼到死角，需要牧羊人冒險搭救。

沒多久之後（大概是兩天後吧，還是三天？），我們就登上「貝倫加里奧號」，前往歐洲。理查說，任何有身分的人都是搭這艘客輪去歐洲。海浪並不大，但我仍吐得七葷八素。服務生給我端來臉盆，理查說治療暈船最有效的藥是香檳，但我不敢貿然嘗試。他不無體貼，但也不無惱怒，只差沒有說我暈船是件丟臉的事。我說我不希望我的不適會破壞他晚上的興致，他應該自己去找些應酬，而他也這樣做了。嘔吐帶給我的意外好處是他沒興趣跟我同床。

第二天早上，理查鼓勵我再不舒服也要出席早餐，說是人只要有正確的態度，仗就等於打贏了一半。我吃了一點點麵包，喝了些白開水，盡量不去理會油煙味。我覺得頭重腳輕、軟弱無力、皮膚發皺，像個癟掉的氣球。理查不時都會站起來和別人握握手。他有時會向對方介紹我，有時不會。然而，他並不認識所有他想認識的人。這一點，從他心神不定的樣子就可看出：他總是左顧右盼，眼光越過我或那些正在跟他聊天的人，尋找目標。

早餐之後，我逐漸恢復過來。我喝了些薑汁啤酒，發現對我頗有幫助。我沒有吃晚餐，但有出席。傍晚有歌舞表演，我穿的衣服是溫妮薇德為我出席這種場合準備的：一件鴿灰色、有薄紗披肩的晚禮服，配以高跟涼鞋。我還不習慣穿高跟鞋，走起路來有點搖搖晃晃。但理查卻說我看起來棒透了。他托著我的手肘，帶我到他訂的餐桌，點了兩杯馬丁尼，說馬丁尼可以在最短時間內治好我的暈船病。

我喝了一點。之後，理查就不再在我身邊。舞台上站著一個女歌手，藍色聚光燈打在她身上。她的黑髮呈弧形遮住一隻眼，身上穿著飾有魚鱗狀亮片的管狀黑色洋裝，讓她的大屁股更形突出。我從未看過歌舞表演，更遑論上夜總會了。女歌手晃動肩膀，用挑逗的聲音唱出〈風暴的天氣〉。你可以看見她的半個胸部。

人們看著她，聽她唱歌，任意對她品頭論足。有人喜歡她，有人不喜歡；有人色瞇瞇，有人不會。對她的表演、衣著、屁股，有人欣賞，有人不欣賞。但她卻不是自由的。她得完成表演，得賣力演唱和扭屁股。我好奇她有多少酬勞，好奇這酬勞值是不值。也許她是迫於生計。自此以後，聚光燈下一語總讓我聯想到屈辱。顯然，聚光燈應該是人避而遠之的——如果能夠的話。

繼女歌手上場的是鋼琴演奏，鋼琴是白色的，彈奏得飛快。再下來是一對男女職業舞者表演探戈舞。他們就像先前的女歌手一樣，全身上下都是黑色。在聚光燈下，他們的頭髮泛著漆皮般的幽光。女舞者前額上垂著一綹鬈髮，一隻耳背上插著朵大紅花。音樂刺耳而突兀，像一隻只剩三條腿的四腳動物在吃力蹣跚走動。

至於舞蹈本身，則要像戰鬥多於舞蹈。兩個舞者都面無表情，彼此以帶凶光的眼神互視，像是伺機要咬對方一口。我知道這只是舞蹈，也看得出來表演得很專業，然而，我還是覺得他們兩個都受了傷。

第三天下午，我在甲板上散步，想呼吸些新鮮空氣。理查因為要等一些重要電報，沒有陪我。他兩天來已經收到不少電報。他都是用銀製拆信刀拆信封，讀過內容後撕碎或塞入公事包裡，公事包一律鎖著。

我並不是特別希望他陪我，但一個人散步卻讓我形隻影單。我感到自己形隻影單，就像個心碎的棄婦。一群穿乳白色亞麻布西服的英國人瞪著我看。他們的目光沒有敵意，只是一種淡淡的、遙遠的好奇。這是一種英國人獨有的目光。我感覺自己凌亂、邋遢、無甚足觀。

天空灰沉沉的，像是懸垂著一團團吸飽了水的海綿。下著毛毛細雨。我沒有戴帽子（因為怕被風吹走），只裹了條絲巾。我站在船欄上，看著石青色的浪濤翻滾。船身劃過水面所形成的白色浪花，像是潦草的文字，雖然乍看簡短而無意義，卻似乎暗含著某種不幸的信息。一陣夾著煤灰的風從煙囪吹向我，把我的頭巾吹開，讓一綹綹濕髮撲打在我兩頰上。

大海原來就是這個樣子，我想。它看來並沒有我一向以為的深邃。我試著回憶某些我讀過的關於大海的詩句或文字，卻回憶不起來。破碎，破碎，破碎。我隱約想到類似的字句，還想到一些灰冷的石頭。啊大海。

我想把某樣東西扔出船舷外。我感到有什麼召喚我這樣做。最後，我扔出了一枚銅幣，但沒有許願。

愛特伍作品集 14
盲眼刺客（上）
THE BLIAND ASSASSIN

國家圖書館出版品預行編目 (CIP) 資料

盲眼刺客 / 瑪格麗特 . 愛特伍 (Margaret Atwood) 著 ; 梁永安譯 . -- 四版 . -- 臺北市 :
天培文化有限公司出版 : 九歌出版社有限公司發行 , 2023.07
冊 ;　公分 . -- (愛特伍作品集 ; 14-15)
譯自 : The blind assassin
ISBN 978-626-7276-22-8(上冊 : 平裝). --
ISBN 978-626-7276-23-5(下冊 : 平裝). --
ISBN 978-626-7276-24-2(全套 : 平裝)

885.357　　112009255

作　　者── 瑪格麗特・愛特伍 (Margaret Atwood)
譯　　者── 梁永安
責任編輯── 莊琬華
發 行 人── 蔡澤松
出　　版── 天培文化有限公司
台北市 105 八德路 3 段 12 巷 57 弄 40 號
電話／ 02-25776564・傳真／ 02-25789205
郵政劃撥／ 19382439
九歌文學網 www.chiuko.com.tw
印　　刷── 晨捷印製股分有限公司
法律顧問── 龍躍天律師 ・ 蕭雄淋律師 ・ 董安丹律師
發　　行── 九歌出版社有限公司
台北市 105 八德路 3 段 12 巷 57 弄 40 號
電話／ 02-25776564・傳真／ 02-25789205
初　　版── 2023 年 7 月
定　　價── 400 元
書　　號── 0304014
I S B N── 978-626-7276-22-8
9786267276204 (PDF)

Printed in Taiwan